·语文阅读推

U0554000

汪曾祺小说散文精选

汪曾祺／著

人民文学出版社

图书在版编目（CIP）数据

汪曾祺小说散文精选/汪曾祺著. —北京：人民文学出版社，2018（2025.6 重印）
（语文阅读推荐丛书）
ISBN 978－7－02－013814－2

Ⅰ. ①汪… Ⅱ. ①汪… Ⅲ. ①小说集—中国—当代②散文集—中国—当代Ⅳ. ①I217.2

中国版本图书馆 CIP 数据核字（2020）第 139385 号

责任编辑　郭　娟
装帧设计　李思安　崔欣晔
责任印制　王重艺

出版发行　人民文学出版社
社　　址　北京市朝内大街 166 号
邮政编码　100705

印　　刷　河北博文科技印务有限公司
经　　销　全国新华书店等

字　　数　206 千字
开　　本　650 毫米×920 毫米　1/16
印　　张　16　插页1
印　　数　130001—135000
版　　次　2018 年 5 月北京第 1 版
印　　次　2025 年 6 月第 25 次印刷

书　　号　978-7-02-013814-2
定　　价　35.00 元

如有印装质量问题,请与本社图书销售中心调换。电话:010-65233595

出 版 说 明

　　从 2017 年 9 月开始,在国家统一部署下,全国中小学陆续启用了教育部统编语文教科书。统编语文教科书加强了中国优秀传统文化教育、革命传统教育以及社会主义先进文化教育的内容,更加注重立德树人,鼓励学生通过大量阅读提升语文素养、涵养人文精神。人民文学出版社是新中国成立最早的大型文学专业出版机构,长期坚持以传播优秀文化为己任,立足经典,注重创新,在中外文学出版方面积累了丰厚的资源。为配合国家部署,充分发挥自身优势,为广大学生课外阅读提供服务,我社在总结以往经验的基础上,邀请专家名师,经过认真讨论、深入调研,推出了这套"语文阅读推荐丛书"。丛书收入图书百余种,绝大部分都是中小学语文课程标准和统编语文教科书推荐阅读书目,并根据阅读需要有所拓展,基本涵盖了古今中外主要的文学经典,完全能满足学生成长过程中的阅读需要,对增强孩子的语文能力,提升写作水平,都有帮助。本丛书依据的都是我社多年积累的优秀版本,品种齐全,编校精良。每书的卷首配导读文字,介绍作者生平、写作背景、作品成就与特点;卷末附知识链接,提示知识要点。

　　在丛书编辑出版过程中,统编语文教科书总主编温儒敏教授,给予了"去课程化"和帮助学生建立"阅读契约"的指导性意见,即尊重孩子的个性化阅读感受,引导他们把阅读变成一种兴趣。所以本丛书严格保证作品内容的完整性和结构的连续性,既不随意删改作品内容,也不破坏作品结构,随文安插干扰阅读的多余元素。相信这套丛书会成为广大中小学生的良师益友和家庭必备藏书。

人民文学出版社编辑部

2018 年 3 月

目　次

导读:"好看的应该长远存在"

　　我们来看看汪曾祺在他生前唯一一部影像资料《梦故乡》里怎么介绍自己的:

　　　　我是汪曾祺,江苏高邮人,1920 年生,今年七十三岁了。
　　　　我在抗日战争的时候,曾经在昆明的国立西南联合大学(简称西南联大)读过四年中国文学系。
　　　　解放以前,曾经当过中学教员,历史博物馆的职员。
　　　　解放以后,相当长的时期是作为文学刊物的编辑,曾经编过《北京文艺》《说说唱唱》《民间文学》。
　　　　近二十多年来,我是在北京京剧院担任编剧。但是我的主要工作,还是写短篇小说和散文。我的作品相当一部分是以我的家乡高邮作为背景的。

　　这几句话,简简单单地道尽了自己的生平,甚至某些创作特色。我们所能增补的,无非是"汪曾祺逝世于 1997 年"这几个字。

　　汪曾祺的小说,也不太像小说,说成散文,甚至散文诗也未尝不可——他没有很强的虚构能力,小说里的人物,大抵都有原型。很多人物,他在小说里写一遍,后来又在散文里写一遍,前后比较,区别也不大。他自己也说:"散文诗和小说的分界处只有一道篱笆,并无墙壁。"(《晚饭花集·自序》)人家问他对小说结构的看法,他说"随便!"老友林斤澜提抗议,他才加了个状语——"苦心经营的随便"(《自报家门》)。凡此种种,能把强调文体的语文老师气晕。

这人一生的创作,用一个字概括就是"散"。小说散文固是当行,京剧也写,文论也有,旧诗新诗对联也时常客串。在作家里,他的书画与烹饪也颇有名气,海内外都晓得。用梨园行话说,"文武昆乱不挡"。

文风也散,如20世纪80年代的成名作《受戒》《大淖记事》,一开篇都是大段的风俗叙写与人物素描,主角在后台等得都快睡着了。所以这些篇什一出,几乎人人惊呼:"小说还可以这样写!"

> 我的小说的另一个特点是:散。这倒是有意为之。我不喜欢布局严谨的小说,主张信马由缰,为文无法。苏轼说:"大略如行云流水,初无定质,但常行于所当行,常止于所不可不止。文理自然,姿态横生。"(《答谢民师书》)又说:"吾文如万斛泉源,不择地而出,在平地滔滔汩汩,虽一日千里无难。及其与山石曲折,随物赋形而不可知也。"(《文说》)虽不能至,心向往之。(《汪曾祺短篇小说选·自序》)

"这样写"还含有对题材、人物、情节的惊诧,现实主义叙事普遍追求"典型环境中的典型人物",汪曾祺这样的写法算什么呢?连他的老友杨毓珉,最初向人推荐《受戒》时,也是评价说"味道十分迷人,可是回头一寻思,又觉得毫无意义"。写小说写到"毫无意义",还能让人觉得"味道十分迷人",这是老汪独一份。

汪曾祺也知道自己不主流,不伟大。他有点儿愤愤不平,但又有点儿小心翼翼地为自己准备了辩护词:"是谁规定过,解放前的生活不能反映呢?既然历史小说都可以写,为什么写写旧社会就不行呢？今天的人，对于今天的生活所过来的那个旧的生活，就不需要再认识认识吗？旧社会的悲哀和苦趣，以及旧社会也不是没有的欢乐，不能给今天的人一点什么吗？"他自己问自己：这篇小说像什么？然后又自答：有点像《边城》。（《关于〈受戒〉》）

汪曾祺是沈从文的学生，这一点，师生二人都引以为傲。说汪曾祺千里迢迢去昆明报考西南联大，完全是奔着沈从文去的，未免稍嫌夸张，但必是一个重要的原因。

1997 年 4 月 2 日夜，离汪曾祺去世还有一个半月，他又梦见了早已过世的沈从文先生。沈先生还是那样，瘦瘦的，穿一件灰色的长衫，走路很快，匆匆忙忙的，挟着一摞书，神情温和而执着。沈先生对学生汪曾祺的教诲也一如既往："文字，还是得贴紧生活。用写评论的语言写小说，不成。"

汪曾祺在西南联大四年，修了沈从文三门课，经沈从文之手修改、介绍发表的文字数以十篇计。三十年后重拾小说之笔，他记得沈先生说过的两句话："要贴到人物来写。""千万不要冷嘲。"这话被汪曾祺视为"小说学的精髓"。我们从《汪曾祺全集》中随便扯出一篇来，找不见一点儿违反沈先生教诲的地方。

所以"散"也意味着"散淡"，不跟风，不领潮。1987 年，汪曾祺在小说集《茱萸集》的"题记"中自个儿给自个儿下了结论：

> 我的小说在中国当代文学中可以视为"别裁伪体"。我年轻时有意"领异标新"。中年时曾说过："凡是别人那样写过的，我就绝不再那样写。"现在我老了，我已无意把自己的作品区别于别人的作品。我的作品倘与别人有什么不同，只是因为我不会写别人那样的作品。

也是 1987 年，他在美国回顾自己的创作历程时说：

> 我曾在一篇谈我的作品的小文中说过：我的作品不是，也

不可能是中国当代文学的主流。我觉得这样说是合乎实际的,不是谦虚。"主流"是什么?我说不清楚,也不想说。我只是想:我悄悄地写,读者悄悄地看,就完了。我不想把自己搞得很响亮。这是真话。

我年轻时曾受过西方的、现代主义文学的影响。但是我已经六十七岁了。我经历过生活中的酸甜苦辣,春夏秋冬,我从云层回到地面。我现在的文学主张是:回到民族传统,回到现实主义。(《自序》)

"回到民族传统,回到现实主义"听上去很主流,不是吗?其实不然,在汪曾祺看来,热衷于"抒情"与"议论"是白话文盛行以来写小说者的流行趋势,他觉得大多数"可有可无"。

——汪曾祺没说这个现象的物质原因,我帮汪曾祺补一句:因为现代印刷术太方便了,纸墨印刷,都不甚值钱,所以书可以印得很厚,话可以说得很长。汪曾祺逝后,文字发表阵地很大一部分转入网络,就更没关系了,两百万字起码,最高纪录好像是一千六百多万字。

总结起来,汪曾祺认为小说首重语言,"写小说就是写语言",结构可以随便,但要点是"把一件平平淡淡的事说得很有情致",作者的情怀,要放在叙事的字里行间里,"用抒情的笔触叙事"。(《小说笔谈》)

他举了两个例子:

我写《徙》,原来是这样开头的:
"世界上曾经有过很多歌,都已经消失了。"

我出去散了一会步,改成了:
"很多歌消失了。"

我在《异秉》中写陈相公一天的生活,碾药就写"碾药",裁纸就写"裁纸",两个字就算一句。因为生活里叙述一件事就是这样叙述的。如果把句子写齐全了,就会成为:"他生活里的另一个项目是碾药","他生活里的又一个项目是裁纸",那多噜嗦!

汪曾祺认为:

我牺牲了一些字,赢得的是文体的峻洁。

短,才有风格。现代小说的风格,几乎就等于:短。(《说短——与友人书》)

这种对语言的极致追求,既是现代小说的风格,也是一种古典的美学追求,但不是古代白话小说的风格,白话小说脱胎于话本,本身就有拖沓冗长的叙事毛病。然而自唐宋之后,已经不用刀子往竹简上刻字了,但文人雅士,仍然辞尚古简,而且书画同源,以"留白"为美。汪曾祺擅书画,这个道理他当然懂。

所以"散"的另一面是"通"。

打通古典与现代,打通"现代"与"当代",打通雅言与俗语,打通小说与散文,以及书、画等其他艺术形式,更重要的是,创作理念上,打通"要有益于世道人心"与"使这个世界更加诗化"。汪曾祺可称当代文学中的一位难得的"通人"。

所谓"最后一个士大夫"的称呼,其实是站在经历了断裂与单面化的20世纪80年代文学的立场上,惊异于对另一种美学传统的"发掘"。汪曾祺生长于那种美学传统的尾声,经过民国既关怀乡土嬗变、又追蹑世界潮流的文学教育洗礼,再身历建国初对民间文化的发现与整理,正如汪曾祺自述"经历过生活中的酸甜苦辣,春夏秋冬,我从云层回到地面",他自己也成了中国自晚明以来的近世文学传统送给20世纪80、90年代文学的一份礼物。

铁凝在《相信生活，相信爱》中引一位评论家的话评价汪曾祺："在风行现代派的 20 世纪 80 年代，汪曾祺以其优美的文字和叙述唤起了年轻一代对母语的感情，唤起了他们对母语的重新热爱，唤起了他们对民族文化的热爱……他用非常中国化的文风征服了不同年龄、不同文化的人，因而又显出特别的'新潮'，让年轻的人重新树立了对汉语的信心。"

　　这一点，汪曾祺自己也有信心。他回答过一个问题："沈先生三十年前写的小说，为什么今天还有蓬勃的生命呢？"他说：

　　　　这个问题很不好回答。我想了几天，后来还是在沈先生的小说里找到了答案，那是《长河》里夭夭所说的：

　　　　"好看的应该长远存在。"（《沈从文和他的〈边城〉》）

　　　　　　　　　　　　　　　　　　　　　　　　　　杨　早

戴 车 匠

　　戴车匠是东街一景。

　　车匠是一种很古老的行业了。中国什么时候开始有车匠,无可考。想来这是很久远的事了。所谓车匠,就是在木制的车床子上用镟刀车镟小件圆形木器的那种人。从我记事的时候,全城似只有这一个车匠,一家车匠店。

　　车匠店离草巷口不远,坐南朝北。左邻是侯家银匠店,右邻是杨家香店。侯银匠成天用一根吹管吹火打银簪子、银镯子,或用小錾子錾银器上的花纹。侯家还出租花轿。花轿就停放在店堂的后面。大红缎子的轿帏,上绣丹凤朝阳和八仙,——中国的八仙是一组很奇怪的仙人,什么场合都有他们的份。结婚和八仙有什么关系呢?谁家姑娘要出阁,就事前到侯银匠家把花轿订下来。这顶花轿不知抬过多少新娘子了。附近几条街巷的人家,大家小户,都用这顶花轿。杨家香店柜前立着一块竖匾,上面不是写的字,却是用金漆堆塑出一幅"鹤鹿同春"的画。弯着脖子吃草的金鹿和拳一只腿的金鹤留给过往行人很深的印象,因为一天要看见好多次。而且这是一幅画,凡是画,只要画得不太难看,人们还是愿意看一眼的。这在劳碌的生活中也是一种享受。我们那里不知道为什么有这样一种规矩,香店里每天都要打一盆稀稀的浆糊,免费供应街

1

邻。人家要用少量的浆糊，就拿一块小纸，到香店里去"寻"。——大量的当然不行，比如糊窗户、打袼褙，那得自己家里拿面粉冲。我小时糊风筝，就常到杨家香店寻浆糊（一个"三尾"的风筝是用不了多少浆糊的）……

戴家车匠店夹在两家之间。门面很小，只有一间。地势却颇高。跨进门坎，得上五层台阶。因此车匠店有点像个小戏台（戴车匠就好像在台上演戏）。店里正面是一堵板壁。板壁上有一副一尺多长，四寸来宽的小小的朱红对子，写的是：

室雅何须大
花香不在多

不知这是哪位读书人的手笔。但是看来戴车匠很喜欢这副对子。板壁后面，是住家。前面，是作坊。作坊靠西墙，放着两张车床。这所谓车床和现代的铁制车床是完全不同的。就像一张狭长的小床，木制的，有一个四框，当中有一个车轴，轴上安镟刀，轴下有皮条，皮条钉在踏板上，双脚上下踏动踏板，皮条牵动车轴，镟刀来回转动，车匠坐在坐板上，两手执定小块木料，就镟刀上车镟成器，这就是中国的古式的车床，——其原理倒是和铁制车床是一样的。这东西用语言是说不清楚的。《天工开物》之类的书上也许有车床的图，我没有查过。

靠里的车床是一张大的，那还是戴车匠的父亲留下的。老一辈人打东西不怕费料，总是超过需要的粗壮。这张老车床用了两代人，坐板已经磨得很光润，所有的榫头都还是牢牢实实的，没有一点活动。戴车匠嫌它过于笨重，就自己另打了一张新的。除了做特别沉重的东西，一般都使外边较小的这一张。

戴车匠起得很早。在别家店铺才卸下铺板的时候，戴车匠已经吃了早饭，选好了材料，看看图样，坐到车床的坐板上了。一个人走进他的工作,是叫人感动的。他这就和这张床子成了一体,一刻不停地做起活来了。看到戴车匠坐在床子上,让人想起古人说的:"百工居于肆,以成其器"。中国的工匠,都是很勤快的。好吃懒做的工匠,大概没有,——很少。

车匠做的活都是圆的。常言说:"砍的没有镟的圆"。较粗的活是量米的升子,烧饼槌子。——我们那里擀烧饼不用擀杖,用一种特制的烧饼槌子,一段圆木头,车光了,状如一个小碌碡,当中掏出圆洞,插进一个木杆。较细的活是布掸子的把,——末端车成一个滴溜圆的小球或甘露形状;擀烧麦皮用的细擀杖,——我们那里擀烧麦皮用两根小擀杖同时擀,擀杖长五寸,粗如指,极光滑,两根擀杖须分量相等。最细致的活是装围棋子的槟榔木的小圆罐,——罐盖须严丝合缝,木理花纹不错分毫。戴车匠做的最多的是大小不等的滑车。这是三桅大帆船上用的。布帆升降,离不开滑车。做得了的东西,都悬挂在西边墙上,真是琳琅满目,细巧玲珑。

车匠用的木料都是坚实细致的,檀木——白檀,紫檀,红木,黄杨,枣木,梨木,最次的也是榆木的。戴车匠踩动踏板,执料就刀,镟刀轻轻地吟叫着,吐出细细的木花。木花如书带草,如韭菜叶,如番瓜瓤,有白的、浅黄的、粉红的、淡紫的,落在地面上,落在戴车匠的脚上,很好看。住在这条街上的孩子多爱上戴车匠家看戴车匠做活,一个一个,小傻子似的,聚精会神,一看看半天。

孩子们愿意上戴车匠家来,还因为他养着一窝洋老鼠——白耗子,装在一个一面有玻璃的长方木箱里,挂在东面的墙上。洋老鼠在里面踩车、推磨、上楼、下楼,整天不闲着,——无事忙。戴车匠这么大的人了,对洋老鼠并无多大兴趣,养来是给他的独儿子玩的。

一到快过清明节了,大街小巷的孩子就都惦记起戴车匠来。

这里的风俗,清明那天吃螺蛳,家家如此,说是清明吃螺蛳,可以明目。买几斤螺蛳,入盐,少放一点五香大料,煮出一大盆,可供孩子吃一天。孩子们除了吃,还可以玩,——用螺蛳弓把螺蛳壳射出去。螺蛳弓是竹制的小弓,有一支小弓箭,附在双股麻线拧成的弓弦上。竹箭从竹片窝成的弓背当中的一个窟窿里穿过去。孩子们用竹箭的尖端把螺蛳掏出来吃了,用螺蛳壳套在竹箭上,一拉弓弦,弓背弯成满月,一撒手,哒的一声,螺蛳壳便射了出去。射得相当高,相当远。在平地上,射上屋顶是没有问题的。——竹箭被弓背挡住,是射不出去的。家家孩子吃螺蛳,放螺蛳弓,因此每年夏天瓦匠捡漏时,总要从瓦楞里扫下好些螺蛳壳来。不知道为什么,这种螺蛳弓都是车匠做,——其实这东西不用上床子镟,只要用破竹的作刀即能做成,应该由竹器店供应才对。清明前半个月,戴车匠就把别的活都停下来,整天地做螺蛳弓。孩子们从戴车匠门前过,就都兴奋起来。到了接近清明,戴车匠家就都是孩子。螺蛳弓分大、中、小三号,弹力有差,射程远近不同,价钱也不一样。孩子们眼睛发亮,挑选着,比较着,挨挨挤挤,叽叽喳喳,好不热闹。到清明那天,听吧,到处是拉弓放箭的声音:“哒——哒!”

戴车匠每年照例要给他的儿子做一张特号的大弓。所有的孩子看了都羡慕。

戴车匠眯缝着眼睛看着他的儿子坐在门坎上吃螺蛳,把螺蛳壳用力地射到对面一家倒闭了的钱庄的屋顶上,若有所思。

他在想什么呢?

他的儿子已经八岁了。他该不会是想:这孩子将来干什么?是让他也学车匠,还是另外学一门手艺?世事变化很快,他隐隐约约觉得,车匠这一行恐怕不能永远延续下去。

一九八一年,我回乡了一次(我去乡已四十余年)。东街已经完全变样,戴家车匠店已经没有痕迹了。——侯家银匠店,杨家香店,也都没有了。

也许这是最后一个车匠了。

鸡鸭名家

刚才那两个老人是谁？

父亲在洗刮鸭掌。每个蹼蹼都掰开来仔细看过，是不是还有一丝泥垢，一片没有去尽的皮，就像在作一件精巧的手工似的。两付鸭掌白白净净，妥妥停停，排成一排。四只鸭翅，也白白净净，排成一排。很漂亮，很可爱。甚至那两个鸭肫，父亲也把它处理得极美。他用那把我小时就非常熟悉的角柄小刀从栗紫色当中闪着钢蓝色的一个微微凹处轻轻一划，一翻，里面的蕊黄色的东西就翻出来了。洗涮了几次，往鸭掌、鸭翅之间一放，样子很名贵，像一种珍奇的果品似的。我很有兴趣地看着他用洁白的，然而男性的手，熟练地做着这样的事。我小时候就爱看他用他的手做这一类的事，就像我爱看他画画刻图章一样。我和父亲分别了十年，他的这双手我还是非常熟悉。

刚才那两个老人是谁？

鸭掌、鸭翅是刚从鸡鸭店里买来的。这个地方鸡鸭多，鸡鸭店多。鸡鸭店都是回回开的。这地方一定有很多回回。我们家乡回回很少。鸡鸭店全城似乎只有一家。小小一间铺面，干净而寂寞。门口挂着收拾好的白白净净的鸡鸭，很少有人买。我每回走过时总觉得有一种使人难忘的印象袭来。这家铺子有一种什么东西和别家不一样。好像这是一个古代的店铺。铺子在我舅舅家附近，出一个深巷高坡，上大街，拐角第一家便是。主人相貌奇古，一个非常大的鼻子，鼻子上有很多小洞，通红通红，十分鲜艳，一个酒糟鼻子。我从那个鼻子上认得了什么叫酒糟鼻子。没有人告诉过我，我无师自通，一看见就知道："酒糟鼻子"！我在外十年，时常会想起那个鼻子。刚才在鸡鸭店又想起了那个鼻子。现在那个鼻子的主人，那条斜阳古柳的巷子不知怎么样了……

那两个老人是谁？

一声鸡啼，一只金彩烂丽的大公鸡，一个很好看的鸡，在小院子里顾影徘徊，又高傲，又冷清。

那两个老人是谁呢，父亲跟他们招呼的，在江边的沙滩上？……

街上回来，行过沙滩。沙滩上有人在分鸭子。四个男子汉站在一个大鸭圈里，在熙熙攘攘的鸭群里，一只一只，提着鸭脖子，看一看，分别丢在四边几个较小的圈里。他们看什么？——四个人都一色是短棉袄，下面皆系青布鱼裙。这一带，江南江北，依水而住，靠水吃水的人，卖鱼的，贩卖菱藕、芡实、芦柴、茭草的，都有这样一条裙子。系了这样一条大概宋朝就兴的布裙，戴上一顶瓦块毡帽，一看就知道是干什么行业的。——看的是鸭头，分别公母？母鸭下蛋，可能价钱卖得贵些？不对，鸭子上了市，多是卖给人吃，很少人家特为买了母鸭下蛋的。单是为了分别公母，弄两个大圈就行了，把公鸭赶到一边，剩下的不都是母鸭了，无须这么麻烦。是公是母，一眼不就看出来，得要那么提起来认一认？而且，几个圈里灰头绿头都有！——沙滩上安静极了，然而万籁有声，江流浩浩，飘忽着一种又积极又消沉的神秘的向往，一种广大而深微的呼吁，悠悠宕宕，悄怆感人。东北风。交过小雪了，真的入了冬了。可是江南地暖，虽已至"相逢不出手"的时候，身体各处却还觉得舒舒服服,饶有清兴,不很肃杀,天气微阴,空气里潮润润的。新麦、旧柳,抽了卷须的豌豆苗,散过了絮的蒲公英,全都欣然接受这点水气。鸭子似乎也很满意这样的天气,显得比平常安静得多。虽被提着脖子,并不表示抗议。也由于那几个鸭贩子提得是地方,一提起,趁势就甩了过去,不致使它们痛苦。甚至那一甩还会使它们得到筋肉伸张的快感,所以往来走动,煦煦然很自得的样子。人多以为鸭子是很唠叨的动物,其实鸭子也有默处的时候。不过这样大一群鸭子而能如此雍雍雅雅,我还从未见过。它们今天早上大概都得到一顿饱餐了吧?——什么地方送来一阵煮大麦芽的气味,香得很。一定有人用长柄的大铲子在铜锅里慢慢搅和着,就要出糖了。——是约约斤两,把新鸭和老鸭分开?也不对。这些鸭子都差不多大,全是当年的,生日不是四月下旬就是五月初,上下差不了几天。骡马看牙口,鸭子不是骡马,也看几岁口?看,也得叫鸭子张开嘴,而鸭子嘴全都闭得扁扁的。黄嘴也是扁扁的,绿嘴也是扁扁的。即使掰开来看,也看不出所以然呀,全都是一圈细锯齿,分不开牙多牙少。看的是嘴。看什么呢?哦,鸭嘴上有点东西,有一道一道印子,是刻出来的。有的一道,有的两道,有的刻一个十字叉叉。哦,这是记号!这一群鸭子不是一家养的。主人相熟,搭伙运过江来了,混在一起,搅乱了,现在再分开,以便各自出卖?对了,对了!不错!这个记号作得实在有道理。

江边风大,立久了究竟有点冷,走吧。

刚才运那一车鸡的两口子不知到了哪儿了。一板车的鸡,一笼一笼堆得很高。这些鸡是他们自己的,还是给别人家运的?我起初真有些不平,这个男人真岂有此理,怎么叫女人拉车,自己却提了两只分量不大的蒲包在后面踱方步!后来才知道,他的负担更重一些。这一带地不平,尽是坑!车子拉动了,并不怎么费力,陷在坑里要推上来可不易。这一下,够瞧的!车掉进坑了,他赶紧用肩膀顶住。然而一只辖辘怎么弄也上不来。跑过来两个老人（他们原来蹲在一边谈天）。老人之一捡了一块砖煞住后滑的辖辘，推车的男人发一声喊，车上来了！他接过女人为他拾回来的落到地下的毡帽，掸一掸草屑，向老人道了谢："难为了！"车子吱吱咂咂地拉过去，走远了。我忽然想起了两句《打花鼓》：

恩爱的夫妻
槌不离锣

这两句唱腔老是在我心里回旋。我觉得很凄楚。

这个记号作得实在很有道理。遍观鸭子全身，还有其他什么地方可以作记号的呢？不像鸡。鸡长大了，毛色各不相同，养鸡人都记得。在他们眼中，世界没有两只同样的鸡。就是被人偷去杀了吃掉，剩下一堆毛，他认也认得清（《王婆骂鸡》中列举了很多鸡的名目，这是一部"鸡典"）。小鸡都差不多，养鸡的人家都在它们的肩翅之间染了颜色，或红或绿，以防走失。我小时颇不赞成，以为这很不好看。但人家养鸡可不是为了给我看的！鸭子麻烦，不能染色。小鸭子要下水，染了颜色，浸在水里，要退。到一放大毛，则普天下的鸭子只有两种样子了：公鸭、母鸭。所有的公鸭都一样，所有的母鸭也都一样。鸭子养在河里，你家养，他家养，难免混杂。可以作记号的地方，一看就看出来的，只有那张嘴。上帝造鸭，没有想到鸭嘴有这个用处吧。小鸭子，嘴嫩嫩的，刻几道一定很容易。鸭嘴是角质，就像指甲，没有神经，刻起来不痛。刻过的嘴，一样吃东西，碎米，浮萍、小鱼、虾蚤、蛆虫……鸭子们大概毫不在乎。不会有一只鸭子发现同伴的异样，呱呱大叫起来："咦！老哥，你嘴上是怎么回事，雕了花了？"当初想出作这样记号的，一定是个聪明人。

然而那两个老人是谁呢？

鸭掌鸭翅已经下在砂锅里。砂锅咕嘟咕嘟响了半天了,汤的气味飘出来,快得了。碗筷摆了出来,就要吃饭了。

"那两个老人是谁?"

"怎么?——你不记得了?"

父亲这一反问教我觉得高兴:这分明是两个值得记得的人。我一问,他就知道问的是谁。

"一个是余老五。"

余老五!我立刻知道,是高高大大,广额方颡,一腮帮白胡子茬的那个。——那个瘦瘦小小,目光精利,一小撮山羊胡子,头老是微微扬起,眼角带着一点嘲讽痕迹的,行动敏捷,不像是六十开外的人,是——

"陆长庚。"

"陆长庚?"

"陆鸭。"

陆鸭!这个名字我很熟,人不很熟,不像余老五似的是天天见得到的老街坊。

余老五是余大房炕房的师傅。他虽也姓余,炕房可不是他开的,虽然他是这个炕房里顶重要的一个人。老板和他同宗,但已经出了五服,他们之间只有东伙缘分,不讲亲戚面情。如果意见不和,东辞伙,伙辞东,都是可以的。说是老街坊,余大房离我们家还很有一段路。地名大淖,已经是附郭的最外一圈。大淖是一片大水,由此可至东北各乡及下河诸县。水边有人家处亦称大淖。这是个很动人的地方,风景人物皆有佳胜处。在这里出入的,多是戴瓦块毡帽系鱼裙的朋友。乘小船往北顺流而下,可以在垂杨柳、脆皮榆、茅棚、瓦屋之间,高爽地段,看到一座比较整齐的房子,两旁八字粉墙,几个黑漆大字,鲜明醒目;夏天门外多用芦席搭一凉棚,绿缸里渍着凉茶,任人取用;冬天照例有卖花生薄脆的孩子在门口踢毽子;树顶上飘着做会的纸幡或一串红绿灯笼的,那是"行"。一种是鲜货行,代客投牙买卖鱼虾水货、荸荠茨菇、山药芋艿、薏米鸡头,诸种杂物。一种是鸡鸭蛋行。鸡鸭蛋行旁边常常是一家炕房。炕房无字号,多称姓某几房,似颇有古意。其中余大房声誉最著,一直是最大的一家。

余老五成天没有什么事情,老看他在街上逛来逛去,到哪里都提了他那把其大无比,细润发光的紫砂茶壶,坐下来就聊,一聊一半天。而且好喝酒,一天两顿,一顿四两。而且好管闲事。跟他毫无关系的事,他也要挤上来插嘴。而且声音奇大。这条街上茶馆酒肆里随时听得见他的喊叫一样的说话声音。不论是哪两家闹纠纷,吃"讲茶"评理,都有他一份。就凭他的大嗓门,别人只好退避三舍,叫他一个人说!有时炕房里有事,差个小孩子来找他,问人看见没有,答话的人常是说:"看没有看见,听倒听见的。再走过三家门面,你把耳朵竖起来,找不到,再来问我!"他一年闲到头,吃、喝、穿、用全不缺。余大房养他。只有每年春夏之间,看不到他的影子了。

多少年没有吃"巧蛋"了。巧蛋是孵小鸡孵不出来的蛋。不知什么道理,有些小鸡长不全,多半是长了一个头,下面还是一个蛋。有的甚至翅膀也有了,只是出不了壳。鸡出不了壳,是鸡生得笨,所以这种蛋也称"拙蛋",说是小孩子吃不得,吃了书念不好。反过来改成"巧蛋",似乎就可通融,念书的孩子也马马虎虎准许吃了。这东西很多人是不吃的。因为看上去使人身上发麻,想一想也怪不舒服,总之吃这种东西很不高雅。很惭愧,我是吃过的,而且只好老实说,味道很不错。吃都吃过了,赖也赖不掉,想高雅也来不及了。——吃巧蛋的时候,看不见余老五了。清明前后,正是炕鸡子的时候;接着又得炕小鸭,四月。

蛋先得挑一挑。那是蛋行里人的责任。鸡鸭也有"种口"。哪一路的鸡容易养,哪一路的长得高大,哪一路的下蛋多,蛋行里的人都知道。生蛋收来之后,分别放置,并不混杂。分好后,剔一道,薄壳,过小,散黄,乱带,日久,全不要。——"乱带"是系着蛋黄的那道韧带断了,蛋黄偏坠到一边,不在正中悬着了。

再就是炕房师傅的事了。一间不透光的暗屋子,一扇门上开一个小洞,把蛋放在洞口,一眼闭,一眼睁,反复映看,谓之"照蛋"。第一次叫"头照"。头照是照"珠子",照蛋黄中的胚珠,看是否受过精,用他们的说法,是"有"过公鸡或公鸭没有。没有"有"过的,是寡蛋,出不了小鸡小鸭。照完了,这就"下炕"了。下炕后三四天,取出来再照,名为"二照"。二照照珠子"发饱"没有。头照很简单,谁都作得来。不用在门洞上,用手轻握如筒,把蛋放在底下,迎着亮光,转来转去,就看得出蛋黄里有没有晕晕的一个圆影子。二照要点功夫,胚珠是否隆起了一点,常常不易断定。珠子不饱的,要剔下来。二照剔下的蛋,可以照常拿到市上去卖,看不出是炕过的。二照之后,三照四照,隔几天一次。三四照后,蛋就变了。到知道炕里的蛋都在正常发育,就不再动它,静待出炕"上床"。

下了炕之后,不让人随便去看。下炕那天照例是猪头三牲,大香大烛,燃鞭放炮,磕头敬拜祖师菩萨,仪式十分庄严隆重。因为炕房一年就作一季生意,赚钱蚀本,就看这几天。因为父亲和余老五很熟,我随着他去看过。所谓"炕",是一口一口缸,里头糊着泥和草,下面点着稻草和谷糠,不断用火烘着。火是微火,要保持一定的温度。太热了一炕蛋全熟了,太小了温度透不进蛋里去。什么时候加一点草、糠,什么时候撤掉一点,这是余五的职分。那两天他整天不离一步。许多事情不用他自己动手。他只要不时看一看,吩咐两句,有下手徒弟照办。余老五这两天可显得重要极了,尊贵极了,也谨慎极了,还温柔极了。他话很少,说话声音也是轻轻的。他的神情很奇怪,总像在谛听着什么似的,怕自己轻轻咳嗽也会惊散这点声音似的。他聚精会神,身体各部全在一种沉湎,一种兴奋,一种极度的敏感之中。熟悉炕房情况的人,都说这行饭不容易吃。一炕下来,人要瘦一圈,像生了一场大病。吃饭睡觉都不能马虎一刻,前前后后半个多月!他也很少真正睡觉。总是躺在屋角一张小床上抽烟,或者闭目假寐,不时就着壶嘴喝一口茶,哑哑地说一句话。一样借以量度的器械都没有,就凭他这个人,一个精细准确而又复杂多方的"表",不以形求,全以神遇,用他的感觉判断一切。炕房里暗暗的,暖洋洋的,潮濡濡的,笼罩着一种暧昧、缠绵的含情怀春似的异样感觉。余老五身上也有着一种"母性"。(母性!)他身验着一个一个生命正在完成。

蛋炕好了,放在一张一张木架上,那就是"床"。床上垫着棉花。放上去,不多久,就"出"了:小鸡一个一个啄破蛋壳,啾啾叫起来。这些小鸡似乎非常急于用自己的声宣告也证实自己已经活了。啾啾啾啾,叫成一片,热闹极了。听到这声音,老板心里就开了花。而余老五的眼皮一麻搭,已经沉沉睡去了。小鸡子在街上卖的时候,正是余老五呼呼大睡的时候。他得接连睡几天。——鸭子比较简单,连床也不用上;难的是鸡。

小鸡跟真正的春天一起来,气候也暖和了,花也开了。而小鸭子接着就带来了夏天。画"春江水暖鸭先知"的,往往画出黄毛小鸭。这是很自然的,然而季节上不大对。桃花开的时候小鸭还没有出来。小鸡小鸭都放在浅扁的竹笼里卖。一路走,一路啾啾地叫,好玩极了。小鸡小鸭都很可爱。小鸡娇弱伶仃,小鸭傻气而固执。看它们在竹笼里挨挨挤挤,窜窜跳跳,令人感到生命的欢悦。捉在手里,那点轻微的挣扎搔挠,使人心中怦怦然,胸口痒痒的。

余大房何以生意最好?因为有一个余老五。余老五是这行的状元。余老五何以是状元？他炕出来的鸡跟别家的摆在一起，来买的人一定买余老五炕出的鸡，他的鸡特别大。刚刚出炕的小鸡照理是一般大小，上戥子称，分量差不多，但是看上去，他的小鸡要大一圈！那就好看多了，当然有人买。怎么能大一圈呢？他让小鸡的绒毛都出足了。鸡蛋下了炕，几十个时辰，可以出炕了，别的师傅都不敢等到最后的限度，生怕火功水气错一点，一炕蛋整个的废了，还是稳一点。想等，没那个胆量。余老五总要多等一个半个时辰。这一个半个时辰是最吃紧的时候，半个多月的工夫就要在这一会见分晓。余老五也疲倦到了极点，然而他比平常更警醒，更敏锐。他完全变了一个人。眼睛塌陷了，连颜色都变了，眼睛的光彩近乎疯狂。脾气也大了，动不动就恼怒，简直碰他不得，专断极了，顽固极了。很奇怪，他这时倒不走近火炕一步，只是半倚半靠在小床上抽烟，一句话也不说。木床、棉絮，一切都准备好了。小徒弟不放心，轻轻来问一句："起了吧？"摇摇头。——"起了罢？"还是摇摇头，只管抽他的烟。这一会正是小鸡放绒毛的时候。这是神圣的一刻。忽而作然而起："起！"徒弟们赶紧一窝蜂似的取出来，简直是才放上床，小鸡就啾啾啾啾纷纷出来了。余五自掌炕以来，从未误过一回事，同行中无不赞叹佩服。道理是谁也知道的，可是别人得不到他那种坚定不移的信心。这是才分，是学问，强求不来。

余五炕小鸭亦类此出色。至于照蛋、煨火，是尤其余事了。

因此他才配提了紫砂茶壶到处闲聊，除了掌炕，一事不管。人说不是他吃老板，是老板吃着他。没有余老五，余大房就不成其为余大房了。没有余大房，余老五仍是一个余老五。什么时候，他前脚跨出那个大门，后脚就有人替他把那把紫砂壶接过去。每一家炕房随时都在等着他。每年都有人来跟他谈的，他都用种种方法回绝了。后来实在麻烦不过，他就半开玩笑似地说："对不起，老板连坟地都给我看好了！"

父亲说，后来余大房当真在泰山庙后，离炕房不远处，给他找了一块坟地。附近有一片短松林，我们小时常上那里放风筝。蚕豆花开得闹嚷嚷的，斑鸠在叫。

余老五高高大大，方肩膀，方下巴，到处方。陆长庚瘦瘦小小，小头，小脸。八字眉。小小的眼睛，不停地眨动。嘴唇秀小微薄而柔软。他是一个农民，举止言词都像一个农民，安分，卑屈。他的眼睛比一般农民要少一点惊惶，但带着更深的绝望。他不像余五那样有酒有饭，有寄托，有保障。他是个倒霉人。他的脸小，可是脸上的纹路比余老五杂乱，写出更多的人性。他有太多没有说出来的俏皮笑话，太多没有浪费的风情，他没有爱抚，没有安慰，没有吐气扬眉，没有……他是个很聪明的人，乡下的活计没有哪一件难得倒他。许多活计，他看一看就会，想一想就明白。他是窑庄一带的能人，是这一带茶坊酒肆、豆棚瓜架的一个点缀，一个谈话的题目。可是他的运气不好，干什么都不成功。日子越过越穷，他也就变得自暴自弃，变得懒散了。他好喝酒，好赌钱，像一个不得意的才子一样，潦倒了。我父亲知道他的本事，完全是偶然；他表演了那么一回，也是偶然！

母亲故世之后，父亲觉得很寂寞无聊。母亲葬在窑庄。窑庄有我们的一块地。这块地一直没有收成，沙性很重，种稻种麦，都不相宜，只能种一点豆子，长草。北乡这种瘦地很多，叫做"草田"。父亲想把它开辟成一个小小农场，试种果树、棉花。把庄房收回来，略事装修，他平日就住在那边，逢年过节才回家。我那时才六岁，由一个老奶妈带着，在舅舅家住。有时老奶妈送我到窑庄来住几天。我很少下乡，很喜欢到窑庄来。

我又来了！父亲正在接枝。用来削切枝条的，正是这把拾掇

鸭肫的角柄小刀。这把刀用了这么多年了,还是刀刃若新发于硎。正在这时,一个长工跑来了:

"三爷,鸭都丢了!"

佃户和长工一向都叫我父亲为"三爷"。

"怎么都丢了?"

这一带多河沟港汊,出细鱼细虾,是个适于养鸭的地方。有好几家养过鸭。这块地上的老佃户叫倪二,父亲原说留他。他不干,他不相信从来没有结过一个棉桃的地方会长出棉花。他要退租。退租怎么维生?他要养鸭。从来没有养过鸭,这怎么行?他说他帮过人,懂得一点。没有本钱,没有本钱想跟三爷借。父亲觉得让他种了多年草田,应该借给他钱。不过很替他担心。父亲也托他买了一百只小鸭,由他代养。事发生后,他居然把一趟鸭养得不坏。棉花也长出来了。

"倪二,你不相信我种得出棉花,我也不相信你养得好鸭子。现在地里一朵一朵白的,那是什么?"

"是棉花。河里一只一只肥的,是——鸭子!"

每天早晚,站在庄头,在沉沉雾霭,淡淡金光中,可以看到他喳喳叱叱赶着一大群鸭子经过荡口,父亲常常要摇头:

"还是不成,不'像'! 这些鸭跟他还不熟。照说,都就要卖了,那根赶鸭用的篙子就不大动了,可你看他那忙乎劲儿!"

倪二没有听见父亲说什么,但是远远地看到(或感觉到)父亲在摇头,他不服,他舞着竹篙,说:"三爷,您看!"

他的意思是说:就要到八月中秋了,这群鸭子就可以赶到南京或镇江的鸭市上变钱。今年鸡鸭好行市。到那时三爷才佩服倪二,知道倪二为什么要改行养鸭!

放鸭是很苦的事。问放鸭人,顶苦的是什么?"冷清"。放鸭和种地不一样。种地不是一个人,撒种、车水、薅草、打场,有歌声,有锣鼓,呼吸着人的气息。养鸭是一种游离,一种放逐,一种流浪。一大清早,天才露白,撑一个浅扁小船,仅容一人,叫做"鸭撇子",手里一根竹篙,篙头系着一把稻草或破蒲扇,就离开村庄,到茫茫的水里去了。一去一天,到天擦黑了,才回来。下雨天穿蓑衣,太阳大戴个笠子,天凉了多带一件衣服。"连一个说话的人都没有。"远远地,偶尔可以听到远远地一两声人声,可是眼前只是一群扁毛畜生。有人爱跟牛、羊、猪说话。牛羊也懂人话。要跟鸭子谈谈心可是很困难。这些东西只会呱呱地叫,不停地用它的扁嘴呷喋呷喋地吃。

可是,鸭子肥了,倪二喜欢。

前两天倪二说,要把鸭子赶去卖了。他算了算,刨去行佣、卡钱,连底三倍利。就要赶,问父亲那一百只鸭怎么说,是不是一起卖。今天早上,父亲想起留三十只送人,叫一个长工到荡里去告诉倪二。

"鸭都丢了!"

倪二说要去卖鸭,父亲问他要不要请一个赶过鸭的行家帮一帮,怕他一个人应付不了。运鸭,不像运鸡。鸡是装了笼的。运鸭,还是一只小船,船上装着一大卷鸭圈,干粮,简单的行李,人在船,鸭在水,一路迤迤逦逦地走。鸭子路上要吃活食,小鱼小虾,运到了,才不落膘掉斤两,精神好看。指挥鸭阵,划撑小船,全凭一根篙子。一程十天半月。经过长江大浪,也只是一根竹篙。晚上,找一个沙洲歇一歇。这赶鸭是个险事,不是外行冒充得来的。

"不要!"

他怕父亲再建议他请人帮忙,留下三十只鸭,偷偷地一早把鸭赶过荡,准备过白莲湖,沿漕河,过江。

长工一到荡口,问人:

"倪二呢?"

"倪二在白莲湖里。你赶快去看看。叫三爷也去看看。一趟鸭子全散了！"

"散了"，就是鸭子不服从指挥，各自为政，四散逃窜，钻进芦丛里去了，而且再也不出来。这种事过去也发生过。

白莲湖是一口不大的湖，离窑庄不远。出菱，出藕，藕肥白少渣。二五八集期，父亲也带我去过。湖边港汊甚多，密密地长着芦苇。新芦苇很高了，黑森森的。莲蓬已经采过了，荷叶的颜色也发黑了。人过时常有翠鸟冲出，翠绿的一闪，快如疾箭。

小船浮在岸边，竹篙横在船上。倪二呢？坐在一家晒谷场的石辘轴上，手里的瓦块毡帽攥成了一团，额头上破了一块皮。几个人围着他。他好像老了十年。他疲倦了。一清早到现在，现在已经是下午了，他跟鸭子奋斗了半日。他一定还没有吃过饭。他的饭在一个布口袋里，——一袋老锅巴。他木然地坐着，一动不动。不时把脑袋抖一抖，倒像受了震动。——他的脖子里有好多道深沟，一方格，一方格的。颜色真红，好像烧焦了似的。老那么坐着，脚恐怕要麻了。他的脚显出一股傻相。

父亲叫他：

"倪二。"

他像个孩子似的哭起来。

怎么办呢？

围着的人说：

"去找陆长庚，他有法子。"

"哎，除非陆长庚。"

"只有老陆，陆鸭。"

陆长庚在哪里？

"多半在桥头茶馆。"

桥头有个茶馆，是为鲜货行客人、蛋行客人、陆陈行客人谈生意而设的。区里、县里来了什么大人物,也请在这里歇脚。卖清茶,也代卖纸烟、针线、香烛纸祃、鸡蛋糕、芝麻饼、七厘散、紫金锭、菜种、草鞋、写契的契纸、小绿颖毛笔、金不换黑墨、何通记纸牌……总而言之,日用所需,应有尽有。这茶馆照例又是闲散无事人聚赌耍钱的地方。茶馆里备有一副麻将牌(这副麻将牌丢了一张红中,是后配的),一副牌九。推牌九时下旁注的比坐下拿牌的多,站在后面呼幺喝六,呐喊助威。船从桥头过,远远地就看到一堆兴奋忘形的人头人手。船过去,还听得吼叫:"七七八八——不要九!"——"天地遇虎头,越大越封侯!"常在后面斜着头看人赌钱的,有人指给我们看过,就是陆长庚,这一带放鸭的第一把手,诨号陆鸭,说他跟鸭子能通话,他自己就是一只成了精的老鸭。——瘦瘦小小,神情总是在发愁。他已经多年不养鸭了,现在见到鸭就怕。

"不要你多,十五块洋钱。"

赌钱的人听到这个数目都捏着牌回过头来:十五块!十五块在从前很是一个数目了。他们看看倪二,又看看陆长庚。这时牌九桌上最大的赌注是一吊钱三三四,天之九吃三道。

说了半天,讲定了,十块钱。他不慌不忙,看一家地杠通吃,红了一庄,方去。

"把鸭圈拿好。倪二,赶鸭子进圈,你会的?我把鸭子吆上来,你就赶。鸭子在水里好弄,上了岸,七零八落的不好捉。"

这十块钱赚得太不费力了!抬起那根篙子(还是那根篙,他抬在手里就是样儿),把船撑到湖心,人仆在船上,把篙子平着,在水上扑打了一气,嘴里喷喷喷咕咕咕不知道叫点什么,赫!——都来了!鸭子四面八方,从芦苇缝里,好像来争抢什么东西似的,拼命地拍着翅膀,挺着脖子,一起奔向他那里小船的四围来。本来平静寥阔的湖面,骤然热闹起来,一湖都是鸭子。不知道为什么,高兴极了,喜欢极了,放开喉咙大叫,"呱呱呱呱……"不停地把头没进水里,爪子伸出水面乱划,翻来翻去,像一个一个小疯子。岸上人看到这情形都忍不住大笑起来。倪二也抹着鼻涕笑了。看看差不多到齐了,篙子一抬,嘴里曼声唱着,鸭子马上又安静了,文文雅雅,摆摆摇摇,向岸边游来,舒闲整齐有致。兵法:用兵第一贵"和"。这个"和"字用来形容这些鸭子,真是再恰当不过了。他唱的不知是什么,仿佛鸭子都爱听,听得很入神,真怪!

这个人真是有点魔法。

"一共多少只?"

"三百多。"

"三百多少?"

"三百四十二。"

他拣一个高处,四面一望。

"你数数。大概不差了。——嗨! 你这里头怎么来了一只老鸭?"

"没有,都是当年的。"

"是哪家养的老鸭教你裹来了!"

倪二分辩。分辩也没用。他一伸手捞住了。

"它屁股一撅,就知道。新鸭子拉稀屎,过了一年的,才硬。鸭肠子搭头的那儿有一个小箍道,老鸭子就长老了。你看看! 裹了人家的老鸭还不知道,就知道多了一只!"

倪二只好笑。

"我不要你多,只要两只。送不送由你。"

怎么小气,也没法不送他。他已经到鸭圈子提了两只,一手一只,拎了一拎。

"多重?"

他问人。

"你说多重?"

人问他。

"六斤四,——这一只,多一两,六斤五。这一趟里顶肥的两只。"

"不相信。一两之差也分得出,就凭手拎一拎?"

"不相信? 不相信拿秤来称。称得不对,两只鸭算你的;对了,今天晚上上你家喝酒。"

到茶馆里借了秤来,称出来,一点都不错。

"拎都不用拎,凭眼睛,说得出这一趟鸭一个一个多重。不过先得大叫一声。鸭身上有毛,毛蓬松着看不出来,得惊它一惊。一惊,鸭毛就紧了,贴在身上了,这就看得哪只肥,哪只瘦。晚上喝酒了,茶馆里会。不让你费事,鸭杀好。"

他刀也不用,一指头往鸭子三岔骨处一捣,两只鸭挣扎都不挣扎,就死了。

"杀的鸭子不好吃。鸭子要吃呛血的,肉才不老。"

什么事都轻描淡写,毫不装腔作势。说话自然也流露出得意,可是得意中又还有一种对于自己的嘲讽。这是一点本事。可是人最好没有这点本事。他正因为有这些本事,才种种不如别人。他放过多年鸭,到头来连本钱都蚀光了。鸭瘟。鸭子瘟起来不得了。只要看见一只鸭摇头,就完了。还不像鸡。鸡瘟还有救,灌一点胡椒、香油,能保住几只。鸭,一个摇头,个个摇头,不大一会,都不动了。好几次,一趟鸭子放到荡里,回来时就剩自己一个人了。看着死,毫无办法。他发誓,从此不再养鸭。

"倪老二,你不要肉疼,十块钱不白要你的,我给你送到。今天晚了,你把鸭圈起来过一夜。明天一早我来。三爷,十块钱赶一趟鸭,不算顶贵噢?"

他知道这十块钱将由谁来出。

当然，第二天大早来时他仍是一个陆长庚：一夜"七戳五在手"，输得光光的。

"没有！还剩一块！"

这两个老人怎么会到这个地方来呢？他们的光景过得怎么样了呢？

一九四七年初，写于上海

鉴 赏 家

全县第一个大画家是季匋民，第一个鉴赏家是叶三。

叶三是个卖果子的。他这个卖果子的和别的卖果子的不一样。不是开铺子的，不是摆摊的，也不是挑着担子走街串巷的。他专给大宅门送果子。也就是给二三十家送。这些人家他走得很熟，看门的和狗都认识他。到了一定的日子，他就来了。里面听到他敲门的声音，就知道：是叶三。挎着一个金丝篾篮，篮子上插一把小秤，他走进堂屋，扬声称呼主人。主人有时走出来跟他见见面，有时就隔着房门说话。"给您称——?"——"五斤"。什么果子，是看也不用看的，因为到了什么节令送什么果子都是一定的。叶三卖果子从不说价。买果子的人家也总不会亏待他。有的人家当时就给钱，大多数是到节下（端午、中秋、新年）再说。叶三把果子称好，放在八仙桌上，道一声"得罪"，就走了。他的果子不用挑，个个都是好的。他的果子的好处，第一是得四时之先。市上还没有见这种果子，他的篮子里已经有了。第二是都很大，都均匀，很香，很甜，很好看。他的果子全都从他手里过过，有疤的、有虫眼的、挤筐、破皮、变色、过小的全都剔下来，贱价卖给别的果贩。他的果子都是原装；有些是直接到产地采办来的，都是"树熟"，——不是在米糠里闷熟了的。他经常出外，出去买果子比他卖果子的时间要多得多。他也很喜欢到处跑。四乡八镇，哪个园子里，什么人家，有一棵什么出名的好果树，他都知道，而且和园主打了多年交道，熟得像是亲家一样了。——别的卖果子的下不了这样的功夫，也不知道这些路道。到处走，能看很多好景致，知道各地乡风，可资谈助，对身体也好。他很少得病，就是因为路走得多。

立春前后，卖青萝卜。"棒打萝卜"，摔在地下就裂开了。杏子、桃子下来时卖鸡蛋大的香白杏，白得像一团雪，只嘴儿以下有一根红线的"一线红"蜜桃。再下来是樱桃，红的像珊瑚，白的像玛瑙。端午前后，枇杷。夏天卖瓜。七八月卖河鲜：鲜菱、鸡头、莲蓬、花下藕，卖马牙枣、卖葡萄。重阳近了，卖梨：河间府的鸭梨、莱阳的半斤酥，还有一种叫做"黄金坠子"的香气扑人个儿不大的甜梨。菊花开过了，卖金橘，卖蒂部起脐子的福州蜜橘。入冬以后，卖栗子、卖山药（粗如小儿臂）、卖百合（大如拳）、卖碧绿生鲜的檀香橄榄。

他还卖佛手、香橼。人家买去，配架装盘，书斋清供，闻香观赏。

不少深居简出的人，是看到叶三送来的果子，才想起现在是什么节令了的。

叶三卖了三十多年果子，他的两个儿子都成人了。他们都是学布店的，都出了师了。老二是三柜，老大已经升为二柜了。谁都认为老大将来是会升为头柜，并且会当管事的。他天生是一块好材料。他是店里头一把算盘，年终结总时总得由他坐在账房里哗哗剥剥打好几天。接待厂家的客人，研究进货（进货是个大学问，是一年的大计，下年多进哪路货，少进哪路货，哪些必须常备，哪些可以试销，关系全年的盈亏），都少不了他。老二也很能干。量尺、撕布（撕布不用剪子开口，两手的两个指头夹着，借一点巧劲，嗤——的一声，布就撕到头了），干净利落。店伙的动作快慢，也是一个布店的招牌。顾客总愿意从手脚麻利的店伙手里买布。这是天分，也靠练习。有人就一辈子都是迟钝笨拙，改不过来。不管干哪一行，都是人比人，这是没有办法的事。弟兄俩都长得很神气，眉清目秀，不高不矮。布店的店伙穿得都很好。什么料子时新，他们就穿什么料子。他们的衣料当然是价廉物美的。他们买衣料是按进货价算的，不加利润；若是零头，还有折扣。这是布店的规矩，也是老板乐为之的，因为店伙穿得时髦，也是给店里装门面的事。有的顾客来买布，常常指着店伙的长衫或翻在外面的短衫的袖子："照你这样的，给我来一件。"

弟兄俩都已经成了家，老大已经有一个孩子，——叶三抱孙子了。

这年是叶三五十岁整生日，一家子商量怎么给老爷子做寿。老大老二都提出爹不要走宅门卖果子了，他们养得起他。

叶三有点生气了：

"嫌我给你们丢人？两位大布店的'先生'，有一个卖果子的老爹，不好看？"

儿子连忙解释：

"不是的。你老人家岁数大了，老在外面跑，风里雨里，水路旱路，做儿子的心里不安。"

"我跑惯了。我给这些人家送惯了果子。就为了季四太爷一个人，我也得卖果子。"

季四太爷即季匐民。他大排行是老四，城里人都称之为四太爷。

"你们也不用给我做什么寿。你们要是有孝心，把四太爷送我的画拿出去裱了，再给我打一口寿材。"这里有这样一种风俗，早早就把寿材准备下了，为的讨个吉利：添福添寿。于是就都依了他。

叶三还是卖果子。

他真是为了季匋民一个人卖果子的。他给别人家送果子是为了挣钱,他给季匋民送果子是为了爱他的画。

季匋民有一个脾气,一边画画,一边喝酒。喝酒不就菜,就水果。画两笔,凑着壶嘴喝一大口酒,左手拈一片水果,右手执笔接着画。画一张画要喝二斤花雕,吃斤半水果。

叶三搜罗到最好的水果,总是首先给季匋民送去。

季匋民每天一起来就走进他的小书房——画室。叶三不须通报,由一个小六角门进去,走过一条碎石铺成的冰花曲径,隔窗看见季匋民,就提着、捧着他的鲜果走进去。

"四太爷,枇杷,白沙的!"

"四太爷,东墩的西瓜,三白!——这种三白瓜有点梨花香味,别处没有!"

他给季匋民送果子,一来就是半天。他给季匋民磨墨、漂朱膘、研石青石绿、抻纸。季匋民画的时候,他站在旁边很入神地看,专心致意,连大气都不出。有时看到精彩处,就情不自禁地深深吸一口气,甚至小声地惊呼起来。凡是叶三吸气、惊呼的地方,也正是季匋民的得意之笔。季匋民从不当众作画,他画画有时是把书房门锁起来的。对叶三可例外,他很愿意有这样一个人在旁边看着,他认为叶三真懂,叶三的赞赏是出于肺腑,不是假充内行,也不是谀媚。

季匋民最讨厌听人谈画。他很少到亲戚家应酬。实在不得不去的,他也是到一到,喝半盏茶就道别。因为席间必有一些假名士高谈阔论。因为季匋民是大画家,这些名士就特别爱在他面前评书论画,借以卖弄自己高雅博学。这种议论全都是道听途说,似通不通。季匋民听了,实在难受。他还知道,他如果随声答音,应付几句,某一名士就会在别的应酬场所重贩他的高论,且说:"兄弟此言,季匋民亦深为首肯。"

但是他对叶三另眼相看。

季匋民最佩服李复堂①。他认为扬州八怪里李复堂功力最深,大幅小品都好,有笔有墨,也奔放,也严谨,也浑厚,也秀润,而且不装模作样,没有江湖气。有一天叶三给他送来四开李复堂的册页,使季匋民大吃一惊:这四开册页是真的! 季匋民问他是多少钱买的,叶三说没花钱。他到三垛贩果子,看见一家的柜橱的玻璃里镶了四幅画,——他在四太爷这里看过不少李复堂的画,能辨认,他用四张"苏州片"②跟那家换了。"苏州片"花花绿绿的,又是簇新的,那家还很高兴。

叶三只是从心里喜欢画,他从不瞎评论。季匋民画完了画,钉在壁上,自己负手远看,有时会问叶三:

"好不好?"

"好!"

"好在哪里?"

叶三大都能一句话说出好在何处。

季匋民画了一幅紫藤,问叶三。

叶三说:"紫藤里有风。"

"唔! 你怎么知道?"

"花是乱的。"

"对极了!"

季匋民提笔题了两句词:

---

① 李复堂,名鱓,字宗扬,复堂是他的号,又号懊道人。他是康熙年间的举人,当过滕县知县,因为得罪上级,功名和官都被革掉了,终年只作画师。他作画有时得向郑板桥去借纸,大概是相当穷困的。他本画工笔,是宫廷画家蒋廷锡的高足。后到扬州,改画写意,师法高其佩,受徐青藤、八大、石涛的影响,风度大变,自成一家。

② 仿旧的画,多为工笔花鸟,设色娇艳,旧时多为苏州画工所作,行销各地,故称"苏州片"。苏州片也有仿制得很好的,并不俗气。

"深院悄无人,风拂紫藤花乱。"

季匋民画了一张小品,老鼠上灯台。叶三说:"这是一只小老鼠。"

"何以见得。"

"老鼠把尾巴卷在灯台柱上。它很顽皮。"

"对!"

季匋民最爱画荷花。他画的都是墨荷。他佩服李复堂,但是画风和复堂不似。李画多凝重,季匋民飘逸。李画多用中锋,季匋民微用侧笔,——他写字写的是章草。李复堂有时水墨淋漓,粗头乱服,意在笔先;季匋民没有那样的恣悍,他的画是大写意,但总是笔意俱到,收拾得很干净,而且笔致疏朗,善于利用空白。他的墨荷参用了张大千,但更为舒展。他画的荷叶不勾筋,荷梗不点刺,且喜作长幅,荷梗甚长,一笔到底。

有一天,叶三送了一大把莲蓬来,季匋民一高兴,画了一幅墨荷,好些莲蓬。画完了,问叶三:"如何?"

叶三说:"四太爷,你这画不对。"

"不对?"

"'红花莲子白花藕'。你画的是白荷花,莲蓬却这样大,莲子饱,墨色也深,这是红荷花的莲子。"

"是吗?我头一回听见!"

季匋民于是展开一张八尺生宣,画了一张红莲花,题了一首诗:

"红花莲子白花藕,
果贩叶三是我师。
惭愧画家少见识,
为君破例著胭脂。"

季匋民送了叶三很多画。——有时季匋民画了一张画,不满意,团掉了。叶三捡起来,过些日子送给季匋民看看,季匋民觉得也还不错,就略改改,加了题,又送给了叶三。季匋民送给叶三的画都是题了上款的。叶三也有个学名。他五行缺水,起名润生。季匋民给他起了个字,叫泽之。送给叶三的画上,常题"泽之三兄雅正"。有时径题"画与叶三"。季匋民还向他解释:以排行称呼,是古人风气,不是看不起他。

有时季匋民给叶三画了画,说:"这张不题上款吧,你可以拿去卖钱,——有上款不好卖。"

叶三说:"题不题上款都行。不过您的画我不卖。"

"不卖?"

"一张也不卖!"

他把季匋民送他的画都放在他的棺材里。

十多年过去了。

季匋民死了。叶三已经不卖果子,但是他四季八节,还四处寻觅鲜果,到季匋民坟上供一供。

季匋民死后,他的画价大增。日本有人专门收藏他的画。大家知道叶三手里有很多季匋民的画,都是精品。很多人想买叶三的藏画。叶三说:

"不卖。"

有一天有一个外地人来拜望叶三,叶三看了他的名片,这人的姓很奇怪,姓"辻",叫"辻听涛"。一问,是日本人。辻听涛说他是专程来看他收藏的季匋民的画的。

因为是远道来的,叶三只得把画拿出来。辻听涛非常虔诚,要了清水洗了手,焚了一炷香,还先对画轴拜了三拜,然后才展开。他一边看,一边不停地赞叹:

"喔!喔!真好!真是神品!"

辻听涛要买这些画,要多少钱都行。

叶三说:

"不卖。"

辻听涛只好怅然而去。

叶三死了。他的儿子遵照父亲的遗嘱,把季匋民的画和父亲一起装在棺材里,埋了。

一九八二年二月二十八日

异　秉

王二是这条街的人看着他发达起来的。

不知从什么时候起,他就在保全堂药店廊檐下摆一个熏烧摊子。"熏烧"就是卤味。他下午来,上午在家里。

他家在后街濒河的高坡上,四面不挨人家。房子很旧了,碎砖墙,草顶泥地,倒是不仄逼,也很干净,夏天很凉快。一共三间。正中是堂屋,在"天地君亲师"的下面便是一具石磨。一边是厨房,也就是作坊。一边是卧房,住着王二的一家。他上无父母,嫡亲的只有四口人,一个媳妇,一儿一女。这家总是那么安静,从外面听不到什么声音。后街的人家总是吵吵闹闹的。男人揪着头发打老婆,女人拿火叉打孩子,老太婆用菜刀剁着砧板诅咒偷了她的下蛋鸡的贼。王家从来没有这些声音。他们家起得很早。天不亮王二就起来备料,然后就烧煮。他媳妇梳好头就推磨磨豆腐。——王二的熏烧摊每天要卖出很多回卤豆腐干,这豆腐干是自家做的。磨得了豆腐,就帮王二烧火。火光照得她的圆盘脸红红的。(附近的空气里弥漫着王二家飘出的五香味。)后来王二喂了一头小毛驴,她就不用围着磨盘转了,只要把小驴牵上磨,不时往磨眼里倒半碗豆子,注一点水就行了。省出时间,好做针线。一家四口,大裁小剪,很费功夫。两个孩子,大儿子长得像妈,圆乎乎的脸,两个眼睛笑起来一道缝。小女儿像是父亲,瘦长脸,眼睛挺大。儿子念了几年私塾,能记账了,就不念了。他一天就是牵了小驴去饮,放它到草地上去打滚。到大了一点,就帮父亲洗料备料做生意,放驴的差事就归了妹妹了。

每天下午,在上学的孩子放学,人家淘晚饭米的时候,他就来摆他的摊子。他为什么选中保全堂来摆他的摊子呢?是因为这地点好,东街西街和附近几条巷子到这里都不远;因为保全堂的廊檐宽,柜台到铺门有相当的余地;还是因为这是一家药店,药店到晚上生意就比较清淡,——很少人晚上上药铺抓药的,他摆个摊子碍不着人家的买卖,都说不清。当初还一定是请人向药店的东家说了好话,亲自登门叩谢过的。反正,有年头了。他的摊子的全副"生财"——这地方把做买卖的用具叫做"生财",就寄放在药店店堂的后面过道里,挨墙放着,上面就是悬在二梁上的赵公元帅的神龛。这些"生财"包括两块长板,两条三条腿的高板凳(这种高凳一边两条腿,在两头;一边一条腿在当中),以及好几个一面装了玻璃的匣子。他把板凳支好,长板放平,玻璃匣子排开。这些玻璃匣子里装的是黑瓜子、白瓜子、盐炒豌豆、油炸豌豆、兰花豆、五香花生米。长板的一头摆开"熏烧"。"熏烧"除回卤豆腐干之外,主要是牛肉、蒲包肉和猪头肉。这地方一般人家是不大吃牛肉的。吃,也极少红烧、清炖,只是到熏烧摊子去买。这种牛肉是五香加盐煮好,外面染了通红的红曲,一大块一大块的堆在那里。买多少,现切,放在送过来的盘子里,抓一把清蒜,浇一勺辣椒糊。蒲包肉似乎是这个县里特有的。用一个三寸来长直径寸半的蒲包,里面衬上豆腐皮,塞满了加了粉子的碎肉,封了口,拦腰用一道麻绳系紧,成一个葫芦形。煮熟以后,倒出来,也是一个带有蒲包印迹的葫芦。切成片,很香。猪头肉则分门别类的卖,拱嘴、耳朵、脸子,——脸子有个专门名词,叫"大肥"。要什么,切什么。到了上灯以后,王二的生意就到了高潮。只见他拿了刀不停地切,一面还忙着收钱,包油炸的、盐炒的豌豆、瓜子,很少有歇一歇的时候。一直忙到九点多钟,在他的两盏高罩的煤油灯里煤油已经点去了一多半,装熏烧的盘子和装豌豆的匣子都已经见了底的时候,他媳妇给他送饭来了,他才用热水擦一把脸,吃晚饭。吃完晚饭,总还有一些零零星星的生意,他不忙收摊子,就端了一杯热茶,坐到保全堂店堂里的椅子上,听人聊天,一面拿眼睛瞟着他的摊子,见有人走来,就起身切一盘,包两包。他的主顾都是熟人,谁什么时候来,买什么,他心里都是有数的。

　　这一条街上的店铺、摆摊的,生意如何,彼此都很清楚。近几年,景况都不大好。有几家好一些,但也只是能维持。有的是逐渐地败落下来了。先是货架上的东西越来越空,只出不进,最后就出让"生财",关门歇业。只有王二的生意却越做越兴旺。他的摊子越摆越大,装炒货的匣子,装熏烧的洋磁盘子,越来越多。每天晚上到了买卖高潮的时候,摊子外面有时会拥着好些人。好天气还好,遇上下雨下雪(下雨下雪买他的东西的比平常更多),叫主顾在当街打伞站着,实在很不过意。于是经人说合,出了租钱,他就把他的摊子搬到隔壁源昌烟店的店堂里去了。

　　源昌烟店是个老字号,专卖旱烟,做门市,也做批发。一边是柜台,一边是刨烟的作坊。这一带抽的旱烟是刨成丝的。刨烟师傅把烟叶子一张一张立着迭在一个特制的木床子上,用皮绳木楔卡紧,两腿夹着床子,用一个刨刀有半尺宽的大刨子刨。烟是黄的。他们都穿了白布套裤。这套裤也都变黄了。下了工,脱了套裤,他们身上也到处是黄的。头发也是黄的。——手艺人都带着他那个行业特有的颜色。染坊师傅的指甲缝里都是蓝的,碾米师傅的眉毛总是白蒙蒙的。原来,源昌号每天有四个师傅、四副床子刨烟。每天总有一些大人孩子站在旁边看。后来减成三个,两个,一个。最后连这一个也辞了。这家的东家就靠卖一点纸烟、火柴、零包的茶叶维持生活，也还卖一点蔫来的旱烟、皮丝烟。不知道为什么，原来挺敞亮的店堂变得黑暗了，牌匾上的金字也都无精打采了。那座柜台显得特别的大。大，而空。

王二来了，就占了半边店堂，就是原来刨烟师傅刨烟的地方。他的摊子原来在保全堂廊檐是东西向横放着的，迁到源昌，就改成南北向，直放了。所以，已经不能算是一个摊子，而是半个店铺了。他在原有的板子之外增加了一块，摆成一个曲尺形，俨然也就是一个柜台。他所卖的东西的品种也增加了。即以熏烧而论，除了原有的回卤豆腐干、牛肉、猪头肉、蒲包肉之外，春天，卖一种叫做"鵽"的野味，——这是一种候鸟，长嘴长脚，因为是桃花开时来的，不知是哪位文人雅士给它起了一个名称叫"桃花鵽"；卖鹌鹑；入冬以后，他就挂起一个长条形的玻璃镜框，里面用大红蜡笺写了泥金字："即日起新添美味羊糕五香兔肉"。这地方人没有自己家里做羊肉的，都是从熏烧摊上买。只有一种吃法：带皮白煮，冻实，切片，加青蒜、辣椒糊，还有一把必不可少的胡萝卜丝（据说这是最能解膻气的）。酱油、醋，买回来自己加。兔肉，也像牛肉似的加盐和五香煮，染了通红的红曲。

这条街上过年时的春联是各式各样的。有的是特制嵌了字号的。比如保全堂，就是由该店拔贡出身的东家拟制的"保我黎民，全登寿域"；有些大字号，比如布店，口气很大，贴的是"生涯宗子贡，贸易效陶朱"，最常见的是"生意兴隆通四海，财源茂盛达三江"；小本经营的买卖的则很谦虚地写出："生意三春草，财源雨后花"。这末一副春联，用于王二的超摊子准铺子，真是再贴切不过了，虽然王二并没有想到贴这样一副春联，——他也没处贴呀，这铺面的字号还是"源昌"。他的生意真是三春草、雨后花一样的起来了。"起来"最显眼的标志是他把长罩煤油灯撤掉，挂起一盏呼

34

呼作响的汽灯。须知,汽灯这东西只有钱庄、绸缎庄才用,而王二,居然在一个熏烧摊子的上面,挂起来了。这白亮白亮的汽灯,越显得源昌柜台里的一盏煤油灯十分的暗淡了。

王二的发达,是从他的生活也看得出来的。第一,他可以自由地去听书。王二最爱听书。走到街上,在形形色色招贴告示中间,他最注意的是说书的报条。那是三寸宽,四尺来长的一条黄颜色的纸,浓墨写道:"特聘维扬×××先生在×××(茶馆)开讲××(三国、水浒、岳传……)是月×日起风雨无阻"。以前去听书都要经过考虑。一是花钱,二是费时间,更主要的是考虑这于他的身份不大相称:一个卖熏烧的,常常听书,怕人议论。近年来,他觉得可以了,想听就去。小蓬莱、五柳园(这都是说书的茶馆),都去,三国、水浒、岳传,都听。尤其是夏天,天长,穿了竹布的或夏布的长衫,拿了一吊钱,就去了。下午的书一点开书,不到四点钟就"明日请早"了(这里说书的规矩是在说书先生说到预定的地方,留下一个扣子,跑堂的茶房高喝一声"明日请早——!"听客们就纷纷起身散场),这耽误不了他的生意。他一天忙到晚,只有这一段时间得空。第二,过年推牌九,他在下注时不犹豫。王二平常绝不赌钱,只有过年赌五天。过年赌钱不犯禁,家家店铺里都可赌钱。初一起,不做生意,铺门关起来,里面黑洞洞的。保全堂柜台里身,有一个小穿堂,是供神农祖师的地方,上面有个天窗,比较亮堂。拉开神农画像前的一张方桌,哗啦一声,骨牌和骰子就倒出来了。打麻将多是社会地位相近的,推牌九则不论。谁都可以来。保全堂的"同仁"(除了陶先生和陈相公),替人家收房钱的抡元,卖活鱼的疤眼——他曾得外症,治愈后左眼留一大疤,小学生给他起了个外号叫"巴颜喀拉山",这外号竟传开了,一街人都叫他巴颜喀拉山,虽然有人不知道这是什么意思,——王二。输赢说大不大,说小可也不小。十吊钱推一庄。十吊钱相当于三块洋钱。下注稍大的是一吊钱三三四。一吊钱分三道：三百、三百、四百。七点赢一道，八点赢两道，若是抓到一副九点或是天地杠，庄家赔一吊钱。王二下"三三四"是常事。有时竟会下到五吊钱一注孤丁，把五吊钱稳稳地推出去，心不跳，手不抖。（收房钱的抡元下到五百钱一注时手就抖个不住。）赢得多了，他也能上去推两庄。推牌九这玩意，财越大，气越粗，王二输的时候竟不多。

王二把他的买卖乔迁到隔壁源昌去了，但是每天九点以后他一定还是端了一杯茶到保全堂店堂里来坐个点把钟。儿子大了，晚上再来的零星生意，他一个人就可以应付了。

且说保全堂。

这是一家门面不大的药店。不知为什么，这药店的东家用人，不用本地人，从上到下，从管事的到挑水的，一律是淮城人。他们每年有一个月的假期，轮流回家，去干传宗接代的事。其余十一个月，都住在店里。他们的老婆就守十一个月的寡。药店的"同仁"，一律称为"先生"。先生里分为几等。一等的是"管事"，即经理。当了管事就是终身职务，很少听说过有东家把管事辞了的。除非老管事病故，才会延聘一位新管事。当了管事，就有"身股"，或称"人股"，到了年底可以按股分红。因此，他对生意是兢兢业业，忠心耿耿的。东家从不到店，管事负责一切。他照例一个人单独睡在神农像后面的一间屋子里，名叫"后柜"。总账、银钱，贵重的药材如犀角、羚羊、麝香，都锁在这间屋子里，钥匙在他身上，——人参、鹿茸不算什么贵重东西。吃饭的时候，管事总是坐在横头末席，以示代表东家奉陪诸位先生。熬到"管事"能有几人？全城一共才有那么几家药店。保全堂的管事姓卢。二等的叫"刀上"，管切药和"跌"丸药。药店每天都有很多药要切。"饮片"切得整齐不整齐，漂亮不漂亮，直接影响生意好坏。内行人一看，就知道这药是什么人切出来的。"刀上"是个技术人员，薪金最高,在店中地位也最尊。吃饭时他照例坐在上首的二席,——除了有客,头席总是虚着的。逢年过节,药王生日(药王不是神农氏,却是孙思邈),有酒,管事的举杯,必得"刀上"先喝一口,大家才喝。保全堂的"刀上"是全县头一把刀,他要是闹脾气辞职,马上就有别家抢着请他去。好在此人虽有点高傲,有点倔,却轻易不发脾气。他姓许。其余的都叫"同事"。那读法却有点特别,重音在"同"字上。他们的职务就是抓药,写账。"同事"是没有什么了不起的,每年都有被辞退的可能。辞退时"管事"并不说话,只是在腊月有一桌辞年酒,算是东家向"同仁"道一年的辛苦,只要是把哪位"同事"请到上席去,该"同事"就二话不说,客客气气地卷起铺盖另谋高就。当然,事前就从旁漏出一点风声的,并不当真是打一闷棍。该辞退"同事"在八月节后就有预感。有的早就和别家谈好,很潇洒地走了;有的则请人斡旋,留一年再看。后一种,总要作一点"检讨",下一点"保证"。"回炉的烧饼不香",辞而不去,面上无光,身价就低了。保全堂的陶先生,就已经有三次要被请到上席了。他咳嗽痰喘,人也不精明。终于没有坐上席,一则是同行店伙纷纷来说情:辞了他,他上谁家去呢?谁家会要这样一个痰篓子呢?这岂非绝了他的生计?二则,他还有一点好处,即不回家。他四十多岁了,却没有传宗接代的任务,因为他没有娶过亲。这样,陶先生就只有更加勤勉,更加谨慎了。每逢他的喘病发作时,有人问:"陶先生,你这两天又不大好吧?"他就一面喘嗽着一面说:"啊不,很好,很(呼噜呼噜)好!"

以上,是"先生"一级。"先生"以下,是学生意的。药店管学生意的却有一个奇怪称呼,叫做"相公"。

因此,这药店除煮饭挑水的之外,实有四等人:"管事"、"刀上"、"同事"、"相公"。

保全堂的几位"相公"都已经过了三年零一节,满师走了。现有的"相公"姓陈。

陈相公脑袋大大的,眼睛圆圆的,嘴唇厚厚的,说话声气粗粗的——呜噜呜噜地说不清楚。

他一天的生活如下:起得比谁都早。起来就把"先生"们的尿壶都倒了涮干净控在厕所里。扫地。擦桌椅、擦柜台。到处掸土。开门。这地方的店铺大都是"铺阂子门",——一列宽可一尺的厚厚的门板嵌在门框和门槛的槽子里。陈相公就一块一块卸出来,按"东一"、"东二"、"东三"、"东四","西一"、"西二"、"西三"、"西四"次序,靠墙竖好。晒药,收药。太阳出来时,把许先生切好的"饮片"、"趺"好的丸药,——都放在匾筛里,用头顶着,爬上梯子,到屋顶的晒台上放好;傍晚时再收下来。这是他一天最快乐的时候。他可以登高四望。看得见许多店铺和人家的房顶,都是黑黑的。看得见远处的绿树,绿树后面缓缓移动的帆。看得见鸽子,看得见飘动摇摆的风筝。到了七月,傍晚,还可以看巧云。七月的云多变幻,当地叫做"巧云"。那是真好看呀:灰的、白的、黄的、橘红的,镶着金边,一会一个样,像狮子的,像老虎的,像马、像狗的。此时的陈相公,真是古人所说的"心旷神怡"。其余的时候,就很刻板枯燥了。碾药。两脚踏着木板,在一个船形的铁碾槽子里碾。倘若碾的是胡椒,就要不停地打嚏喷。裁纸。用一个大弯刀,把一沓一沓的白粉连纸裁成大小不等的方块,包药用。刷印包装纸。他每天还有两项例行的公事。上午,要搓很多抽水烟用的纸枚子。把装铜钱的钱板翻过来,用"表心纸"一根一根地搓。保全堂没有人抽水烟,但不知什么道理每天都要搓许多纸枚子,谁来都可取几根,这已经成了一种"传统"。下午,擦灯罩。药店里里外外,要用十来盏煤油灯。所有灯罩,每天都要擦一遍。晚上,摊膏药。从上灯起,直到王二过店堂里来闲坐,他一直都在摊膏药。到十点多钟,把先生们的尿壶都放到他们的床下,该吹灭的灯都吹灭了,上了门,他就可以准备睡觉了。先生们都睡在后面的厢屋里,陈相公睡在店堂里。把铺板一放,铺盖摊开,这就是他一个人的天地了。临睡前他总要背两篇《汤头歌诀》,——药店的先生总要懂一点医道。小户人家有病不求医,到药店来说明病状,先生们随口就要说出:"吃一剂小柴胡汤吧","服三付藿香正气丸","上一点七厘散"。有时,坐在被窝里想一会家,想想他的多年守寡的母亲,想想他家房门背后的一张贴了多年的麒麟送子的年画。想不一会,困了,把脑袋放倒,立刻就响起了很大的鼾声。

陈相公已经学了一年多生意了。他已经给赵公元帅和神农爷烧了三十次香。初一、十五,都要给这二位烧香,这照例是陈相公的事。赵公元帅手执金鞭,身骑黑虎,两旁有一副八寸长的黑地金字的小对联:"手执金鞭驱宝至,身骑黑虎送财来"。神农爷虬髯披发,赤身露体,腰里围着一圈很大的树叶,手指甲、脚指甲都很长,一只手捏着一棵灵芝草,坐在一块石头上。陈相公对这二位看得很熟,烧香的时候很虔敬。

陈相公老是挨打。学生意没有不挨打的,陈相公挨打的次数也似稍多了一点。挨打的原因大都是因为做错了事:纸裁歪了,灯罩擦破了。这孩子也好像不大聪明,记性不好,做事迟钝。打他的多是卢先生。卢先生不是暴脾气,打他是为他好,要他成人。有一次可挨了大打。他收药,下梯一脚踩空了,把一匾筛泽泻翻到了阴沟里。这回打他的是许先生。他用一根闩门的木棍没头没脸的把他痛打了一顿,打得这孩子哇哇地乱叫:"哎呀!哎呀!我下回不了!下回不了!哎呀!哎呀!我错了!哎呀!哎呀!"谁也不能去劝,因为知道许先生的脾气,越劝越打得凶,何况他这回的错是不小。(泽泻不是贵药,但切起来很费工,要切成厚薄一样,状如铜钱的圆片)后来还是煮饭的老朱来劝住了。这老朱来得比谁都早,人又出名的忠诚梗直。他从来没有正经吃过一顿饭,都是把大家吃剩的残汤剩水泡一点锅巴吃。因此，一店人都对他很敬畏。他一把夺过许先生手里的门闩，说了一句话："他也是人生父母养的！"

陈相公挨了打，当时没敢哭。到了晚上，上了门，一个人呜呜地哭了半天。他向他远在故乡的母亲说："妈妈，我又挨打了！妈妈，不要紧的，再挨两年打，我就能养活你老人家了！"

王二每天到保全堂店堂里来，是因为这里热闹。别的店铺到九点多钟，就没有什么人，往往只有一个管事在算账，一个学徒在打盹。保全堂正是高朋满座的时候。这些先生都是无家可归的光棍，这时都聚集到店堂里来。还有几个常客，收房钱的抡元，卖活鱼的巴颜喀拉山，给人家熬鸦片烟的老炳，还有一个张汉。这张汉是对门万顺酱园连家的一个亲戚兼食客，全名是张汉轩，大家却都叫他张汉。大概是觉得已经沦为食客，就不必"轩"了。此人有七十岁了，长得活像一个伏尔泰，一张尖脸，一个尖尖的鼻子。他年轻时在外地做过幕，走过很多地方，见多识广，什么都知道，是个百事通。比如说抽烟，他就告诉你烟有五种：水、旱、鼻、雅、潮，"雅"是鸦片。"潮"是潮烟，这地方谁也没见过。说喝酒，他就能说出山东黄、状元红、莲花白……说喝茶，他就告诉你狮峰龙井、苏州的碧螺春，云南的"烤茶"是在怎样一个罐里烤的，福建的功夫茶的茶杯比酒盅还小，就是吃了一只炖肘子，也只能喝三杯，这茶太酽了。他熟读《子不语》、《夜雨秋灯录》，能讲许多鬼狐故事。他还知道云南怎样放蛊，湘西怎样赶尸。他还亲眼见到过旱魃、僵尸、狐狸精，有时间，有地点，有鼻子有眼。三教九流，医卜星相，他全知道。他读过《麻衣神相》、《柳庄神相》，会算"奇门遁甲"、"六壬课"、"灵棋经"。他总要到快九点钟时才出现（白天不知道他干什么），他一来，大家精神为之一振，这一晚上就全听他一个人刮话。他很会讲，起承转合，抑扬顿挫，有声有色。他也像说书先生一样，说到筋节处就停住了,慢慢地抽烟,急得大家一劲地催他:"后来呢?后来呢?"这也是陈相公一天比较快乐的时候。他一边摊着膏药,一边听着。有时,听得太入神了,摊膏药的扦子停留在油纸上,会废掉一张膏药。他一发现,赶紧偷偷塞进口袋里。这时也不会被发现,不会挨打。

有一天,张汉谈起人生有命。说朱洪武、沈万山、范丹是同年同月同日同时,都是丑时建生,鸡鸣头遍。但是一声鸡叫,可就命分三等了:抬头朱洪武,低头沈万山,勾一勾就是穷范丹。朱洪武贵为天子,沈万山富甲天下,穷范丹冻饿而死。他又说凡是成大事业,有大作为,兴旺发达的,都有异相,或有特殊的秉赋。汉高祖刘邦,股有七十二黑子,——就是屁股上有七十二颗黑痣,谁有过?明太祖朱元璋,生就是五岳朝天,——两额、两颧、下巴,都突出,状如五岳,谁有过?樊哙能把一个整猪腿生吃下去,燕人张翼德,睡着了也睁着眼睛。就是市井之人,凡有走了一步好运的,也莫不有与众不同之处。必有非常之人,乃成非常之事。大家听了,不禁暗暗点头。

张汉猛吸了几口旱烟,忽然话锋一转,向王二道:

"即以王二而论,他这些年飞黄腾达,财源茂盛,也必有其异秉。"

"……?"

王二不解何为"异秉"。

"就是与众不同,和别人不一样的地方。你说说,你说说!"

大家也都怂恿王二:"说说!说说!"

王二虽然发了一点财,却随时不忘自己的身份,从不僭越自大,在大家敦促之下,只有很诚恳地欠一欠身说:

"我呀,有那么一点:大小解分清。"他怕大家不懂,又解释道:"我解手时,总是先解小手,后解大手。"

张汉一听，拍了一下手，说："就是说，不是屎尿一起来，难得！"

说着，已经过了十点半了，大家起身道别。该上门了。卢先生向柜台里一看，陈相公不见了，就大声喊："陈相公！"

喊了几声，没人应声。

原来陈相公在厕所里。这是陶先生发现的。他一头走进厕所，发现陈相公已经蹲在那里。本来，这时候都不是他们俩解大手的时候。

一九四八年旧稿

一九八〇年五月二十日重写

职　业

　　文林街一年四季，从早到晚，有各种吆喝叫卖的声音。街上的居民铺户、大人小孩、大学生、中学生、小学生、小教堂的牧师，和这些叫卖的人自己，都听得很熟了。

　　"有旧衣烂衫找来卖！"

　　我一辈子也没有听见过这么脆的嗓子，就像一个牙口极好的人咬着一个脆萝卜似的。这是一个中年的女人，专收旧衣烂衫。她这一声真能喝得千门万户开，声音很高，拉得很长，一口气。她把"有"字切成了"一——尤"，破空而来，传得很远（她的声音能传半条街）。"旧衣烂衫"稍稍延长，"卖"字有余不尽：

　　"一——尤旧衣烂衫……找来卖……"

　　"有人买贵州遵义板桥的化风丹……？"

　　我从此人的吆喝中知道了一个一般地理书上所不载的地名：板桥，而且永远也忘不了，因为我每天要听好几次。板桥大概是一个镇吧，想来还不小。不过它之出名可能就因为出一种叫化风丹的东西。化风丹大概是一种药吧？这药是治什么病的？我无端地觉得这大概是治小儿惊风的。昆明这地方一年能销多少化风丹？我好像只看见这人走来走去，吆喝着，没有见有人买过他的化风丹。当然会有人买的，否则他吆喝干什么。这位贵州老乡，你想必是板桥的人了,你为什么总在昆明呆着呢? 你有时也回老家看看么?

黄昏以后,直至夜深,就有一个极其低沉苍老的声音,很悲凉地喊着:

"壁虱药! 虼蚤药!"

壁虱即臭虫。昆明的跳蚤也是真多。他这时候出来吆卖是有道理的。白天大家都忙着,不到快挨咬,或已经挨咬的时候,想不起买壁虱药、虼蚤药。

有时有苗族的少女卖杨梅、卖玉麦粑粑。

"卖杨梅——!"

"玉麦粑粑——!"

她们都是苗家打扮,戴一个绣花小帽子,头发梳得光光的,衣服干干净净的,都长得很秀气。她们卖的杨梅很大,颜色红得发黑,叫做"火炭梅",放在竹篮里,下面衬着新鲜的绿叶。玉麦粑粑是嫩玉米磨制成的粑粑(昆明人叫玉米为包谷,苗人叫玉麦),下一点盐,蒸熟(蒸出后粑粑上还明显地保留着拍制时的手指印痕),包在玉米的嫩皮里,味道清香清香的。这些苗族女孩子把山里的夏天和初秋带到了昆明的街头了。

…………

在这些耳熟的叫卖声中,还有一种,是:

"椒盐饼子西洋糕!"

椒盐饼子,名副其实:发面饼,里面和了一点椒盐,一边稍厚,一边稍薄,形状像一把老式的木梳,是在铛上烙出来的,有一点油性,颜色黄黄的。西洋糕即发糕,米面蒸成,状如莲蓬,大小亦如之,有一点淡淡的甜味。放的是糖精,不是糖。这东西和"西洋"可以说是毫无瓜葛,不知道何以命名曰"西洋糕"。这两种食品都不怎么诱人。淡而无味,虚泡不实。买椒盐饼子的多半是老头,他们穿着土布衣裳,喝着大叶清茶,抽金堂叶子烟,泛览周王传,流观山海图,一边嚼着这种古式的点心,自得其乐。西洋糕则多是老太太叫住,买给她的小孙子吃。这玩意好消化,不伤人,下肚没多少东西。当然也有其他的人买了充饥,比如拉车的,赶马的马锅头①,在茶馆里打扬琴说书的瞎子……

卖椒盐饼子西洋糕的是一个孩子。他斜挎着一个腰圆形的扁浅木盆,饼子和糕分别放在木盆两侧,上面盖一层白布,白布上放一饼一糕作为幌子,从早到晚,穿街过巷,吆喝着:

"椒盐饼子西洋糕!"

这孩子也就是十一二岁,如果上学,该是小学五六年级。但是他没有上过学。

我从侧面约略知道这孩子的身世。非常简单。他是个孤儿,父亲死得早。母亲给人家洗衣服。他还有个外婆,在大西门外摆一个茶摊卖茶,卖葵花子,他外婆还会给人刮痧、放血、拔罐子,这也能得一点钱。他长大了,得自己挣饭吃。母亲托人求了糕点铺的杨老板,他就作了糕点铺的小伙计。晚上发面,天一亮就起来烧火,帮师傅蒸糕、打饼,白天挎着木盆去卖。

"椒盐饼子西洋糕!"

这孩子是个小大人! 他非常尽职,毫不贪玩。遇有唱花灯的、耍猴的、耍木脑壳戏的,他从不挤进人群去看,只是找一个有荫凉、引人注意的地方站着,高声吆喝:

"椒盐饼子西洋糕!"

每天下午,在华山西路、逼死坡前要过龙云的马。这些马每天由马夫牵到郊外去蹓,放了青,饮了水,再牵回来。他每天都是这时经过逼死坡(据说这是明建文帝被逼死的地方),他很爱看这些

---

① 马锅头是马帮的赶马人。不知道为什么叫马锅头。

马。黑马、青马、枣红马。有一匹白马,真是一条龙,高腿狭面,长腰秀颈,雪白雪白。它总不好好走路。马夫拽着它的嚼子,它总是骉骉骤骤的。钉了蹄铁的马蹄踏在石板上,郭答郭答。他站在路边看不厌,但是他没有忘记吆喝:

"椒盐饼子西洋糕!"

饼子和糕卖给谁呢?卖给这些马吗?

他吆喝得很好听,有腔有调。若是谱出来,就是:

$$|\ {}^\#5\ \ 5\ \ \ 6--\ |\ 5\ \ 3\ \ \widehat{2}--\ \|$$
椒盐饼子　　西洋糕

放了学的孩子(他们背着书包),也觉得他吆喝得好听,爱学他。但是他们把字眼改了,变成了:

$$|\ {}^\#5\ \ 5\ \ \ 6--\ |\ 5\ \ 3\ \ \widehat{2}--\ \|$$
捏着鼻子　　吹洋号

昆明人读"饼"字不走鼻音,"饼子"和"鼻子"很相近。他在前面吆喝,孩子们在他身后摹仿:

"捏着鼻子吹洋号!"

这又不含什么恶意,他并不发急生气,爱学就学吧。这些上学的孩子比卖糕饼的孩子要小两三岁,他们大都吃过他的椒盐饼子西洋糕。他们长大了,还会想起这个"捏着鼻子吹洋号",俨然这就是卖糕饼的小大人的名字。

这一天,上午十一点钟光景,我在一条巷子里看见他在前面走。这是一条很长的、僻静的巷子。穿过这条巷子,便是城墙,往左一拐,不远就是大西门了。我知道今天是他外婆的生日,他是上外婆家吃饭去的(外婆大概炖了肉)。他妈已经先去了。他跟杨老板请了几个小时的假,把卖剩的糕饼交回到柜上,才去。虽然只是背影,但看得出他新剃了头(这孩子长得不难看,大眼睛,样子挺聪明），换了一身干净衣裳。我第一次看到这孩子没有挎着浅盆，散着手走着，觉得很新鲜。他高高兴兴，大摇大摆地走着。忽然回过头来看看。他看到巷子里没有人（他没有看见我，我去看一个朋友，正在倚门站着），忽然大声地、清清楚楚地吆喝了一声：

"捏着鼻子吹洋号！……"

（这是三十多年前在昆明写过的一篇旧作，原稿已失去。前年和去年都改写过，这一次是第三次重写了。一九八二年六月二十九日记）

小 学 同 学

金 国 相

我时常想起金国相。他很可怜。不知道怎么传出来的,说金国相有尾巴。于是在第二节课下课后,常常有一群同学追他,要脱下他的裤子。金国相拼命逃。大家拼命追。操场、校园、厕所……金国相跑得很快,从来没有被追上、摁倒过。这样追了十分钟,直到第三节课铃响。学校的老师看见,也不管。我没有追过金国相。为什么要欺负人呢?那么多人欺负一个人!

金国相到底有没有尾巴?可能是有的。不然他为什么拼命逃?可能是他尾骨长出一节,不会是当真长了一根毛乎乎的尾巴。

金国相的样子有点蠢。头很大,眼睛也很大。两只很圆的眼睛,老是像瞪着。说话声音很粗。

他家很穷。父亲早死了,家里只有一个祖母,靠糊"骨子"(做鞋底用的袼褙)为生。把碎布浸湿,打一盆面糊,在门板上把碎布一层一层的拼起来,糊得实实的,成一个二尺宽、五六尺长的长方块,晒干后,揭下。只要是晴天,都看见老奶奶坐在一个小板凳上糊骨子。金国相家一般是不关门的,因为门板要用来糊骨子,因此从街上一眼可以看到他家的堂屋。堂屋里什么都没有,一张破桌子,几条板凳。

金国相家左邻是一个很小的石灰店,右邻是一个很小的炮仗店。这几家门面都不敞亮,不过金国相家特别的暗淡。

金国相家的对面是一个私塾。也还有人家愿意把孩子送到私塾念书,不上小学。私塾里有十几个学生。我们是读小学的,而且将来还会读中学、大学,对私塾看不起,放学后常常大摇大摆地走进去看看。教私塾的老先生也无可奈何。这位老先生样子很"古"。奇怪的是板壁上却挂了一张老夫妻俩的合影,而且是放大的。老先生用粗拙的字体在照片边廓题了一首诗,有两句我一直不忘:

> 诸君莫怨奁田少,
> 吃饭穿衣全靠他。

我当时就觉得这首诗很可笑。"奁田"的多少是老先生自己的事,与"诸君"有什么关系呢?

金国相为什么不就在对门读私塾,为什么要去读小学呢?

邱 麻 子

邱麻子当然是有个学名的,但是从一年级起,大家都叫他邱麻子。他又黑又麻。他上学上得晚,比我们要大好几岁,人也高出好多。每学期排座位,他总是最后一排,靠墙坐着。大家都不愿跟他一块玩,他也跟这些比他小好几岁的伢子玩不到一起去,他没有"好朋友"。我们那时每人都有一两个特别要好的同学。男生跟男生玩,女生跟女生玩。如果是亲戚或是邻居,男生和女生也可以一起玩。早上互相叫着一起到学校,晚上一同回家。邱麻子总是一个人来，一个人走。

　　三年级的时候，有一天上算术课，来的不是算术老师，是教务主任顾先生。顾先生阴沉着脸，拿了一把很大的戒尺。级长喊了"一——二——三"之后，顾先生怒喝了一声："邱××！到前面来！"邱麻子走到讲桌前站住。"伸出左手！"顾先生什么都不说，抡起戒尺就打。打得非常重。打得邱麻子嘴角牵动，一咧一咧的。一直打了半节课。同学们鸦雀无声。只见邱麻子的手掌肿得像发面馒头。邱麻子不哭，不叫喊，只是咧嘴。这不是处罚，简直是用刑。

　　后来知道是因为邱麻子"摸"了女生。

　　过了好些年，我才知道这叫"猥亵"。

　　邱麻子当然不知道这是"猥亵"。

　　连教导主任顾先生也不知道"猥亵"这个词。

　　邱麻子只是因为早熟，因为过早萌发的性意识，并且因为他的黑和麻，本能地做出这种事，没有谁能教唆过他。

　　邱麻子被学校开除了。

　　邱麻子家开了一座铁匠店。他父亲就是打铁的。邱麻子被开除后，学打铁。

　　他父亲掌小锤，他抡大锤。我们放了学，常常去看打铁。他父亲把一块铁放进炉里，邱麻子拉风箱。呼——哒，呼——哒……铁块烧红了，他父亲用钳子夹出来，搁在砧子上。他父亲用小锤一点，"丁"，他就使大锤砸在父亲点的地方，"当"。丁——当，丁——当。铁块颜色发紫了，他父亲把铁块放在炉里再烧。烧红了，夹出来，丁——当，丁——当，到了一件铁活快成形时，就不再需要大锤，只要由他父亲用小锤正面反面轻敲几下，"丁、丁、丁、丁"。"丁丁丁丁……"这是用小锤空击在铁砧上，表示这件铁活已经完成。

丁——当,丁——当,丁——当。

少年棺材匠

徐守廉家是开棺材店的。是北门外唯一的棺材店。

走过棺材店,总有一种很特殊的感觉。别的店铺都与"生"有关,所卖的东西是日用所需,棺材店却是和"死"联系在一起的。多数店铺在店堂里都设有椅凳茶几,熟人走过,可以进去歇歇脚,喝一杯茶,闲谈一阵,没有人会到棺材店去串门。别的店铺里很热闹。酱园从早到晚,买油的、买酱的、打酒的、买萝卜干酱莴苣的,川流不息。布店从早上九点钟到下午五六点钟,总有人靠着柜台挑布(没有人大清早去买布的;灯下买布,看不正颜色了)。米店中饭前、晚饭前有两次高潮。药店的"先生"照方抓药,顾客坐在椅子上等,因为中药有很多味,一味一味地用戥子戥,包,要费一点时间。绒线店里买丝线的、绦子的、二号针的、品青煮蓝的……络绎不绝。棺材店没法子热闹。北门外一天死不了一个人。一天死几个,更是少有。就是那年闹霍乱,死的人也不太多。棺材店过年是不贴春联的。如果贴,写什么字呢?"生意兴隆通四海,财源茂盛达三江"?

我和徐守廉很要好。他很聪明,功课很好,我常到他家的棺材店去玩。

棺材店没有柜台,当然更没有货橱货架,只有一张账桌,徐守廉的父亲坐在桌后的椅子里,用一副骨牌"打通关"。棺材店是不需要多少"先生"的,顾客很少,货品单一。有来看材的(这些"材"就靠西墙一具一具的摞着),徐守廉的父亲就放下骨牌接待。棺材是没有什么可挑选的,样子都是一样。价钱也是固定的。上等的、中等的、下等的薄皮材,自几十元、十几元至几块钱不等。也没有人去买棺材讨价还价。看定一种,交了钱,雇人抬了就走。买棺材不兴赊账,所以账目也就简单。

我去"玩",是去看棺材匠做棺材。棺材也要做得像个棺材的样子,不能做成一个长方的盒子。棺材板很厚。两边的板要一头大,一头小,要略略有点弧度,两边有相抱的意思;棺材盖尤其重要,棺材盖正面要略略隆起,棺材盖的里面要是一个"膛",稍拱起。做棺材的工具是一个长把,弯头,阔刃的家伙,叫做"锛"。棺材的各部分,是靠"锛"锛出来的(棺材板平放在地下)。老师傅锛起来非常准确。嚓!——嚓,嚓,嚓——锛到底,削掉不必要的部分,略修几下,这块板就完全合尺寸。锛时是不弹墨线的,全凭眼力,凭手底下的功夫。一般木匠是不会做棺材的,这是另一门手艺。

棺材店里随时都喷发出新锛的杉木的香气。

徐守廉小学毕业没有升学,就在他家的棺材店里学做棺材的手艺。

我读完初中,徐守廉也差不多出师了。

我考上了高中,路过徐家棺材店,徐守廉正在熟练地锛板子。我叫他:

"徐守廉!"

"汪曾祺!来!"

我心里想:"你为么要当棺材匠呢?"话到嘴边,没有说出来。我觉得当棺材匠不好。为什么不好呢?我也说不出来。

蒌蒿薹子

小说《大淖记事》:"春初水暖,沙洲上冒出很多紫红色的芦芽和灰绿色的蒌蒿,很快就是一片翠绿了。"我在书页下方加了一条注:"蒌蒿是生于水边的野草,粗如笔管,有节,生狭长的小叶，初生二寸来高，叫做'蒌蒿薹子'，加肉炒食极清香。……"蒌蒿的蒌字，我小时不知怎么写，后来偶然看了一本什么书，才知道的。这个字音"吕"。我小学有一个同班同学，姓吕，我们就给他起了一个外号，叫"蒌蒿薹子"（蒌蒿薹子家开了一爿糖坊，小学毕业后未升学，我们看见他坐在糖坊里当小老板，觉得很滑稽）。

——《故乡的食物》

真对不起，我把我的这位同学的名字忘了，现在只能称他为蒌蒿薹子。我们小时候给人取外号，常常没有什么意义，"蒌蒿薹子"，只是因为他姓吕，和他的形貌没有关系。"糖坊"是制麦芽糖的。有一口很大的锅，直径差不多有一丈。隔几天就煮一锅大麦芽，整条街上都闻到熬麦芽的气味。麦芽怎么变成了糖，这过程我始终没弄清楚，只知道要费很长时间。制出来的糖就是北京叫做关东糖的那种糖。有的做成直径尺半许的一个圆饼，肩挑的小贩趸去。或用钱买，或用鸭毛破布来换，都可以。用一个刨刃形的铁片楔入糖边，用小铁锤一敲，丁的一声就敲下一块。云南叫这种糖叫"丁丁糖"。蒌蒿薹子家不卖这种糖，门市只卖做成小烧饼状的糖饼。有时还卖把麦芽糖拉出小孔，切成二寸长的一段一段，孔里灌了豆面，外面滚了芝麻的"灌香糖"。吃糖饼的人很少，这东西很硬，咬一口，不小心能把门牙齿扳下来。灌香糖买的人也不多。因此照料门市，只要一个人就够了。原来看店堂的是他的父亲，蒌蒿薹子小学毕了业，就由他接替了。每年只有进腊月二十边上，糖坊才红火热闹几天。家家都要买糖饼祭灶，叫做"灶糖"，不少人家一买买一摞，由大至小，摞成宝塔。全城只有这一家糖坊，买灶饼糖的人挤不动。四乡八镇还有来批趸的。糖坊一年，就靠这几天的生意赚钱。这几天，蒌蒿薹子显得很忙碌，很兴奋。他的已经

"退居二线"的父亲也一起出动。过了这几天,糖坊又归于清淡。蒌蒿薹子可以在店堂里"坐"着,或抄了两手在大糖锅前踱来踱去。

蒌蒿薹子是我们的同学里最没有野心,最没有幻想,最安分知足的。虚岁二十,就结了婚。隔一年,得了一个儿子。而且,那么早就发胖了。

王　居

我所以记得王居,一是我觉得王居这个名字很好玩,——有什么好玩呢?说不出个道理;二是,他有个毛病,上体育的时候,齐步走,一顺边,——左手左脚一齐出,右手右脚一齐出。

王居家是开豆腐店的,豆腐店是不大的买卖。北门外共有三家豆腐店。一家马家豆腐店,一家顾家豆腐店,都穷,房屋残破,用具发黑。顾家豆腐店因为顾老头有一个很风流的女儿而为人所知(关于她,是可以写一篇小说的)。只有王居家的"王记豆腐店"却显得气象兴旺。磨浆的磨子、卖浆的锅、吊浆的布兜,都干干净净。盛豆腐的木格刷洗得露出木丝。什么东西都好像是新置的。王居的父亲精精神神,母亲也是随时都是光梳头,净洗脸,衣履整齐。王家做出来的豆腐比别家的白、细,百叶薄如高丽纸,豆腐皮无一张破损。"王记"豆腐方干齐整紧细,有韧性,切"干丝"最好,北城几家茶馆,五柳园、小蓬莱、胡小楼,常年到"王记"买豆腐干。因此街邻们议论:小买卖发大财。

一个豆腐店,"发"也发不到哪里去。但是王居小学毕业后读了初中。我们同了九年学。王居上了初中,还是改不了他那老毛病,齐步走,一顺边。

王居初中毕业后,是否升学读了高中,我就不清楚了。

钓人的孩子

抗日战争时期。昆明大西门外。

米市,菜市,肉市。柴驮子,炭驮子。马粪。粗细瓷碗,砂锅铁锅。焖鸡米线,烧饵块。金钱片腿,牛干巴。炒菜的油烟,炸辣子的呛人的气味。红黄蓝白黑,酸甜苦辣咸。

每个人带着一生的历史,半个月的哀乐,在街上走。栖栖惶惶,忙忙碌碌。谁都希望意外地发一笔小财,在路上捡到一笔钱。

一张对摺着的钞票躺在人行道上。

用这张钞票可以量五升米,割三斤肉,或扯六尺细白布,——够做一件汗褂,或到大西门里牛肉馆要一盘冷片、一碗汤片、一大碗饭、四两酒,美美地吃一顿。

一个人弯腰去捡钞票。

噌——,钞票飞进了一家店铺的门里。

一个胖胖的孩子坐在门背后。他把钞票丢在人行道上,钞票上拴了一根黑线,线头捏在他的手里。他偷眼看着钞票,只等有人弯腰来拾,他就猛地一抽线头。

他玩着这种捉弄人的游戏,已经玩了半天。上当的已经有好几个人了。

胖孩子满脸是狡猾的笑容。

这是一个小魔鬼。

这孩子长大了,将会变成一个什么人呢？日后如果有人提起他的恶作剧,他多半会否认。——也许他真的已经忘了。

昙花、鹤和鬼火

邻居夏老人送给李小龙一盆昙花。昙花在这一带是很少见的。夏老人很会养花,什么花都有。李小龙很小就听说过"昙花一现"。夏老人指给他看:"这就是昙花。"李小龙欢欢喜喜地把花抱回来了。他的心欢喜得咚咚地跳。

李小龙给它浇水,松土。白天搬到屋外。晚上搬进屋里,放在床前的高茶几上。早上睁开眼第一件事便是看看他的昙花。放学回来,连书包都不放,先去看看昙花。

昙花长得很好,长出了好几片新叶,嫩绿嫩绿的。

李小龙盼着昙花开。

昙花苗了骨朵儿了!

李小龙上课不安心,他总是怕昙花在他不在身边的时候开了。他听说昙花开,无定时,说开就开了。

晚上,他睡得很晚,守着昙花。

他听说昙花常常是夜晚开。

昙花就要开了。

昙花还没有开。

一天夜里,李小龙在梦里闻到一股醉人的香味。他忽然惊醒了:昙花开了!

李小龙一轱辘坐了起来,划根火柴,点亮了煤油灯:昙花真的开了!

李小龙好像在做梦。

昙花真美呀!雪白雪白的。白得像玉,像通草,像天上的云。花心淡黄,淡得像没有颜色,淡得真雅。她像一个睡醒的美人,正在舒展着她的肢体,一面吹出醉人的香气。啊呀,真香呀!香死了!

李小龙两手托着下巴,目不转睛地看着昙花。看了很久,很久。

他困了。他想就这样看它一夜,但是他困了。吹熄了灯,他睡了。一睡就睡着了。

睡着之后,他做了一个梦,梦见昙花开了。

于是李小龙有了两盆昙花。一盆在他的床前,一盆在他的梦里。

李小龙已经是中学生了。过了一个暑假,上初二了。

初中在东门里,原是一个道士观,叫赞化宫。李小龙的家在北门外东街。从李小龙家到中学可以走两条路。一条进北门走城里,一条走城外。李小龙上学的时候都是走城外,因为近得多。放学有时走城外,有时走城里。走城里是为了看热闹或是买纸笔,买糖果零吃。

从李小龙家的巷子出来,是越塘。越塘边经常停着一些粪船。那是乡下人上城来买粪的。李小龙小时候刚学会折纸手工时,常折的便是"粪船"。其实这只纸船是空的,装什么都可以。小孩子因为常常看见这样的船装粪,就名之曰粪船了。

从越塘的坡岸走上来,右手有几家种菜的。左边便是菜地。李小龙看见种菜的种青菜,种萝卜。看他们浇粪,浇水。种菜的用一个长把的水舀子舀满了水，手臂一挥舞，水就像扇面一样均匀地洒开了。青菜一天一个样，一天一天长高了，全都直直地立着，都很精神，很水灵。萝卜原来像菜，后来露出红红的"背儿"，就像萝卜了。他看见扁豆开花，扁豆结角了。看见芝麻。芝麻可不好看，直不老挺，四方四棱的秆子，结了好些带小毛刺的蒴果。蒴果里就是芝麻粒了。"你就是芝麻呀！"李小龙过去没有见过芝麻。他觉得芝麻能榨油，给人吃，这非常神奇。

过了菜地，有一条不很宽的石头路。铺路的石头不整齐，大大小小，而且都是光滑的，圆乎乎的，不好走。人不好走，牛更不好走。李小龙常常看见一头牛的一只前腿或后腿的蹄子在圆石头上"霍—哒"一声滑了一下，——然而他没有看见牛滑得摔倒过。牛好像特别爱在这条路上拉屎。路上随时可以看见几堆牛屎。

石头路两侧各有两座牌坊，都是青石的。大小、模样都差不多。李小龙知道，这是贞节牌坊。谁也不知道这是谁家的，是为哪一个守节的寡妇立的。那么，这不是白立了么？牌坊上有很多麻雀做窠。麻雀一天到晚叽叽喳喳地叫，好像是牌坊自己叽叽喳喳叫着似的。牌坊当然不会叫，石头是没有声音的。

石头路的东边是农田，西边是一片很大的苇荡子。苇荡子的尽头是一片乌猛猛的杂树林子。林子后面是善因寺。从石头路往善因寺有一条小路，很少人走。李小龙有一次一个人走了一截，觉得怪瘆得慌。

春天，苇荡子里有很多蝌蚪，忙忙碌碌地甩着小尾巴。很快，就变成了小蛤蟆。小蛤蟆每天早上横过石头路乱蹦。你们干嘛乱蹦，不好老实呆着吗？小蛤蟆很快就成了大蛤蟆，咕呱乱叫！

走完石头路，是傅公桥。从东门流过来的护城河往北，从北城流过来的护城河往东，在这里汇合，流入澄子河。傅公桥正跨在汇流的河上。这是一座洋松木桥。两根桥梁，上面横铺着立着的洋松木的扁方子,用巨大的铁螺丝固定在桥梁上。洋松扁方并不密接,每两方之间留着和扁方宽度相等的空隙。从桥上过,可以看见水从下面流。有时一团青草,一片破芦席片顺水漂过来,也看得见它们从桥下悠悠地漂过去。

李小龙从初一读到初二了,来来回回从桥上过,他已经过了多少次了?

为什么叫做傅公桥?傅公是谁?谁也不知道。

过了傅公桥,是一条很宽很平的大路,当地人把它叫做"马路"。走在这样很宽很平的大路上,是很痛快,很舒服的。

马路东,是一大片农田。这是"学田"。这片田因为可以直接从护城河引水灌溉,所以庄稼长得特别的好,每年的收成都是别处的田地比不了的。

李小龙看见过割稻子。看见过种麦子。春天,他爱下了马路,从麦子地里走,一直走到东门口。麦子还没有"起身"的时候,是不怕踩的,越踩越旺。麦子一天一天长高了。他掰下几粒青麦子,搓去外皮,放进嘴里嚼。他一辈子记得青麦子的清香甘美的味道。他看见过割麦子。看见过插秧。插秧是个大喜的日子,好比是娶媳妇,聘闺女。插秧的人总是精精神神的,脾气也特别温和。又忙碌,又从容,凡事有条有理。他们的眼睛里流动着对于粮食和土地的脉脉的深情。一天又一天,哈,稻子长得齐李小龙的腰了。不论是麦子,是稻子,挨着马路的地边的一排长得特别好。总有几丛长得又高又壮,比周围的稻麦高出好些。李小龙想,这大概是由于过路的行人曾经对着它撒过尿。小风吹着丰盛的庄稼的绿叶,沙沙地响,像一首遥远的、温柔的歌。李小龙在歌里轻快地走着……

李小龙有时挨着庄稼地走,有时挨着河沿走。河对岸是一带黑黑的城墙,城墙垛子一个、一个、一个,整齐地排列着。城墙外面,有一溜荒地,长了好些狗尾巴草、扎蓬、苍耳和风播下来的旅生的芦荻。草丛里一定有很多蝈蝈,蝈蝈把它们的吵闹声音都送到河这边来了。下面,是护城河。随着上游水闸的启闭,河水有时大,有时小;有时急,有时慢。水急的时候,挨着岸边的水会倒流回去,李小龙觉得很奇怪。过路的大人告诉他:这叫"回溜"。水是从运河里流下来的,是浑水,颜色黄黄的。黑黑的城墙,碧绿的田地,白白的马路,黄黄的河水。

去年冬天,有一天,下大雪,李小龙一大早上学去,他发现河水是红颜色的!很红很红,红得像玫瑰花。李小龙想:也许是雪把河变红了。雪那样厚,雪把什么都盖成一片白,于是衬得河水是红的了。也许是河水自己这一天发红了。他捉摸不透。但是他千真万确看见了一条红水河。雪地上还没有人走过,李小龙独自一人,踏着积雪,他的脚踩得积雪咯吱咯吱地响。雪白雪白的原野上流着一条玫瑰红色的河,那样单纯,那样鲜明而奇特,这种景色,李小龙从来没有看见过,以后也没有看见过。

有一天早晨,李小龙看到一只鹤。秋天了,庄稼都收割了,扁豆和芝麻都拔了秧,树叶落了,芦苇都黄了,芦花雪白,人的眼界空阔了。空气非常凉爽。天空淡蓝淡蓝的,淡得像水。李小龙一抬头,看见天上飞着一只东西。鹤!他立刻知道,这是一只鹤。李小龙没有见过真的鹤,他只在画里见过,他自己还画过。不过,这的的确确是一只鹤。真奇怪,怎么会有一只鹤呢?这一带从来没有人家养过一只鹤,更不用说是野鹤了。然而这真是一只鹤呀!鹤沿着北边城墙的上空往东飞去。飞得很高,很慢,雪白的身子,雪白的翅膀,两只长腿伸在后面。李小龙看得很清楚,清楚极了!李小龙看得呆了。鹤是那样美,又教人觉得很凄凉。

鹤慢慢地飞着,飞过傅公桥的上空,渐渐地飞远了。

李小龙痴立在桥上。

李小龙多少年还忘不了那天的印象,忘不了那种难遇的凄凉的美,那只神秘的孤鹤。

李小龙后来长大了,到了很多地方,看到过很多鹤。

不,这都不是李小龙的那只鹤。

世界上的诗人们,你们能找得到李小龙的鹤么?

李小龙放学回家晚了。教图画手工的张先生给了他一个任务,让他刻一副竹子的对联。对联不大,只有三尺高。选一段好毛竹,一剖为二,剜去竹节,用砂纸和竹节草打磨光滑了,这就是一副对子。联文是很平常的:

> 惜花春起早
> 爱月夜眠迟

字是请善因寺的和尚石桥写的,写的是石鼓。因为李小龙上初一的时候就在家跟父亲学刻图章,已经刻了一年,张先生知道他懂得一点篆书的笔意,才把这副对子交给他刻。刻起来并不费事,把字的笔划的边廓刻深,再用刀把边线之间的竹皮铲平,见到"二青"就行了。不过竹皮很滑,竹面又是圆的,需要手劲。张先生怕他带来带去,把竹皮上墨书的字蹭模糊了,教他就在他的画室里刻。张先生的画室在一个小楼上。小楼在学校东北角,是赞化宫的遗物,原来大概是供吕洞宾的,很旧了。楼的三面都是紫竹,——紫竹城里别处极少见,学生习惯就把这座楼叫成"紫竹楼"。李小龙每天下课后,上楼来刻一个字,刻完回家。已经刻了一个多星期了。这天就剩下"眠迟"两个字了,心想一气刻完了得了,明天好填上石绿挂起来看看,就贪刻了一会。偏偏石鼓文体的"迟"字笔划又多,时间不知不觉就过去了。刻完了"迟"字的"走之",揉揉眼睛,一看:呀,天都黑了! 而且听到隐隐的雷声,——要下雨了:赶紧走。他背起书包直奔东门。出了东门,听到东门外铁板桥下轰鸣震耳的水声，他有点犹豫了。

东门外是刑场（后来李小龙到过很多地方，发现别处的刑场都在西门外。按中国的传统观念，西方主杀，不知道本县的刑场为什么在东门外）。对着东门不远，有一片空地，空地上现在还有一些浅浅的圆坑，据说当初杀人就是让犯人跪在坑里，由背后向第三个颈椎的接缝处切一刀。现在不兴杀头了，枪毙犯人——当地叫做"铳人"，还是在这里。李小龙的同学有时上着课，听到街上拉长音的凄惨的号声，就知道要铳人了。他们下了课赶去看，有时能看到尸首，有时看到地下一摊血。东门桥是全县唯一的一座铁板桥。桥下有闸。桥南桥北水位落差很大，河水倾跌下来，声音很吓人。当地人把这座桥叫做掉魂桥，说是临刑的犯人到了桥上，听到水声，魂就掉了。

有关于这里的很多鬼故事。流传得最广的是一个：有一个人赶夜路，远远看见一个瓜棚，点着一盏灯。他走过去，想借个火吸一袋烟。里面坐着几个人。他招呼一下，就掏出烟袋来凑在灯火上吸烟，不想怎么吸也吸不着。他很纳闷，用手摸摸灯火，火是凉的！坐着的几个人哈哈大笑。笑完了，一齐用手把脑袋搬了下来。行路人吓得赶紧飞奔。奔了一气，又碰得几个人在星光下坐着聊天，他走近去，说刚才他碰见的事，怎么怎么，他们把头就搬下来了。这几个聊天的人说："这有什么稀奇，我们都能这样！"……

李小龙犹豫了一下，还是走上铁板桥了。他的脚步踏得桥上的铁板当当地响。

天骤然黑下来了，雨云密结，天阴得很严。下了桥，他就掉在黑暗里了。什么也看不见，只能看到一条灰白的痕迹，是马路；黑糊糊的一片，是稻田。好在这条路他走得很熟，闭着眼也能走到，不会掉到河里去，走吧！他听见河水哗哗地响，流得比平常好像更急。听见稻子的新秀的穗子摆动着，稻粒摩擦着发出细碎的声音。

一个什么东西窜过马路!——大概是一只獾子。什么东西落进河水了,——"卜嗵"!他的脚清楚地感觉到脚下的路。一个圆形的浅坑,这是一个牛蹄印子,干了。谁在这里扔了一块西瓜皮!差点摔了我一跤!天上不时扯一个闪。青色的闪,金色的闪,紫色的闪。闪电照亮一块黑云,黑云翻滚着,绞扭着,像一个暴怒的人正在憋着一腔怒火。闪电照亮一棵小柳树,张牙舞瓜,像一个妖怪。

李小龙走着,在黑暗里走着,一个人。他走得很快,比平常要快得多,真是"大步流星",踏踏踏踏地走着。他听见自己的两只裤脚擦得刹刹地响。

一半沉着,一半害怕。

不太害怕。

刚下掉魂桥,走过刑场旁边时,头皮紧了一下,有点怕,以后就好了。

他甚至觉得有点豪迈。

快要到了。前面就是傅公桥。"行百里者半九十",今天上国文课时他刚听高先生讲过这句古文。

上了傅公桥,李小龙的脚步放慢了。

这是什么?

他从来没有看见过。

一道一道碧绿的光。在苇荡上。

李小龙知道,这是鬼火。他听说过。

绿光飞来飞去。它们飞舞着,一道一道碧绿的抛物线。绿光飞得很慢,好像在幽幽地哭泣。忽然又飞快了,聚在一起;又散开了,好像又笑了,笑得那样轻。绿光纵横交错,织成了一面疏网;忽然又飞向高处,落下来,像一道放慢了的喷泉。绿光在集会,在交谈。你们谈什么?……

李小龙真想多停一会,这些绿光多美呀!

但是李小龙没有停下来,说实在的,他还是有点紧张的。

　　但是他也没有跑。他知道他要是一跑,鬼火就会追上来。他在小学上自然课时就听老师讲过,"鬼火"不过是空气里的磷,在大雨将临的时候,磷就活跃起来。见到鬼火,要沉着,不能跑,一跑,把气流带动了,鬼火就会跟着你追。你跑得越快,它追得越紧。虽然明知道这是磷,是一种物质,不是什么"鬼火",不过一群绿光追着你,还是怕人的。

　　李小龙用平常的速度轻轻地走着。

　　到了贞节牌坊跟前倒真的吓了他一跳!一条黑影,迎面向他走来。是个人!这人碰到李小龙,大概也有点紧张,跟小龙擦身而过,头也不回,匆匆地走了。这个人,那么黑的天,你跑到马上要下大雨的田野里去干什么?

　　到了几户种菜人家的跟前,李小龙的心才真的落了下来。种菜人家的窗缝里漏出了灯光。

　　李小龙一口气跑到家里。刚进门,"哇——"大雨就下下来了。

　　李小龙搬了一张小板凳,在灯光照不到的廊檐下,对着大雨倾注的空庭,一个人呆呆地想了半天。他要想想今天的印象。

　　李小龙想:我还是走回来了。我走在半道上没有想退回去。如果退回去,我就输了,输给黑暗,又输给了我自己。

　　李小龙回想着鬼火,他觉得鬼火很美。

　　李小龙看见过鬼火了,他又长大了一岁。

一九八三年九月十三日于北京蒲黄榆新居

囚　犯

　　我们在河堤上站了一下,让跟我们一齐出城的犯人先过浮桥。是因为某种忌讳,不愿跟他们一伙走,还是对他们有一种尊重,(对于不幸的人,受苦难的人,或比较接近死亡的人的尊重?)觉得该让他们走在前头呢? 两者都有一点吧。这说不清,并无明白的意识,只是父亲跟我都自然而然的停下来了。没有说一句话,觉得要停一停。既停之后,我们才相互看了一眼。父亲和我离隔近十年,重相接处,几乎随时要忖度对方举止的意义。但是含浑而不刻露,因为契切,不求甚解。体贴之中有时不免杂一丝轻微嘲讽的,(不可药救的病症;嘲讽于那一段时间?)但像刚才那么偶然一相视却是骨肉之情的微波,风中之风,水中之水。这瞬间一小过程使我们彼此有不孤零之感,似乎我们全可从一个距离外看得到这里,父亲和儿子,差肩而立,凡此皆微妙不可具说。——看来自自然然,好像什么都不为的站一站,好像要看一看对河长途汽车开来了没有,好像我要把提着的箱子放下来息一息力,我于此发现自己性格与父亲相似之处,纤细而含蓄。

　　我们差肩而立,看犯人过浮桥。

　　犯人三个,由两个兵押着。他们本来都是兵,现在一是兵,一是犯人了。一个兵荷老七九步枪,一个则腰里一根三号左轮,模样是个副班长。——凡曾度营伍生活者皆一眼可以看出副班长与班长举动神情之间有多大差异。班长是官,副班长则常顾此失彼的要维持他的官与兵之间的两难地位,有治人的责任感,有治于人的委曲,欲仰承,欲俯就,在矛盾挣扎之中他总站不稳,而显得窝囊可笑。犯人皆交叉着绑着肩胛,背后各有长绳一根牵出,捏在后面荷枪的兵的手里。犯人也都穿着灰布军服,不过破旧污脏得多。但兵与犯人的分别还在于一个有小皮带,一个没有皮带约束而更无可假借的显出衣服的不合身。——不合身的衣服比破烂衣服更可悲悯。我忽然想起一个朋友怎么样也不肯换医院的"制服"。人格一半是衣服造成的,随便给你一件衣服就忽视了你是怎么一个人了。人要人尊重。两个犯人有帽子,但全戴得不是地方。一个还好,帽舌子歪在一边,虽然这个滑稽样子与他全身大不相称,但总算包住了他的头。另一个则没有戴实在,风一吹,或一根树枝挂一下即会落去的,看着很不舒服,令人有焦躁着急感,极想给他往下拉一拉。还有一个,则是科头,头发长得极蓊郁,(小时懒于理发,常被骂为"像个囚犯",)很黑很黑,跟他的络腮胡子连为一片。倒是他还有点生气。他比较矮,但看起来还壮,虽经过折磨,还不是一下子即打得倒的人。(他们看样子不是新犯,已在大牢里关了不少日子,移案到什么地方,提出来的。)他脚步较重,一步一步还照着自己意志走,似乎浮桥因为他的脚步而有看得出的起伏。他眼睛张得大大的,坦率而稚气的,农民的眼睛,不很眢乱惊惶,健康正常的眼睛,从粗粗的眉毛下看出去。他似乎不大忧伤,不大想他作过的事和明天的运命。他简直不大想着他是个犯人。他什么都不大想。一个简单淳朴的人。他现在若是想,想的是:我过浮桥。也许他还晓得到了对岸,坐一段汽车,过江,解到一个什么地方去,其余他就不知道了,也不大想知道。这段路好像他曾经走过几次,很熟,也许就是生长于这一带的,所以他很有自信的走着。

要是除去绳索和罪名,他像个带路人,很好的带路人。他平日一定有走在第一个的习惯。现在他们让他走在第一个也非偶然。但形式上他得服从身边那个副班长的指挥,正如平日在部队受指挥一样。副班长与他之间并无敌意,好像都是按照规矩来,你押人,我被押,大家作着一件人家派下来的事情,无从拒绝,全非得已。他们要共走一段路,共同忍受颠簸,耽误,种种不快,(到任何地方去总望能早点到达,)也许还有点同伴之谊。——他们常默默,话沉得很深,但一路上来,总有时候要谈两句什么的吧。副班长没有一般下级军官的金牙,也没有那种可笑的狂傲。看样子他是个厚道人,他不时回头看看后面的犯人和那个荷枪的兵的眼色是可感的,好像问:走得动吗?哦,这两个犯人可不成了!他们面色灰败,一个惨白,一个蜡渣黄,折倒他们的细脖子,(领圈显得特别宽大,)已经撑不起他们的头。衰弱,虚乏,半透明,像是已经死过一次。他们机械的迁动脚步,踏不稳,不能调节快慢,每一脚都不知踏在什么地方。恐怕用怎么节奏明显的音乐也无法让他们走得合拍,他们已经不能受感染。他们已经忘了走路的方法。他们脑子里布满破碎的,阴暗的意象,这些意象永不会结构成一串完整思想,就一直搅动,摧残,腐蚀他们淡薄的生命。他们现在并不在恐怖中,但恐怖已经把他们腌透,而留下杂乱的痕迹。脸上永远是那个样子,嘴角挂下来,像总要呕吐,眼睛茫茫瞑瞑,缩缩怯怯。一切全惨淡,没有一个形体能在他们眼睛里留一鲜明印象。除了皮肉上的痛痒之外,似乎他们已经没有感觉;而且即是痛痒也模糊昏暗了。帽子歪戴的那一个,衣服上有一大片血渍,暗赤,如铁锈,已经不少日子。荷枪的兵也瘦蒿蒿的。虽然他打着绑腿,但凄哀的神情使他跟那两个戴帽子犯人成了一组。他不时把枪往上提一提,显然不大背得动,枪托子常常要敲着他的腿。因为那个络腮胡子犯人比较吸引我,所以对后面三个人没有能细看。

岸上人多注目于这个悲惨的队列。

他们已经过了河。

我忽然记了记今天是什么日子。

初春，但到处仍极荒凉。泥土暗。河水为天空染得如同铅汁，泛着冷冷的光。东北风一起，也许就要飘雪。汽车路在黑色的平野上。有两三只乌鸦飞。

城在我们后面，细碎的市声起落绸缪。好几批人从我们身边走下河堤。

父亲跟我看了一眼，不说话，我们过浮桥。

大家抢着上汽车。车站码头上顶容易教人悲观，大家尽量争夺一点方便舒服。但这样的场面见得也多了，已经不大有感触。等都上去了，父亲上去，然后是我。看父亲得到一个比较安稳站处，我看看有什么地方可以拉一拉我的手。而在我后面上来了那几个犯人。他们简直弄不清楚人家怎么把他们弄上来的。车门关上，车上人窜窜动动，我被挤到一个人缝里，勉强把一只脚放平，那一只则怎么摆都不是地方，我只有伸手捞着上面的杠子，把全身重量用一只胳臂吊起来。我想把腰伸伸直，可是实在不可能。好吧，无所谓，半个多钟头就到江边。我试一回头，勉强可以看到父亲半面，他的颧骨跟一只肩膀。父亲点点头，答说：我很好，管你自己吧。我想，在人群中你无法跟要在一起的人在一起，一冲一撞，拉得多牢的手也只有撒开。我就我的头可以转动的方向一巡视，那个矮壮犯人不知在什么地方。副班长好像没有上来，大概跟司机坐到一处去了，这点门槛他懂。那个荷枪的兵笔直的贴在车门犄角，一个乡下人的笠子刚刚顶在他的脸前面，不时要擦着他的鼻子，而逼得他一脸尴尬相。两个有帽子犯人，我知道，都在我身边。他们那里也不要在，既然已经关上了车，总就得有块地方，毫无主意的他们就被挤到这儿来了。什么地方对他们全一样，他们没有求舒服的心,他们现在根本不知道在什么地方。我面前是两个女客,她们是什么模样我才不在乎,有一个好像是个老太太。我尝试怎么样可以把肋骨放平正一点,而车子剧烈的摇晃了一下,一个身体往我背上一靠,他的手拉了一下我的衣服。是我身后那个犯人。什么样的一只手!又生满了疥疮,我皮肤一紧,这感觉是不快的。我本能的有一点避让之意。似乎我的不快立刻传过给他,拉了一下,他就放开了。他站不稳,我知道。他的胳臂无法伸直,伸直了也够不到杠子,而且这样英勇的生的争取的姿势根本就是他不会有的。他攀扶不到什么东西,习于被播弄了。我正想我是不是不该避让,一面又向右顾看那另一个犯人的手无意识地画动了两下,第二下更大的晃动又来了,我蓦然有了个决定,像赌徒下出一注,把我的身体迎给他!他懂得,接受了我的意思,一把抓住了。这不难,在生活的不断的抉择之中,这样的事情是比较易于成就的,因为没有时间让你掂斤播两的思索。我并没有太用力激励自己。请恕我,当时我对自己是有一点满意的。我如此作并非因为全车人都嫌弃他们,在这么紧密的地方还远之唯恐不及,而我愤怒,我要反抗。我是个不大会愤怒的人,我也能知道人没有理由把不愉快事情往身上拉,现在是什么时代!我知道他身后必尚有一点空隙,我跟他说:"你蹲下来"。蹲下来他可以舒服些。我叫右边那一个也蹲下来。这只是半点钟的事,但如果可能,我想不太伤劳我的那一只胳臂,他们一蹲下来,好像松动了一点,我可以挪一挪脚步了。可是当我偏了偏腰时,一只手上来拉住了我的袖子。我这才看了看我面前那个女客,二十大几,也许三十出头,一个粉白大团脸。她皱着眉头用两个指头拉我,我看了看那两个指头,不大方的指头,肉很多,秃秃的,一个鸡心形赤金戒指。好像这两个指头要我生了一点气,我想不理她,我凭什么要给你遮隔住这两个囚犯,一下了车你把早上吃的稀饭吐出来也不干我的事。然而我略扁了扁嘴,不大甘愿的决定了,就这么斜吊着身子吧,好在就是半个钟头的事。这才真是牺牲!我看了看那个老太太,真可怜,她偎在座位里,耗子似的眼睛看我的脸。那个梳着在她以为很时式的头发的女人(她一定用双妹老牌生发油!)这才算放了心,努力看着窗外。

这个倒楣女人叫我嘲笑自己起来。这半点钟你好伟大,又帮助犯人,又保护妇女,你成了英雄!你不怕虱子,不怕疥疮,而且不怕那张俗气的粉脸,小市民的,涂了廉价雪花膏的胖脸!(老实说对着这样的脸比两个犯人靠在身上更不好受,更不幸。)——借了这半点钟你成了托尔斯泰之徒,觉得自己有资格活下去,但你这不是偷巧么?要是半点钟延长为一辈子,且瞧你怎么样吧。而且这很重要的,这两个犯人在你后面;面对面还能是一样么?好小子,你能够在他们之间睡下来么?……

我相信这个车里有一个魔鬼。不过幸好我得用力挂住自己,我的胳臂的酸麻给解了一点围,我不陷在这些挑拨性的思索之中。我希望时间快点过去。

好了,果然快,车停了。我一心下去取那只箱子,我们得赶上这一班过江轮渡。

一切都已过去,女人,犯人,我的胳臂的酸麻,那些无用的嘲讽,全过去了!外面的空气新鲜得多。我跟父亲又在一起。

在船上,父亲要了个小房舱。是的,我们要舒舒服服坐一坐,还可以在铺上歪一歪。父亲递给我烟,划了火,那一壶茶已经泡开了,他洗了洗杯子,给我倒了一杯。我看着他用他的从容雍与的风度作这一切,但不想起来叫他让我来。我的背上不快之感又爬上来,虽不厚重,可有黏性,有似涂了一层油。喝了一口茶,忽然我心里涌起了一股真情。我想刚才在车上,父亲一定不时看一看我。我非常喜慰于我有一个父亲,一个这样的父亲。我觉得有了攀泊,有了依靠。我在冥冥蠢蠢之中所作事情似乎全可向一个人交一笔账,他则看也不看,即收下搁起了。他不迫胁我,不挑剔我,不讥刺我,不用锋利的或钝缺的是非锯解我。他不希望,指导我作什么,但在他饱阅世故的眼睛,温和得几乎是淡漠的眼睛(我得坦白说,有时我为这种类似的淡漠所激恼,)远远的关注下,我成了一个人。我不过分胡涂,尤其重要的是也不太清楚,而且只能虽然有点伤心的捐弃了我的夸张,使我的行为不是文字,使我平凡。——虽然,我还不知道到底该怎么活下去。今天晚上,我就要离开我的父亲,到一个大城市中去。

那几个犯人现在不知在那里了,也许也在这只船上吧。我管不着了。那个科头犯人的样子我记在心里,大概因为他有一种美,一种吸力。我想他会在一个什么地方忽然逃跑了。他跑不了,那个副班长会拔出左轮枪不加思索的向他放射。犯人会死于枪下。我仿佛已经看到那幅图像。这是注定的,没有办法的悲剧。我心里乱起来。想起一个举世都说他对于人,对于人生没有兴趣,到末了躲到禅悟中去的诗人的话:

"世间还有笔啊,我把你藏起来吧。"

陈 小 手

我们那地方,过去极少有产科医生。一般人家生孩子,都是请老娘。什么人家请哪位老娘,差不多都是固定的。一家宅门的大少奶奶、二少奶奶、三少奶奶,生的少爷、小姐,差不多都是一个老娘接生的。老娘要穿房入户,生人怎么行? 老娘也熟知各家的情况,哪个年长的女佣人可以当她的助手,当"抱腰的",不须临时现找。而且,一般人家都迷信哪个老娘"吉祥",接生顺当。——老娘家都供着送子娘娘,天天烧香。谁家会请一个男性的医生来接生呢? ——我们那里学医的都是男人,只有李花脸的女儿传其父业,成了全城仅有的一位女医人。她也不会接生,只会看内科,是个老姑娘。男人学医,谁会去学产科呢? 都觉得这是一桩丢人没出息的事,不屑为之。但也不是绝对没有。陈小手就是一位出名的男性的产科医生。

陈小手的得名是因为他的手特别小,比女人的手还小,比一般女人的手还更柔软细嫩。他专能治难产。横生、倒生,都能接下来(他当然也要借助于药物和器械)。据说因为他的手小,动作细腻,可以减少产妇很多痛苦。大户人家,非到万不得已,是不会请他的。中小户人家,忌讳较少,遇到产妇胎位不正,老娘束手,老娘就会建议:"去请陈小手吧。"

陈小手当然是有个大名的,但是都叫他陈小手。

接生,耽误不得,这是两条人命的事。陈小手喂着一匹马。这匹马浑身雪白,无一根杂毛,是一匹走马。据懂马的行家说,这马走的脚步是"野鸡柳子",又快又细又匀。我们那里是水乡,很少人家养马。每逢有军队的骑兵过境,大家就争着跑到运河堤上去看"马队",觉得非常好看。陈小手常常骑着白马赶着到各处去接生,大家就把白马和他的名字联系起来,称之为"白马陈小手"。

同行的医生,看内科的、外科的,都看不起陈小手,认为他不是医生,只是一个男性的老娘。陈小手不在乎这些,只要有人来请,立刻跨上他的白走马,飞奔而去。正在呻吟惨叫的产妇听到他的马脖子上的銮铃的声音,立刻就安定了一些。他下了马,即刻进产房。过了一会(有时时间颇长),听到哇的一声,孩子落地了。陈小手满头大汗,走了出来,对这家的男主人拱拱手:"恭喜恭喜!母子平安!"男主人满面笑容,把封在红纸里的酬金递过去。陈小手接过来,看也不看,装进口袋里,洗洗手,喝一杯热茶,道一声"得罪",出门上马。只听见他的马的銮铃声"哗棱哗棱"……走远了。

陈小手活人多矣。

有一年,来了联军。我们那里那几年打来打去的,是两支军队。一支是国民革命军,当地称之为"党军";相对的一支是孙传芳的军队。孙传芳自称"五省联军总司令",他的部队就被称为"联军"。联军驻扎在天王庙,有一团人。团长的太太(谁知道是正太太还是姨太太),要生了,生不下来。叫来几个老娘,还是弄不出来。这太太杀猪也似的乱叫。团长派人去叫陈小手。

陈小手进了天王庙。团长正在产房外面不停地"走柳"。见了陈小手,说:

"大人,孩子,都得给我保住!保不住要你的脑袋!进去吧!"

这女人身上的脂油太多了,陈小手费了九牛二虎之力,总算把孩子掏出来了。和这个胖女人较了半天劲,累得他筋疲力尽。他迤里歪斜走出来,对团长拱拱手:

　　"团长! 恭喜您,是个男伢子,少爷!"

　　团长呲牙笑了一下,说:"难为你了! ——请!"

　　外边已经摆好了一桌酒席。副官陪着。陈小手喝了两盅。团长拿出二十块现大洋,往陈小手面前一送:

　　"这是给你的! ——别嫌少哇!"

　　"太重了! 太重了!"

　　喝了酒,揣上二十块现大洋,陈小手告辞了:"得罪! 得罪!"

　　"不送你了!"

　　陈小手出了天王庙,跨上马。团长掏出枪来,从后面,一枪就把他打下来了。

　　团长说:"我的女人,怎么能让他摸来摸去! 她身上,除了我,任何男人都不许碰! 这小子,太欺负人了! 日他奶奶!"

　　团长觉得怪委屈。

一九八三年八月一日急就

大淖记事

一

这地方的地名很奇怪,叫做大淖。全县没有几个人认得这个淖字。县境之内,也再没有别的叫做什么淖的地方。据说这是蒙古话。那么这地名大概是元朝留下的。元朝以前这地方有没有,叫做什么,就无从查考了。

淖,是一片大水。说是湖泊,似还不够,比一个池塘可要大得多,春夏水盛时,是颇为浩淼的。这是两条水道的河源。淖中央有一条狭长的沙洲。沙洲上长满茅草和芦荻。春初水暖,沙洲上冒出很多紫红色的芦芽和灰绿色的蒌蒿①,很快就是一片翠绿了。夏天,茅草、芦荻都吐出雪白的丝穗,在微风中不住地点头。秋天,全都枯黄了,就被人割去,加到自己的屋顶上去了。冬天,下雪,这里总比别处先白。化雪的时候,也比别处化得慢。河水解冻了,发

---

① 蒌蒿是生于水边的野草,粗如笔管,有节,生狭长的小叶,初生二寸来高,叫做"蒌蒿薹子",加肉炒食极清香。苏东坡诗:"竹外桃花三两枝,春江水暖鸭先知,蒌蒿满地芦芽短,正是河豚欲上时。"蒌蒿见之于诗,这大概是第一次。他很能写出节令风物之美。

绿了,沙洲上的残雪还亮晶晶地堆积着。这条沙洲是两条河水的分界处。从淖里坐船沿沙洲西面北行,可以看到高阜上的几家炕房。绿柳丛中,露出雪白的粉墙,黑漆大书四个字:"鸡鸭炕房",非常显眼。炕房门外,照例都有一块小小土坪,有几个人坐在树桩上负曝闲谈。不时有人从门里挑出一副很大的扁圆的竹笼,笼口络着绳网,里面是松花黄色的,毛茸茸,挨挨挤挤,啾啾乱叫的小鸡小鸭。由沙洲往东,要经过一座浆坊。浆是浆衣服用的。这里的人,衣服被里洗过后,都要浆一浆。浆过的衣服,一穿在身上沙沙作响。浆是芡实水磨,加一点明矾,澄去水分,晒干而成。这东西是不值什么钱的。一大盆衣被,只要到杂货店花两三个铜板,买一小块,用热水冲开,就足够用了。但是全县浆粉都由这家供应(这东西是家家用得着的),所以规模也不算小。浆坊有四五个师傅忙碌着。喂着两头毛驴,轮流上磨。浆坊门外,有一片平场,太阳好的时候,每天晒着浆块,白得叫人眼睛都睁不开。炕房、浆坊附近还有几家买卖荸荠、茨菰、菱角、鲜藕的鲜货行,集散鱼蟹的鱼行和收购青草的草行。过了炕房和浆坊,就都是田畴麦垅,牛棚水车,人家的墙上贴着黑黄色的牛屎粑粑,——牛粪和水,拍成饼状,直径半尺,整齐地贴在墙上晾干,作燃料,已经完全是农村的景色了。由大淖北去,可至北乡各村。东去可至一沟、二沟、三垛,直达邻县兴化。

大淖的南岸,有一座漆成绿色的木板房,房顶、地面,都是木板的。这原是一个轮船公司。靠外手是候船的休息室。往里去,临水,就是码头。原来曾有一只小轮船,往来本城和兴化,隔日一班,单日开走,双日返回。小轮船漆得花花绿绿的,飘着万国旗,机器突突地响,烟筒冒着黑烟,装货、卸货,上客、下客,也有卖牛肉、高粱酒、花生瓜子、芝麻灌香糖的小贩,吆吆喝喝,是热闹过一阵的。后来因为公司赔了本,股东无意继续经营,就卖船停业了。这间木板房子倒没有拆去。现在里面空荡荡、冷清清，只有附近的野孩子到候船室来唱戏玩，棍棍棒棒，乱打一气；或到码头上比赛撒尿。七八个小家伙，齐齐地站成一排，把一泡泡骚尿哗哗地撒到水里，看谁尿得最远。

大淖指的是这片水，也指水边的陆地。这里是城区和乡下的交界处。从轮船公司往南，穿过一条深巷，就是北门外东大街了。坐在大淖的水边，可以听到远远地一阵一阵朦朦胧胧的市声，但是这里的一切和街里不一样。这里没有一家店铺。这里的颜色、声音、气味和街里不一样。这里的人也不一样。他们的生活，他们的风俗，他们的是非标准、伦理道德观念和街里的穿长衣念过"子曰"的人完全不同。

二

由轮船公司往东往西，各距一箭之遥，有两丛住户人家。这两丛人家，也是互不相同的，各是各乡风。

西边是几排错错落落的低矮的瓦屋。这里住的是做小生意的。他们大都不是本地人，是从下河一带，兴化、泰州、东台等处来的客户。卖紫萝卜的（紫萝卜是比荸荠略大的扁圆形的萝卜，外皮染成深蓝紫色，极甜脆），卖风菱的（风菱是很大的两角的菱角，壳极硬），卖山里红的，卖熟藕（藕孔里塞了糯米煮熟）的。还有一个从宝应来的卖眼镜的，一个从杭州来的卖天竺筷的。他们像一些候鸟，来去都有定时。来时，向相熟的人家租一间半间屋子，住上一阵，有的住得长一些，有的短一些，到生意做完，就走了。他们都是日出而作，日入而息。吃罢早饭，各自背着、扛着、挎着、举着自己的货色，用不同的乡音，不同的腔调，吟唱吆唤着上街了。到太阳落山，又都像鸟似的回到自己的窝里。于是从这些低矮的屋檐下就都飘出带点甜味而又呛人的炊烟（所烧的柴草都是半干不湿的）。他们做的都是小本生意，赚钱不大。因为是在客边，对人很和气，凡事忍让，所以这一带平常总是安安静静的，很少有吵嘴打架的事情发生。

这里还住着二十来个锡匠，都是兴化帮。这地方兴用锡器，家家都有几件锡制的家伙。香炉、蜡台、痰盂、茶叶罐、水壶、茶壶、酒壶，甚至尿壶，都是锡的。嫁闺女时都要赔送一套锡器。最少也要有两个能容四五升米的大锡罐，摆在柜顶上，否则就不成其为嫁妆。出阁的闺女生了孩子，娘家要送两大罐糯米粥（另外还要有两只老母鸡，一百鸡蛋），装粥用的就是娘柜顶上的这两个锡罐。因此，二十来个锡匠并不显多。

锡匠的手艺不算费事，所用的家什也较简单。一副锡匠担子，一头是风箱，绳系里夹着几块锡板；一头是炭炉和两块二尺见方，一面裱着好几层表芯纸的方砖。锡器是打出来的，不是铸出来的。人家叫锡匠来打锡器，一般都是自己备料，——把几件残旧的锡器回炉重打。锡匠在人家门道里或是街边空地上，支起担子，拉动风箱，在锅里把旧锡化成锡水，——锡的熔点很低，不大一会就化了；然后把两块方砖对合着（裱纸的一面朝里），在两砖之间压一条绳子，绳子按照要打的锡器圈成近似的形状，绳头留在砖外，把锡水由绳口倾倒过去，两砖一压，就成了锡片；然后，用一个大剪子剪剪，焊好接口，用一个木槌在铁砧上敲敲打打，大约一两顿饭工夫就成型了。锡是软的，打锡器不像打铜器那样费劲，也不那样吵人。粗使的锡器，就这样就能交活。若是细巧的，就还要用刮刀刮一遍，用砂纸打一打，用竹节草（这种草中药店有卖的）磨得锃亮。

这一帮锡匠很讲义气。他们扶持疾病，互通有无，从不抢生意。若是合伙做活，工钱也分得很公道。这帮锡匠有一个头领，是个老锡匠，他说话没有人不听。老锡匠人很耿直，对其余的锡匠

（不是他的晚辈就是他的徒弟）管教得很紧。他不许他们赌钱喝酒；嘱咐他们出外做活，要童叟无欺，手脚要干净；不许和妇道嬉皮笑脸。他教他们不要怕事，也绝不要惹事。除了上市应活，平常不让到处闲游乱窜。

老锡匠会打拳，别的锡匠也跟着练武。他屋里有好些白蜡杆，三节棍，没事便搬到外面场地上打对儿。老锡匠说：这是消遣，也可以防身，出门在外，会几手拳脚不吃亏。除此之外，锡匠们的娱乐便是唱唱戏。他们唱的这种戏叫做"小开口"，是一种地方小戏，唱腔本是萨满教的香火（巫师）请神唱的调子，所以又叫"香火戏"。这些锡匠并不信萨满教，但大都会唱香火戏。戏的曲调虽简单，内容却是成本大套，李三娘挑水推磨，生下咬脐郎；白娘子水漫金山；刘金定招亲；方卿唱道情……可以坐唱，也可以化了装彩唱。遇到阴天下雨，不能出街，他们能吹打弹唱一整天。附近的姑娘媳妇都挤过来看，——听。

老锡匠有个徒弟，也是他的侄儿，在家大排行第十一，小名就叫个十一子，外人都只叫他小锡匠。这十一子是老锡匠的一件心事。因为他太聪明，长得又太好看了。他长得挺拔四称，肩宽腰细，唇红齿白，浓眉大眼，头戴遮阳草帽，青鞋净袜，全身衣服整齐合体。天热的时候，敞开衣扣，露出扇面也似的胸脯，五寸宽的雪白的板带煞得很紧。走起路来，高抬脚，轻着地，麻溜利索。锡匠里出了这样一个一表人才，真是鸡窝里飞出了金凤凰。老锡匠心里明白：唱"小开口"的时候，那些挤过来的姑娘媳妇，其实都是来看这位十一郎的。

老锡匠经常告诫十一子，不要和此地的姑娘媳妇拉拉扯扯，尤其不要和东头的姑娘媳妇有什么勾搭："她们和我们不是一样的人！"

三

轮船公司东头都是草房，茅草盖顶，黄土打墙，房顶两头多盖着半片破缸破瓮，防止大风时把茅草刮走。这里的人，世代相传，都是挑夫。男人、女人、大人、孩子，都靠肩膀吃饭。

挑得最多的是稻子。东乡、北乡的稻船，都在大淖靠岸。满船的稻子，都由这些挑夫挑走。或送到米店，或送进哪家大户的廒仓，或挑到南门外琵琶闸的大船上，沿运河外运。有时还会一直挑到车逻、马棚湾这样很远的码头上。单程一趟，或五六里，或七八里、十多里不等。一二十人走成一串，步子走得很匀，很快。一担稻子一百五十斤，中途不歇肩。一路不停地打着号子。换肩时一齐换肩。打头的一个，手往扁担上一搭，一二十副担子就同时由右肩转到左肩上来了。每挑一担，领一根"筹子"，——尺半长，一寸宽的竹牌，上涂白漆，一头是红的。到傍晚凭筹领钱。

稻谷之外，什么都挑。砖瓦、石灰、竹子（挑竹子一头拖在地上，在砖铺的街面上擦得刷刷地响），桐油（桐油很重，使扁担不行，得用木杠，两人抬一桶）……因此，一年三百六十天，天天有活干，饿不着。

十三四岁的孩子就开始挑了。起初挑半担，用两个柳条笆斗。练上一二年，人长高了，力气也够了，就挑整担，像大人一样的挣钱了。

挑夫们的生活很简单：卖力气，吃饭。一天三顿，都是干饭。这些人家都不盘灶，烧的是"锅腔子"——黄泥烧成的矮瓮，一面开口烧火。烧柴是不花钱的。淖边常有草船，乡下人挑芦柴入街去卖，一路总要撒下一些。凡是尚未挑担挣钱的孩子，就一人一把竹筢，到处去搂。因此，这些顽童得到一个稍带侮辱性的称呼，叫做"笆草鬼子"。有时懒得费事,就从乡下人的草担上猛力拽出一把,拔腿就溜。等乡下人撂下担子叫骂时,他们早就没影儿了。锅腔子无处出烟,烟子就横溢出来,飘到大淖水面上,平铺开来,停留不散。这些人家无隔宿之粮,都是当天买,当天吃。吃的都是脱粟的糙米。一到饭时,就看见这些茅草房子的门口蹲着一些男子汉,捧着一个蓝花大海碗,碗里是骨堆堆的一碗紫红紫红的米饭,一边堆着青菜小鱼、臭豆腐、腌辣椒,大口大口地在吞食。他们吃饭不怎么嚼,只在嘴里打一个滚,咕咚一声就咽下去了。看他们吃得那样香,你会觉得世界上再没有比这个饭更好吃的饭了。

他们也有年,也有节。逢年过节,除了换一件干净衣裳,吃得好一些,就是聚在一起赌钱。赌具,也是钱。打钱,滚钱。打钱:各人拿出一二十铜元,叠成很高的一摞。参与者远远地用一个钱向这摞铜钱砸去,砸倒多少取多少。滚钱又叫"滚五七寸"。在一片空场上,各人放一摞钱;一块整砖支起一个斜坡,用一个铜元由砖面落下,向钱注密处滚去,钱停住后,用事前备好的两根草棍量一量,如距钱注五寸,滚钱者即可吃掉这一注;距离七寸,反赔出与此注相同之数。这种古老的博法使挑夫们得到极大的快乐。旁观的闲人也不时大声喝采,为他们助兴。

这里的姑娘媳妇也都能挑。她们挑得不比男人少,走得不比男人慢。挑鲜货是她们的专业。大概是觉得这种水淋淋的东西对女人更相宜,男人们是不屑于去挑的。这些"女将"都生得顾长俊俏,浓黑的头发上涂了很多梳头油,梳得油光水滑(照当地说法是:苍蝇站上去都会闪了腿)。脑后的发髻都极大。发髻的大红头绳的发根长到二寸,老远就看到通红的一截。她们的发髻的一侧总要插一点什么东西。清明插一个柳球,(杨柳的嫩枝,一头拿牙咬着,把柳枝的外皮连同鹅黄的柳叶使劲往下一抹,成一个小小球形)端午插一丛艾叶,有鲜花时插一朵栀子、一朵夹竹桃,无鲜花时插一朵大红剪绒花。因为常年挑担,衣服的肩膀处易破,她们的托肩多半是换过的。旧衣服,新托肩,颜色不一样,这几乎成了大淖妇女的特有的服饰。一二十个姑娘媳妇,挑着一担担紫红的荸荠、碧绿的菱角、雪白的连枝藕,走成一长串,风摆柳似的嚓嚓地走过,好看得很!

她们像男人一样的挣钱,走相、坐相也像男人。走起来一阵风,坐下来两条腿叉得很开。她们像男人一样赤脚穿草鞋(脚指甲却用凤仙花染红)。她们嘴里不忌生冷,男人怎么说话她们怎么说话,她们也用男人骂人的话骂人。打起号子来也是"好大娘个歪歪子咧!"——"歪歪子咧……"

没出门子的姑娘还文雅一点,一做了媳妇就简直是"姜太公在此百无禁忌",要多野有多野。有一个老光棍黄海龙,年轻时也是挑夫,后来腿脚有了点毛病,就在码头上看看稻船,收收筹子。这老头儿老没正经,一把胡子了,还喜欢在媳妇们的胸前屁股上摸一把,拧一下。按辈分,他应当被这些媳妇称呼一声叔公,可是谁都管他叫"老骚胡子"。有一天,他又动手动脚的,几个媳妇一咬耳朵,一二三,一齐上手,眨眼之间叔公的裤子就挂在大树顶上了。有一回,叔公听见卖饺面①的挑着担子,敲着竹梆走来,他又来劲了:"你们敢不敢到淖里洗个澡? ——敢,我一个人输你们两碗饺面!"——"真的?"——"真的!"——"好!"几个媳妇脱了衣服跳到淖里扑通扑通洗了一会。爬上岸就大声喊叫:

"下面!"

这里人家的婚嫁极少明媒正娶,花轿吹鼓手是挣不着他们的钱的。媳妇,多是自己跑来的;姑娘,一般是自己找人。她们在男女关系上是比较随便的。姑娘在家生私孩子;一个媳妇,在丈夫之

---

① 一半馄饨一半面下在一起,当地叫做饺面。

外,再"靠"一个,不是稀奇事。这里的女人和男人好,还是恼,只有一个标准:情愿。有的姑娘、媳妇相与了一个男人,自然也跟他要钱买花戴,但是有的不但不要他们的钱,反而把钱给他花,叫做"倒贴"。

因此,街里的人说这里"风气不好"。

到底是哪里的风气更好一些呢?难说。

四

大淖东头有一户人家。这一家只有两口人,父亲和女儿。父亲名叫黄海蛟,是黄海龙的堂弟(挑夫里姓黄的多)。原来是挑夫里的一把好手。他专能上高跳。这地方大粮行的"窝积"(长条芦席围成的粮囤),高到三四丈,只支一只单跳,很陡。上高跳要提着气一口气窜上去,中途不能停留。遇到上了一点岁数的或者"女将",抬头看看高跳,有点含胡,他就走过去接过一百五十斤的担子,一支箭似的上到跳顶,两手一提,把两箩稻子倒在"窝积"里,随即三五步就下到平地。因为为人忠诚老实,二十五岁了,还没有成亲。那年在车逻挑粮食,遇到一个姑娘向他问路。这姑娘留着长长的刘海,梳了一个"苏州俏"的发髻,还抹了一点胭脂,眼色张皇,神情焦急,她问路,可是连一个准地名都说不清,一看就知道是大户人家逃出来的使女。黄海蛟和她攀谈了一会,这姑娘就表示愿意跟着他过。她叫莲子。——这地方丫头、使女多叫莲子。

莲子和黄海蛟过了一年,给他生了个女儿。七月生的,生下的时候满天都是五色云彩,就取名叫做巧云。

莲子的手很巧、也勤快,只是爱穿件华丝葛的裤子,爱吃点瓜子零食,还爱唱"打牙牌"之类的小调:"凉月子一出照楼梢,打个呵欠伸懒腰,瞌睡子又上来了。哎哟,哎哟,瞌睡子又上来了……"这和大淖的乡风不大一样。

巧云三岁那年,她的妈莲子,终于和一个过路戏班子的一个唱小生的跑了。那天,黄海蛟正在马棚湾。莲子把黄海蛟的衣裳都浆洗了一遍,巧云的小衣裳也收拾在一起,焖了一锅饭,还给老黄打了半斤酒,把孩子托给邻居,说是她出门有点事,锁了门,从此就不知去向了。

巧云的妈跑了,黄海蛟倒没有怎么伤心难过。这种事情在大淖这个地方也值不得大惊小怪。养熟的鸟还有飞走的时候呢,何况是一个人!只是她留下的这块肉,黄海蛟实在是疼得不行。他不愿巧云在后娘的眼皮底下委委屈屈地生活,因此发心不再续娶。他就又当爹又当妈,和女儿巧云在一起过了十几年。他不愿巧云去挑扁担,巧云从十四岁就学会结鱼网和打芦席。

巧云十五岁,长成了一朵花。身材、脸盘都像妈。瓜子脸,一边有个很深的酒窝。眉毛黑如鸦翅,长入鬓角。眼角有点吊,是一双凤眼。睫毛很长,因此显得眼睛经常是眯眯着;忽然回头,睁得大大的,带点吃惊而专注的神情,好像听到远处有人叫她似的。她在门外的两棵树杈之间结网,在淖边平地上织席,就有一些少年人装着有事的样子来来去去。她上街买东西,甭管是买肉、买菜,打油、打酒,撕布、量头绳,买梳头油、雪花膏,买石碱、浆块,同样的钱,她买回来,分量都比别人多,东西都比别人的好。这个奥秘早被大娘、大婶们发现,她们都托她买东西。只要巧云一上街,都挎了好几个竹篮,回来时压得两个胳臂酸疼酸疼。泰山庙唱戏,人家都自己扛了板凳去。巧云散着手就去了。一去了,总有人给她找一个得看的好座。台上的戏唱得正热闹,但是没有多少人叫好。因为好些人不是在看戏,是看她。

巧云十六了,该张罗着自己的事了。谁家会把这朵花迎走呢?炕房的老大?浆坊的老二?鲜货行的老三?他们都有这意思。这点意思黄海蛟知道了，巧云也知道。不然他们老到淖东头来回晃摇是干什么呢？但是巧云没怎么往心里去。

巧云十七岁，命运发生了一个急转直下的变化。她的父亲黄海蛟在一次挑重担上高跳时，一脚踏空，从三丈高的跳板上摔下来，摔断了腰。起初以为不要紧，养养就好了。不想喝了好多药酒，贴了好多膏药，还不见效。她爹半瘫了，他的腰再也直不起来了。他有时下床，扶着一个剃头担子上用的高板凳，格登格登地走一截，平常就只好半躺下靠在一摞被窝上。他不能用自己的肩膀为女儿挣几件新衣裳，买两枝花，却只能由女儿用一双手养活自己了。还不到五十岁的男子汉，只能做一点老太婆做的事：绩了一捆又一捆的供女儿结网用的麻线。事情很清楚：巧云不会撇下她这个老实可怜的残废爹。谁要愿意，只能上这家来当一个倒插门的养老女婿。谁愿意呢？这家的全部家产只有三间草屋（巧云和爹各住一间，当中是一个小小的堂屋）。老大、老二、老三时不时走来走去，拿眼睛瞟着隔着一层鱼网或者坐在雪白的芦席上的一个苗条的身子。他们的眼睛依然不缺乏爱慕，但是减少了几分急切。

老锡匠告诫十一子不要老往淖东头跑，但是小锡匠还短不了要来。大娘、大婶、姑娘、媳妇有旧壶翻新，总喜欢叫小锡匠来；从大淖过深巷上大街也要经过这里，巧云家门前的柳阴是一个等待雇主的好地方。巧云织席，十一子化锡，正好做伴。有时巧云停下活计，帮小锡匠拉风箱。有时巧云要回家看看她的残废爹，问他想不想吃烟喝水，小锡匠就压住炉里的火，帮她织一气席。巧云的手指划破了（织席很容易划破手，压扁的芦苇薄片，刀一样地锋快），十一子就帮她吮吸指头肚子上的血。巧云从十一子口里知道他家里的事：他是个独子，没有兄弟姐妹。他有一个老娘，守寡多年了。他娘在家给人家做针线，眼睛越来越不好，他很担心她有一天会瞎……

好心的大人路过时会想：这倒真是两只鸳鸯，可是配不成对。一家要招一个养老女婿，一家要接一个当家媳妇，弄不到一起。他们俩呢，只是很愿意在一处谈谈坐坐。都到岁数了，心里不是没有。只是像一片薄薄的云，飘过来，飘过去，下不成雨。

有一天晚上，好月亮，巧云到淖边一只空船上去洗衣裳（这里的船泊定后，把桨拖到岸上，寄放在熟人家，船就拴在那里，无人看管，谁都可以上去）。她正在船头把身子往前倾着，用力涮着一件大衣裳，一个不知轻重的顽皮野孩子轻轻走到她身后，伸出两手胳肢她的腰。她冷不防，一头栽进了水里。她本会一点水，但是一下子懵了。这几天水又大，流很急。她挣扎了两下，喊救人，接连喝了几口水。她被水冲走了！正赶上十一子在炕房门外土坪上打拳，看见一个人冲了过来，头发在水上漂着。他褪下鞋子，一猛子扎到水底，从水里把她托了起来。

十一子把她肚子里的水控了出来，巧云还是昏迷不醒。十一子只好把她横抱着，像抱一个婴儿似的，把她送回去。她浑身是湿的，软绵绵，热乎乎的。十一子觉得巧云紧紧挨着他，越挨越紧。十一子的心怦怦地跳。

到了家，巧云醒来了。（她早就醒来了！）十一子把她放在床上。巧云换了湿衣裳（月光照出她的美丽的少女的身体）。十一子抓一把草，给她熬了半锦子姜糖水，让她喝下去，就走了。

巧云起来关了门，躺下。她好像看见自己躺在床上的样子。月亮真好。

巧云在心里说："你是个呆子！"

她说出声来了。

不大一会，她也就睡死了。

就在这一天夜里，另外一个人，拨开了巧云家的门。

五

　　由轮船公司对面的巷子转东大街，往西不远，有一个道士观，叫做炼阳观。现在没有道士了，里面住了不到一营水上保安队。这水上保安队是地方武装。他们名义上归县政府管辖，饷银却由县商会开销，水上保安队的任务是下乡剿土匪。这一带土匪很多，他们抢了人，绑了票，大都藏匿在芦荡湖泊中的船上（这地方到处是水），如遇追捕，便于脱逃。因此，地方绅商觉得很需要成立一个特殊的武装力量来对付这些成帮结伙的土匪。水上保安队装备是很好的。他们乘的船是"铁板划子"——船的三面都有半人高、三四分厚的铁板，子弹是打不透的。铁板划子就停在大淖岸边，样子很高傲。一有任务，就看见大兵们扛着两挺水机关，用笭箵抬着多半筐子弹（子弹不用箱装，却使笭抬，颇奇怪），上了船，开走了。

　　或七八天，或十天半月，他们得胜回来了（他们有铁板划子，又有水机关，对土匪有压倒优势，很少有伤亡）。铁板划子靠了岸，上岸列队，由深巷，上大街，直奔县政府。这队伍是四列纵队。前面是号队。这不到一营的人，却有十二支号。一上大街，就"打打打滴打大打滴大打"，齐齐整整地吹起来。后面是全队弟兄，一律荷枪实弹。号队之后，大队之前的正中，是捉来的土匪。有时三个五个，有时只有一个，都是五花大绑。这队伍是很神气的。最妙的是被绑着的土匪也一律都合着号音，步伐整齐，雄赳赳气昂昂地走着。甚至值日官喊"一、二、三、四"，他们也随着大声地喊。大队上街之前，要由地保事先通知沿街店铺，凡有鸟笼的（有的店铺是养八哥、画眉的），都要收起来，因为土匪大哥看见不高兴，这是他们忌讳的（他们到了县政府，都下在大狱里，看见笼中鸟，就无出狱希望了）。看看这样的铜号放光，刺刀雪亮，还夹着几个带有传奇色彩的土匪英雄的威武雄壮的队伍,是这条街上的民众的一件快乐事情。其快乐程度不下于看狮子、龙灯、高跷、抬阁和僧道齐全、六十四杠的大出丧。

除了下乡办差,保安队的弟兄们没有什么事。他们除了把两挺水机关扛到大淖边突突地打两梭(把淖岸上的泥土打得簌簌地往下掉),平常是难得出操、打野外的。使人们感觉到这营把人的存在的,是这十二个号兵早晚练号。早晨八九点钟,下午四五点钟,他们就到大淖边来了。先是拔长音,然后各自吹几段,最后是合吹进行曲、三环号(他们吹三环号只是吹着玩,因为从来没有接受检阅的时候)。吹完号,就解散,想干什么干什么。有的,就轻手轻脚,走进一家的门外,咳嗽一声,随着,走了进去,门就关起来了。

这些号兵大都衣着整齐,干净爱俏。他们除了吹吹号,整天无事干,有的是闲空。他们的钱来得容易,——饷钱倒不多,但每次下乡,总有犒赏;有时与土匪遭遇,双方谈条件,也常从对方手中得到一笔钱,手面很大方,花钱不在乎。他们是保护地方绅商的军人,身后有靠山,即或出一点什么事,谁也无奈他何。因此,这些大爷就觉得不风流风流,实在对不起自己,也辜负了别人。

十二个号兵,有一个号长,姓刘,大家都叫他刘号长。这刘号长前后跟大淖几家的媳妇都很熟。

拨开巧云家的门的,就是这个号长!

号长走的时候留下十块钱。

这种事在大淖不是第一次发生。巧云的残废爹当时就知道了。他拿着这十块钱,只是长长地叹了一口气。邻居们知道了,姑娘、媳妇并未多议论,只骂了一句:"这个该死的!"

巧云破了身子,她没有淌眼泪,更没有想到跳到淖里淹死。人生在世,总有这么一遭! 只是为什么是这个人? 真不该是这个人!

怎么办？拿把菜刀杀了他？放火烧了炼阳观？不行！她还有个残废爹。她怔怔地坐在床上，心里乱糟糟的。她想起该起来烧早饭了。她还得结网，织席，还得上街。她想起小时候上人家看新娘子，新娘子穿了一双粉红的缎子花鞋。她想起她的远在天边的妈。她记不得妈的样子，只记得妈用一个筷子头蘸了胭脂给她点了一点眉心红。她拿起镜子照照，她好像第一次看清楚自己的模样。她想起十一子给她吮手指上的血，这血一定是咸的。她觉得对不起十一子，好像自己做错了什么事。她非常失悔：没有把自己给了十一子！

她的这个念头越来越强烈。这个号长来一次，她的念头就更强烈一分。

水上保安队又下乡了。

一天，巧云找到十一子，说："晚上你到大淖东边来，我有话跟你说。"

十一子到了淖边。巧云踏在一只"鸭撇子"上（放鸭子用的小船，极小，仅容一人。这是一只公船，平常就拴在淖边。大淖人谁都可以撑着它到沙洲上挑蒌蒿，割茅草，拣野鸭蛋），把篙子一点，撑向淖中央的沙洲，对十一子说："你来！"

过了一会，十一子泅水到了沙洲上。

他们在沙洲的茅草丛里一直呆到月到中天。

月亮真好啊！

六

十一子和巧云的事，师兄们都知道，只瞒着老锡匠一个人。他们偷偷地给他留着门，在门窝子里倒了水（这样推门进来没有声音）。十一子常常到天快亮的时候才回来。有一天，又是这时候

才推开门。刚刚要钻被窝,听见老锡匠说:

"你不要命啦!"

这种事情怎么瞒得住人呢?终于,传到刘号长的耳朵里。其实没有人跟他嚼舌头,刘号长自己还不知道?巧云看见他都讨厌,她的全身都是冷淡的。刘号长咽不下这口气。本来,他跟巧云又没有拜过堂,完过花烛,闲花野草,断了就断了。可是一个小锡匠,夺走了他的人,这丢了当兵的脸。太岁头上动土,这还行!这种事从来没有发生过。连保安队的弟兄也都觉得面上无光,在人前矬了一截。他是只许自己在别人头上拉屎撒尿,不许别人在他脸上溅一星唾沫的。若是闭着眼过去,往后,保安队的人还混不混了?

有一天,天还没亮,刘号长带了几个弟兄,踢开巧云家的门,从被窝里拉起了小锡匠,把他捆了起来。把黄海蛟、巧云的手脚也都捆了,怕他们去叫人。

他们把小锡匠弄到泰山庙后面的坟地里,一人一根棍子,搂头盖脸地打他。

他们要小锡匠卷铺盖走人,回他的兴化,不许再留在大淖。

小锡匠不说话。

他们要小锡匠答应不再走进黄家的门,不挨巧云的身子。

小锡匠还是不说话。

他们要小锡匠告一声饶,认一个错。

小锡匠的牙咬得紧紧的。

小锡匠的硬铮把这些向来是横着膀子走路的家伙惹怒了,"你这样硬!打不死你!"——"打",七八根棍子风一样、雨一样打在小锡匠的身上。

小锡匠被他们打死了。

锡匠们听说十一子被保安队的人绑走了,他们四处找,找到了泰山庙。

老锡匠用手一探，十一子还有一丝悠悠气。老锡匠叫人赶紧去找陈年的尿桶。他经验过这种事，打死的人，只有喝了从桶里刮出来的尿碱，才有救。

十一子的牙关咬得很紧，灌不进去。

巧云捧了一碗尿碱汤，在十一子的耳边说："十一子，十一子，你喝了！"

十一子微微听见一点声音，他睁了睁眼。巧云把一碗尿碱汤灌进了十一子的喉咙。

不知道为什么，她自己也尝了一口。

锡匠们摘了一块门板，把十一子放在门板上，往家里抬。

他们抬着十一子，到了大淖东头，还要往西走。巧云拦住了："不要。抬到我家里。"

老锡匠点点头。

巧云把屋里存着的鱼网和芦席都拿到街上卖了，买了七厘散，医治十一子身子里的瘀血。

东头的几家大娘、大婶杀了下蛋的老母鸡，给巧云送来了。

锡匠们凑了钱，买了人参，熬了参汤。

挑夫，锡匠，姑娘，媳妇，川流不息地来看望十一子。他们把平时在辛苦而单调的生活中不常表现的热情和好心都拿出来了。他们觉得十一子和巧云做的事都很应该，很对。大淖出了这样一对年轻人，使他们觉得骄傲。大家的心喜洋洋，热乎乎的，好像在过年。

刘号长打了人，不敢再露面。他那几个弟兄也都躲在保安队的队部里不出来。保安队的门口加了双岗。这些好汉原来都是一窝"草鸡"！

锡匠们开了会。他们向县政府递了呈子，要求保安队把姓刘的交出来。

县政府没有答复。

锡匠们上街游行。这个游行队伍是很多人从未见过的。没有旗子,没有标语,就是二十来个锡匠挑着二十来副锡匠担子,在全城的大街上慢慢地走。这是个沉默的队伍,但是非常严肃。他们表现出不可侵犯的威严和不可动摇的决心。这个带有中世纪行帮色彩的游行队伍十分动人。

游行继续了三天。

第三天,他们举行了"顶香请愿"。二十来个锡匠,在县政府照壁前坐着,每人头上用木盘顶着一炉炽旺的香。这是一个古老的风俗:民有沉冤,官不受理,被逼急了的百姓可以用香火把县大堂烧了,据说这不算犯法。

这条规矩不载于《六法全书》,现在不是大清国,县政府可以不理会这种"陋习"。但是这些锡匠是横了心的,他们当真干起来,后果是严重的。县长邀请县里的绅商商议,一致认为这件事不能再不管。于是由商会会长出面,约请了有关的人:一个承审——作为县长代表,保安队的副官,老锡匠和另外两个年长的锡匠,还有代表挑夫的黄海龙,四邻见证,——卖眼镜的宝应人,卖天竺筷的杭州人,在一家大茶馆里举行会谈,来"了"这件事。

会谈的结果是:小锡匠养伤的药钱由保安队负担(实际是商会拿钱),刘号长驱逐出境。由刘号长画押具结。老锡匠觉得这样就给锡匠和挑夫都挣了面子,可以见好就收了。只是要求在刘某人的甘结上写上一条:如果他再踏进县城一步,任凭老锡匠一个人把他收拾了!

过了两天,刘号长就由两个弟兄持枪护送,悄悄地走了。他被调到三垛去当了税警。

十一子能进一点饮食,能说话了。巧云问他:

"他们打你,你只要说不再进我家的门,就不打你了,你就不会吃这样大的苦了。你为什么不说?"

"你要我说么?"

"不要。"

"我知道你不要。"

"你值么?"

"我值。"

"十一子,你真好! 我喜欢你! 你快点好。"

"你亲我一下,我就好得快。"

"好,亲你!"

巧云一家有了三张嘴。两个男的不能挣钱,但要吃饭。大淖东头的人家都没有积蓄,也没有什么东西可以变卖典押。结鱼网,打芦席,都不能当时见钱。十一子的伤一时半会不会好,日子长了,怎么过呢? 巧云没有经过太多考虑,把爹用过的笭箵找出来,磕磕尘土,就去挑担挣"活钱"去了。姑娘媳妇都很佩服她。起初她们怕她挑不惯,后来看她脚下很快,很匀,也就放心了。从此,巧云就和邻居的姑娘媳妇在一起,挑着紫红的荸荠、碧绿的菱角、雪白的连枝藕,风摆柳似地穿街过市,发髻的一侧插着大红花。她的眼睛还是那么亮,长睫毛忽扇忽扇的。但是眼神显得更深沉,更坚定了。她从一个姑娘变成了一个很能干的小媳妇。

十一子的伤会好么?

会。

当然会!

一九八一年二月四日,旧历大年三十

羊 舍 一 夕

——又名:四个孩子和一个夜晚

一、夜　　晚

火车过来了。

"216！往北京的上行车。"老九说。

于是他们放下手里的工作,一起听火车。老九和小吕都好像看见:先是一个雪亮的大灯,亮得叫人眼睛发胀。大灯好像在拼命地往外冒光,而且冒着气,嗤嗤地响。乌黑的铁,锃黄的铜。然后是绿色的车身,排山倒海地冲过来。车窗蜜黄色的灯光连续地映在果园东边的树墙子上,一方块,一方块,川流不息地追赶着……每回看到灯光那样猛烈地从树墙子上刮过去,你总觉得会刮下满地枝叶来似的。可是火车一过,还是那样:树墙子显得格外的安详,格外的绿。真怪。

这些,老九和小吕都太熟悉了。夏天,他们睡得晚,老是到路口去看火车。可现在是冬天了。那么,现在是什么样子呢？小吕想象,灯光一定会从树墙子的枝叶空隙处漏进来,落到果园的地面上来吧。可能！他想象着那灯光映在大梨树地间作的葱畦里,照着一地的大葱蓬松的,干的,发白的叶子……

车轮的声音逐渐模糊成为一片,像刮过一阵大风一样,过去了。

"十点四十七。"老九说。老九在附近山头上放了好几年羊了,他知道每一趟火车的时刻。

留孩说:"贵甲哥怎么还不回来?"

老九说:"他又排戏去了,一定回来得晚。"

小吕说:"这是什么奶哥! 奶弟来了也不陪着,昨天是找羊,今天又去排戏!"

留孩说:"没关系,以后我们就常在一起了。"

老九说:"咱们烧山药吃,一边说话,一边等他。小吕,不是还有一包高山顶①吗? 坐上! 外屋缸里还有没有水?"

"有!"

于是三个人一起动手:小吕拿沙锅舀了多半锅水,抓起一把高山顶来撮在里面。这是老九放羊时摘来的。老九从麻袋里掏山药——他们在山坡上自己种的。留孩把炉子通了通,又加了点煤。

屋里一顺排了五张木床,联成一个大炕。一张是张士林的,他到狼山给场里去买果树苗子去了。隔壁还有一间小屋,锅灶俱全,是老羊倌住的。老羊倌请了假,看他的孙子去了。今天这里只剩下四个孩子:他们三个,和那个正在排戏的。

屋里有一盏自造的煤油灯——老九用墨水瓶子改造的,一个炉子。外边还有一间空屋,是个农具仓库,放着硫铵、石灰、DDT、铁桶、木叉、喷雾器……外屋门插着。门外,右边是羊圈,里边卧着四百只羊;前边是果园,什么都没有了,只剩下一点葱,还有一堆没

---

① 一种野生植物,可以当茶叶。

96

有窨好的蔓菁。现在什么也看不见，外边是无边的昏黑。方圆左近，就只有这个半山坡上有一点点亮光。夜，正在深浓起来。

二、小　吕

　　小吕是果园的小工。这孩子长得清清秀秀的。原在本堡念小学。念到六年级了，忽然跟他爹说不想念了，要到农场做活去。他爹想：农场里能学技术，也能学文化，就同意了。后来才知道，他还有个心思。他有个哥哥，在念高中，还有个妹妹，也在上学。他爹在一个医院里当炊事员。他见他爹张罗着给他们交费，买书，有时要去跟工会借钱，他就决定了：我去作活，这样就是两个人养活五个人，我哥能够念多高就让他念多高。

　　这样，他就到农场里来做活了。他用一个牙刷把子，截断了，一头磨平，刻了一个小手章：吕志国。每回领了工资，除了伙食、零用（买个学习本，配两节电池……），全部交给他爹。有一次，不知怎么弄的（其实是因为他从场里给家里买了不少东西：菜，果子），拿回去的只有一块五毛钱。他爹接过来，笑笑说：

　　"这就是两个人养活五个人吗？"

　　吕志国的脸红了。他知道他偶然跟同志们说过的话传到他爹那里去了。他爹并不是责怪他，这句嘲笑的话里含着疼爱。他爹想：困难是有一点的，哪里就过不去呢？这孩子！究竟走怎样一条路好：继续上学？还是让他在这个农场里长大起来？

　　小吕已经在农场里长大起来了。在菜园干了半年，后来调到果园，也都半年了。

　　在菜园里，他干得不坏，组长说他学得很快，就是有点贪玩。调他来果园时，征求过他本人的意见，他像一个成年的大工一样，很爽快地说："行！在哪里干活还不是一样。"乍一到果园时，他什么都不摸头,不大插得上手,有点别扭。但没过多久,他就发现,原来果园对他说来是个更合适的地方。果园里有许多活,大工来做有点窝工,一般女工又做不了,正需要一个伶俐的小工。登上高凳,爬上树顶,绑老架的葡萄条,果树摘心,套纸袋,捉金龟子,用一个小铁丝钩疏虫果,接了长长的竿子喷射天蓝色的波尔多液……在明丽的阳光和葱茏的绿叶当中做这些事,既是严肃的工作,又是轻松的游戏,既"起了作用",又很好玩,实在叫人快乐。这样的活,对于一个十四岁的孩子,不论在身体上、情绪上,都非常相投。

小吕很快就对果园的角角落落都熟悉了。他知道所有果木品种的名字:金冠、黄奎、元帅、国光、红玉、祝;烟台梨、明月、二十世纪;密肠、日面红、秋梨、鸭梨、木头梨;白香蕉、柔丁香、老虎眼、大粒白、秋紫、金铃、玫瑰香、沙巴尔、黑汗、巴勒斯坦、白拿破仑……而且准确地知道每一棵果树的位置。有时组长给一个调来不久的工人布置一件工作,一下子不容易说清那地方,小吕在旁边,就说:"去!小吕,你带他去,告诉他!"小吕有一件大红的球衣,干活时他喜欢把外面的衣裳脱去,于是,在果园里就经常看见通红的一团,轻快地、兴冲冲地弹跳出没于高高低低、深深浅浅的丛绿之中,惹得过路的人看了,眼睛里也不由得漾出笑意,觉得天色也明朗,风吹得也舒服。

小吕这就真算是果园的人了。他一回家就是说他的果园。他娘、他妹妹都知道,果园有了多少年了,有多少棵树,单葡萄就有八十多种,好多都是外国来的。葡萄还给毛主席送去过。有个大干部要路过这里,毛主席跟他说:"你要过沙岭子,那里葡萄很好啊!"毛主席都知道的。果园里有些什么人,她们也都清清楚楚的了,大老张、二老张、大老刘、陈素花、恽美兰……还有个张士林!连这些人的家里的情形,他们有什么能耐,她们也都明明白白。连他爹对果园熟悉得也不下于他所在的医院了。他爹还特为上农场来看过他儿子常常叨念的那个年轻人张士林。他哥放暑假回来，第二天，他就拉他哥爬到孤山顶上去，指给他哥看：

"你看，你看！我们的果园多好看！一行一行的果树，一架一架的葡萄，整整齐齐，那么大一片，就跟画报上的一样，电影上的一样！"

小吕原来在家里住。七月，果子大起来了，需要有人下夜护秋。组长照例开个会，征求大家的意见。小吕说，他愿意搬来住。一来夏天到秋天是果园最好的时候。满树满挂的果子，都着了色，发出香气，弄得果园的空气都是甜甜的，闻着都醉人。这时节小吕总是那么兴奋，话也多，说话的声音也大，好像家里在办喜事似的。二来是，下夜，睡在窝棚里，铺着稻草，星星，又大又蓝的天，野兔子窜来窜去，鹁鸪悠①叫，还可能有狼！这非常有趣。张士林曾经笑他："这小子，浪漫主义！"还有，搬过来，他可以和张士林在一起，日夜都在一起。

他很佩服张士林。曾经特为去照了一张相，送给张士林，在背面写道："给敬爱的士林同志！"他用的字眼是充满真实的意思的。他佩服张士林那么年轻，才十九岁，就对果树懂得那么多。不论是修剪，是嫁接，都拿得起来，而且能讲一套。有一次林业学校的学生来参观，由他领着给他们讲，讲得那些学生一愣一愣的，不停地拿笔记本子记。领队的教员后来问张士林："同志，你在什么学校学习过？"张士林说："我上过高小。我们家世代都是果农，我是在果树林里长大的。"他佩服张士林说玩就玩，说看书就看书，看那么厚的，比一块城砖还厚的《果树栽培学各论》。佩服张士林能文能武，正跟场里的技术员合作搞试验，培养葡萄抗寒品种，每天拿个讲义夹子记载。佩服张士林能"代表"场里出去办事。采花粉

---

① 鹁鸪悠即猫头鹰。

呀,交换苗木呀……每逢张士林从场长办公室拿了介绍信,背上他的挎包,由宿舍走到火车站去,他就在心里非常羡慕。他说张士林是去当"大使"去了。小张一回来,他看见了,总是连蹦带跳地跑到路口去,一面接过小张的挎包,一面说:"嗬!大使回来了!"

他愿意自己也像一个真正的果园技工。可是自己觉得不像。缺少两样东西:一样是树剪子。这里凡是固定在果园做活的,每人都有一把树剪子,装在皮套子里,挎在裤腰带后面,远看像支伯朗宁手枪。他多希望也有一把呀,走出走进——赫!可是他没有。他也有使树剪子的时候。大的手术他不敢动,比如矫正树形,把一个茶杯口粗细的枝丫截掉,他没有那么大的胆子。像是丁个头什么的,这他可不含糊,拿起剪子叭叭地剪。只是他并不老使树剪子,因此没有他专用的,要用就到小仓库架子上去拿"官中"剪子。这不带劲!"官中"的玩意儿总是那么没味道,而且,当然总是,不那么好使。净"塞牙",不快,费那么大劲,还剪不断。看起来倒像是你不会使剪子似的!气人。

组长大老张见小吕剪两下看看他那剪子,剪两下看看他那剪子,心里发笑。有一天,从他的锁着的柜子里拿出一把全新的苏式树剪,叫:"小吕!过来!这把剪子交给你,由你自己使:钝了自己磨,坏了自己修,绷簧掉了——跟公家领,可别老把绷簧搞丢了。小人小马小刀枪,正合适!"周围的人都笑了:因为这把剪子特别轻巧,特别小。小吕这可高了兴了,十分得意地说:"做啥像啥,卖啥吆喝啥嘛!"这算了了一桩心事。

自从有了这把剪子,他真是一日三摩挲。除了晚上脱衣服上床才解下来,一天不离身。没有事就把剪子拆开来,用砂纸打磨得锃亮,拿在手里都是精滑的。

今天晚上没事,他又打磨他的剪子了,在216次火车过去以前,一直在细细地磨。磨完了,涂上一层凡士林,用一块布包起来——明年再用。葡萄条已经铰完,今年不再有使剪子的活了。

另外一样,是嫁接刀。他想明年自己就先练习削树码子,练得熟熟的,像大老刘一样!也不用公家的刀,自己买。用惯了,顺手。他合计好了:把那把双箭牌塑料把的小刀卖去,已经说好了,猪倌小白要。打一个八折。原价一块六,六八四十八,八得八,一块二毛八。再贴一块钱,就可以买一把上等的角柄嫁接刀!他准备明天就去托黄技师,黄技师两三天就要上北京。

三、老 九

老九用四根油浸过的细皮条编一条一根葱的鞭子。这是一种很难的编法,四股皮条,这么绕来绕去的,一走神,就错了花,就拧成麻花要子了。老九就这么聚精会神地绕着,一面舔着他的舌头。绕一下,把舌头用力向嘴唇外边舔一下,绕一下,舔一下。有时忽然"唔"的一声,那就是绕错了花了,于是拆掉重来。他的确是用的劲儿不小,一根鞭子,道道花一般紧,地道活计!编完了,从墙上把那根旧鞭子取下来,拆掉皮鞘,把新鞭鞘结在那个楸子木刨出来的又重又硬又光滑的鞭杆子上,还挂在原来的地方。

可是这根鞭子他自己是用不成了。

老九算是这个场子里的世袭工人。他爹在场里赶大车,又是个扶耧的好手,他穿着开裆裤的时候,就在场里到处乱钻。使砖头砸杏儿、摘果子、偷萝卜、刨甜菜,都有他。稍大一点,能做点事了,就什么也做,放鸭子,喂小牛,搓玉米,锄豆埂……最近三年正式固定在羊舍,当"羊伴子"——小羊倌。老九是土生土长(小吕家是从外地搬来的),这一带地方,不论是哪个山豁豁,渠坳坳,他都去过,用他自己的说法是"尿尿都尿遍了"。这一带的人,不问老少男女,也无不知道有个秦老九。每天早起,日头上来,露水稍干的时候，只要听见：

> 蓝蓝的天上白云飘，
>
> 白云下边马儿跑……

就知是老九来了。——这孩子，生了一副上低音的宽嗓子！他每天把羊从圈里放出来，上了路，走在羊群前面，一定是唱这一支歌。一挥鞭子：

> 挥动鞭儿响四方——
>
> 百鸟齐飞翔……

矮粗矮粗的个子，方头大脸，黑眉毛大眼睛，大嘴，大脚。老九这双鞋也是奇怪，实纳帮，厚布底，满底钉了扁头铁钉，还特别大，走起来忒楞忒楞地响。一摇一晃的，来了！后面是四百只白花花的，挨挨挤挤，颤颤游游的羊，无数的小蹄子踏在地上，走过去像下了一阵暴雨。

老九发育得快，看样子比小吕魁伟壮实得多，像个小大人了。可是，有一次，他拿了家里的碗去食堂买饭，那碗恰恰跟食堂的碗一样，正好食堂里这两天丢了几个碗，管理员看见了，就说是食堂的，并且大声宣告"秦老九偷了食堂的碗"！老九把脸涨得通红，一句话说不出，忽然嚎叫起来：

"我×你妈！"

一面毫不克制地咧开大嘴哇哇地哭起来，使得一食堂的人都喝吼起来：

"喉噎，不兴骂人！"

"有话慢慢说，别哭！"

老九要是到了一个新地方，在一个新单位，做了真正的"工人"，若是又受了点委屈，觉得自尊心受了损伤，还会这样哭，这样破口骂人么？

老九真的要走了,要去当炼钢工人去了。他有个舅舅,在第二炼钢厂当工人,早就设法让老九进厂去学徒,他爹也愿意。有人问老九:

"老九,你咋啦,你不放羊了么?"

这叫老九很难回答。谁都知道炼钢好,光荣,工人阶级是老大哥。但是放羊呢? 他就说:

"我爹不愿意我放羊,他说放羊不好。"

他也竭力想同意他爹的看法,说:

"放羊不好,把人都放懒了,啥也不会!"

其实他心里一点也不同意! 如果这话要是别人说的,他会第一个起来大声反驳:"你瞎说! 你凭什么?"

放羊? 嘿——

每天早起,打开羊圈门,把羊放出来。挥着鞭子,打着唿哨,嘴里"嘎! 嘎"地喝唤着,赶着羊上了路。按照老羊倌的嘱咐,上哪一座山。到了坡上,把羊打开,一放一个满天星——都匀匀地撒开;或者凤凰单展翅——顺着山坡,斜斜地上去,走成一溜。羊安安驯驯地吃开草,就不用操什么心了。羊群缓缓地往前推移,远看,像一片云彩在坡上流动。天也蓝,山也绿,洋河的水在树林子后面白亮白亮的。农场的房屋、果树,都看得清清楚楚。一列一列的火车过来过去,看起来又精巧又灵活,简直不像是那么大的玩意。真好呀,你觉得心都轻飘飘的。

"放羊不是艺,笨工子下不地!①"不会放羊的,打都打不开。羊老是恋成一疙瘩,挤成一堆,走不成阵势,吃不好草。老九刚放羊时,也是这样。老九蹦过来,追过去,累得满头大汗,心里急得咚咚地跳,还是弄不好! 有一次,老羊倌病了,就他跟丁贵甲两个人

---

① "笨工子"是外行。"下不地"是说应付不了。

上山,丁贵甲也还没什么经验,竟至弄得羊散了群,几乎下不了山。现在,老羊倌根本不怎么上山了,他俩也满对付得了这四百只羊了。问老九:"放羊是咋放法?"他也说不出,但是他会告诉你老羊倌说过的:看羊群一走,就知道这羊倌放了几年羊了。

放羊的能吃到好东西。山上有野兔子,一个有六七斤重。有石鸡子,有半鸠子。石鸡子跟小野鸡似的,一个准有十两肉。半鸠子一个准是半斤。你听:"呱格丹,呱格丹!呱格丹!"那是母石鸡子唤她汉子了。你不要忙,等着,不大一会,就听见对面山上"呱呱呱呱呱呱……",你轻手轻脚地去,一捉就是一对。山上还有鸼鸺,就是野鸽子。"天鹅、地鸺,鸽子肉、黄鼠",这是上讲究的。鸼鸺肉比鸽子还好吃。黄鼠也有,不过滩里更多。放羊的吃肉,只有一种办法:和点泥,把打住的野物糊起来,拾一把柴架起火来,烧熟。真香!山上有酸枣,有榛子,有橹林,有红姑蔫,有酸溜溜,有梭瓜瓜,有各色各样的野果。大北滩有一片大桑树林子,夏天结了满树的大桑椹,也没有人去采,落在地下,把地皮都染紫了。每回放羊回来经过,一定是"饱餐一顿",吃得嘴唇、牙齿、舌头,都是紫的,真过瘾!……

放羊苦么?

咋不苦!最苦是夏天。羊一年上不上膘,全看夏天吃草吃得好不好。夏天放羊,又全靠晌午。"打柴一日,放羊一晌"。早起的露水草,羊吃了不好。要上膘,要不得病,就得吃太阳晒过的蔫筋草。可是这时正是最热的时候。不好找个荫凉地方躲着么?不行啊!你怕热,羊也怕热哩。它不给你好好地吃!它也躲荫凉。你看:都把头埋下来,挤成一疙瘩,净想躲在别的羊的影子里,往别个的肚子底下钻。这你就得不停地打。打散了,它就吃草了。可是打散了,一会会,它又挤到一块去!打散了,一会会,它又挤到一块去了。你想休息?歪想。一夏天这么大太阳晒着,烧得你嘴唇、上颚都是烂的！

真渴呀。这会，农场里给预备了行军壶，自然是好了。若是在旧社会，给地主家放羊，他不给你带水。给你一袋炒面，你就上山吧！你一个人，又不敢走远了去弄水，狼把羊吃了怎办？渴急了，就只好自己喝自己的尿。这在放羊的不是稀罕事。老羊倌就喝过，丁贵甲小时当小羊伴子，也喝过，老九没喝过。不过他知道这些事。就是有行军壶，你也不敢多喝。若是敞开来，由着性儿喝，好家伙，那得多少水？只好抿一点儿，抿一点儿，叫嗓子眼潮润一下就行。

好天还好说，就怕刮风下雨。刮风下雨也好说，就怕下雹子。老九就遇上过。有一回，在马脊梁山，遇了一场大雹子！下了足有二十分钟，足有鸡蛋大。砸得一群羊惊惶失措，满山乱跑，咩咩地叫成一片。砸坏了二三十只，跛了腿，起不来了。后来是老羊倌、丁贵甲和老九一趟一趟地抱回来的。下得老九那天沉不住了，脸上一阵白，一阵紫，他觉得透不出气来。不是老羊倌把他那个竹皮大斗笠给他盖住，又给他喝了几口他带在身上的白酒，说不定就回不来啦。

但是这些，从来也没有使老九告过孬，发过怵。他现在回想起来倒都觉得很痛快，很甜蜜，很幸福。他甚至觉得遇上那场雹子是运气。这使他觉得生活丰富、充实，使他觉得自己能够算得上是一个有资格，有经验的羊倌了，是个见识过的，干过一点事情的人了，不再是只知道要窝窝吃的毛孩子了。这些，苦热、苦渴、风雨、冷雹，将和那些蓝天、白云、绿山、白羊、石鸡、野兔、酸枣、桑椹互相融和调合起来，变成一幅浓郁鲜明的图画，永远记述着秦老九的十五岁的少年的光阴，日后使他在不同的环境中还会常常回想。他从这里得到多少有用的生活的技能和知识，受了多好的陶冶和锻炼啊。这些，在他将来炼钢的时候，或者履行着别样的职务时，都还会在他的血液里涌洑,给予他持续的力量。

但是他的情绪日渐向往于炼钢了。他在电影里,在招贴画上,看过不少炼钢的工人,他的关于炼钢的知识和印象也就限于这些。他不止一次设想自己下一个阶段的样子——一个炼钢工人:戴一顶大八角鸭舌帽,帽舌下有一副蓝颜色的像两扇小窗户一样的眼镜,穿着水龙布的工作服——他不知那是什么布,只觉得很厚,很粗,场子里有水泵,水泵上用的管子也是用布做的,也很厚,很粗,他以为工作服就是那种布——戴了很大很大的手套,拿着一个很长的后面有个大圈的铁家伙……没人的时候,他站在床上,拿着小吕护秋用的标枪,比划着,比划着。他觉得前面,偏左一点,是炼钢的炉子,轰隆轰隆的熊熊的大火。他觉得火光灼着他的眼睛,甚至感觉得到他左边的额头和脸颊上明明有火的热度。他的眼睛眯细起来,眯细起来……他出神地体验着,半天,半天,一动也不动。果园的大老张一头闯进来,看见老九脸上的古怪表情(姿势赶快就改了,标枪也撂了,可是脸上没有来得及变样——他这么眯细着太久了,肌肉一下子也变不过来),忍不住问:“老九,你在干啥呢?你是怎么啦?”

今天晚上,老九可是专心致意地打了一晚上鞭子。你已经要去炼钢了,还编什么鞭子呢?

一来是习惯。他不还没有走吗?他明天把行李搬回去,叫他娘拆洗拆洗,三天后才动身呢。那么,既在这里,总要找点事做。这根鞭子早就想到要编了。编起来,他不用,总有人用。何况,他本来已经想好,在编着的时候又更确实地重复了一遍他的决定:这根鞭子送给留孩,明天走的时候送给他。

四、留孩和丁贵甲

留孩和丁贵甲是奶兄弟。这一带风俗,对奶亲看得很重。结婚时先给奶爹奶母磕头;奶爹奶母死了,像给自己的爹妈一样的戴孝。奶兄弟,奶姊妹,比姨姑兄弟姊妹都亲。丁贵甲的亲娘还没有出月子就死了,丁贵甲从小在留孩娘跟前寄奶。后来丁贵甲的爹得了腰疼病,终于也死了。他在给人家当小羊伴子以前,一直就在留孩家长大。丁贵甲有时请假说回家看看,就指的是留孩的家。除此之外,他的家便是这个场了。

留孩一年也短不了来看他奶哥。过去大都是他爹带他来,这回是他自己来的——他爹在生产队里事忙,三五天内分不开身;而且他这回来和往回不同:他是来谈工作的。他要来顶老九的手。留孩早就想过这个场里来工作。他奶哥也早跟场领导提了。这回谈妥了,老九一走,留孩就搬过来住。

留孩,你为什么想到场子里来呢?这儿有你奶哥;还有?——
"这里好。"这里怎么好?——"说不上来。"

…………

这里有火车。

这里有电影,两个星期就放映一回,常演打仗片子,捉特务。

这里有很多小人书。图书馆里有一大柜子。

这里有很多机器。播种机、收割机、脱粒机……张牙舞爪,排成一大片。

这里庄稼都长得整齐。先用个大三齿耙似的家伙在地里划出线,长出来,笔直。

这里有花生、芝麻、红白薯……这一带都没有种过,也长得挺好。

有果园,有菜园。

有玻璃房子,好几排,亮堂堂的,冬天也结西红柿,结黄瓜。黄瓜那么绿,西红柿那么红,跟上了颜色一样。

有很多鸡,都一色是白的;有很多鸭,也一色是白的。风一吹,白毛儿忒勒勒飘翻起来,真好看。有很多很多猪,都是短嘴头子,大腮帮子,巴克夏,约克夏。这里还有养鱼池,看得见一条一条的鱼在水里游……

这里还有羊。这里的羊也不一样。留孩第一次来,一眼就看到:这里的羊都长了个狗尾巴。不是像那样扁不塌塌的沉甸甸颤巍巍的坠着,遮住屁股蛋子,而是很细很长的一条,当郎着。他先初以为这不像样子,怪寒碜的。后来当然知道,这不是本地羊,是本地羊和高加索绵羊的杂交种。这种羊,一把都抓不透的毛子,做一件皮袄,三九天你尽管躺到洋河冰上去睡觉吧!既是这样,那么尾巴长得不大体面,也就可以原谅了。

那两头"高加索",好家伙,比毛驴还大。那么大个脑袋(老羊倌说一个脑袋有十三斤肉),两盘大角,不知绕了多少圈,最后还旋扭着向两边支出来。脖子下的皮皱成数不清的折子,鼓鼓囊囊的,像围了一个大花领子。老是慢吞吞地,稳稳重重地在草地上踱着步。时不时地,停下来,斜着眼,这边看看,那边看看,样子很威严,很尊贵。留孩觉得他很像张士林的一本游记书上画的盛装的非洲老酋长。老九叫他骑一骑。留孩说:"羊嘛,咋骑得!"老九说:"行!"留孩当真骑上去,不想它立刻围着羊舍的场子开起小跑来,步子又匀,身子又稳!原来这两只羊已经叫老九训练得很善于做本来是驴应做的事了。

留孩,你过两天就是这个场子里的一个农业工人了。就要每天和这两个老酋长,还有那四百只狗尾巴的羊作伴了,你觉得怎么样,好呢还是不好?——"好。"

场子里老一点的工人都还记得丁贵甲刚来的时候的样子。又干又瘦,披了件丁令当郎的老羊皮,一卷行李还没个枕头粗。问他多大了,说是十二,谁也不相信。待问过他属什么,算一算,却又不错。不论什么时候,都是那么寒簌簌的;见了人,总是那么怯生生的。有的工人家属见他走过,私下担心:这孩子怕活不出来。场子里支部书记有一天远远地看了他半天,说,这孩子怎么的呢,别是有病吧,送医院里检查检查吧。一检查:是肺结核。在医院整整住了一年,好了,人也好像变了一个。接着,这小子,好像遭了掐脖旱的小苗子,一朝得着足量的肥水,嗖嗖地飞长起来,三四年工夫,长成了一个肩阔胸高腰细腿长的,非常匀称挺拔的小伙子。一身肌肉,晒得紫黑紫黑的。照一个当饲养员的王全老汉的说法:像个小马驹子。

这马驹子如今是个无事忙,什么事都有他一份。只要是球,他都愿意摸一摸。放了一天羊,爬了一天山,走了那么远的路,回来扒拉两大碗饭,放下碗就到球场上去。逢到节日,有球赛,连打两场,完了还不休息。别人都已经走净了,他一个人在月亮地里还绷楞绷楞地投篮。摸鱼,捉蛇,掏雀,撵兔子,只要一声吆唤,马上就跟你走。哪里有夜战,临时突击一件什么工作,挑渠啦,挖沙啦,不用招呼,他扛着铁锹就来了。也不问青红皂白,吭吭就干起来。冬天刨冻粪,这是个最费劲的活,常言说:"刨过个冻粪哪,作过个怕梦哪!"他最愿意揽这个活。使尖镐对准一个口子,憋足了劲:"许一个猪头——开!许一个羊头——开!开——开!狗头也不许了①!"这小伙子好像有太多过剩的精力,不找点什么重实点的活

---

① 这本来是开山的石匠的习语。在石头未破开前许愿:如果开了,则用一个羊头、猪头作贡献;但当真开了,即什么也不许了。

消耗消耗，就觉得不舒服似的。

　　小伙子一天无忧无虑，不大有心眼。什么也不盘算。开会很少发言，学习也不大好，在场里陆续认下的两个字还没有留孩认得的多。整天就知道干活、玩。也喜欢看电影。他把所有的电影分成两大类：一类是打仗的，一类是找媳妇的。凡是打仗的，就都"好"！凡是找媳妇的，就"唉噫，不看不看"！找媳妇的电影尚且不看，真的找媳妇那更是想都不想了。他奶母早就想张罗着给他寻一个对象了。每次他回家，他奶母都问他场子里有没有好看的姑娘，他总是回答得不得要领。他说林凤梅长得好，五四也长得好。问了问，原来林凤梅是场里生产队长的爱人，已经生过三个孩子；五四是个幼儿园的孩子，一九五四年生的！好像恰恰是和他这个年龄相当的，他都没有留心过。奶母没法，只好摇头。其实场子里这个年龄的，很有几个，也有几个长得不难看的。她们有时谈悄悄话的时候，也常提到他。有一个念过一年初中的菜园组长的女儿，给他做了个鉴定，说："他长得像周炳，有一个名字正好送给他：《三家巷》第一章的题目！"其余几个没有看过《三家巷》的，就找了这本小说来看。一看，原来是："长得很俊的傻孩子"，她们格格格地笑了一晚上。于是每次在丁贵甲走过时，她们就更加留神看他，一面看，一面想想这个名字，便格格格地笑。这很快就固定下来，成为她们私下对于他的专用的称呼，后来又简化、缩短，由"长得很俊的傻孩子"变成"很俊的——"。正在做活，有人轻轻一嘀咕："嗨！很俊的来了！"于是都偷眼看他，于是又格格格的笑。

　　这些，丁贵甲全不理会。他一点也不知道他有这么一个名字。起先两回，有人在他身后格格地笑，笑得他也疑惑，怕是老九和小吕在他歇晌时给他在脸上画了眼镜或者胡子。后来听惯了，也不以为意，只是在心里说：丫头们，事多！

　　其实，丁贵甲因为从小失去爹娘，多受苦难，在情绪上智慧上所受的启发诱导不多;后来在这样一个集体的环境中成长,接触的人事单纯,又缺少一点文化,以致形成他思想单纯,有时甚至显得有点愣,不那么精灵。这是一块璞,如果在一个更坚利精微的砂轮上磨铣一回,就会放出更晶莹的光润。理想的砂轮,是部队。丁贵甲正是日夜念念不忘地想去参军。他之所以一点也不理会"丫头们"的事,也和他的立志作解放军战士有关。他现在正是服役适龄。上个月底,刚满十八足岁。

丁贵甲这会儿正在演戏。他演戏,本来不合适,嗓子不好,唱起来不搭调。而且他也未必是对演戏本身真有兴趣。真要派他一个重要一点的角色,他会以记词为苦事,背锣经为麻烦。他的角色也不好派,导演每次都考虑很久,结果总是派他演家院。就是演家院,他也不像个家院。照一个天才鼓师(这鼓师即猪倌小白,比丁贵甲还小两岁,可是打得一手好鼓)说:"你根本就一点都不像一个古人!"可不是,他直直地站在台上,太健康,太英俊,实在不像那么一回事,虽则是穿了老斗衣,还挂了一副白满。但是他还是非常热心地去。他大概不过是觉得排戏人多,好玩,红火,热闹,大锣大鼓地一敲,哇哇地吼几嗓子,这对他的蓬勃炽旺的生命,是能起鼓扬疏导作用的。他觉得这么闹一阵,舒服。不然,这么长的黑夜,你叫他干什么去呢,难道像王全似的摊开盖窝睡觉?

现在秋收工作已经彻底结束,地了场光,粮食入库,冬季学习却还没有开始,所以场里决定让业余剧团演两晚上戏,劳逸结合。新排和重排的三个戏里都有他,两个是家院,一个是中军。以前已经拉了几场了,最近连排三个晚上,可是他不能去,这把他着急坏了。

因为丢了一只半大羊羔子。大前天,老九舅舅来了,早起老九和丁贵甲一起把羊放上山,晌午他先回一步,丁贵甲一个人把羊赶回家的。入圈的时候,一数,少了一只。丁贵甲连饭也没吃,告诉小吕,叫他请大老张去跟生产队说一声,转身就返回去找了。找了一晚上,十二点了,也没找到。前天,叫老九把羊赶回来,给他留点饭,他又一个人找了一晚上,还是没找到。回来,老九给他把饭热好了,他吃了多半碗就睡了。这两天老羊倌又没在,也没个人讨主意!昨天,生产队说:找不到就算了,算是个事故,以后不要麻痹。看样子是找不到了,两夜了,不是叫人拉走,也要叫野物吃了。但是他不死心,还要找。他上山时就带了一点干粮,对老九说:"我准备找一通夜!找不到不回来。若是人拉走了,就不说了;若是野物吃了,骨头我也要找它回来,它总不能连皮带骨头全都咽下去。不过就是这么几座山,几片滩,它不能土遁了,我一个脚印一个脚印地把你盖遍了,我看你跑到哪里去!"老九说他把羊赶回去也来,还可以叫小吕一起来帮助找,丁贵甲说:"不。家里没有人怎么行?晚上谁起来看羊圈?还要闷料——玉黍在老羊倌屋里,先用那个小麻袋里的。小吕子不行,他路不熟,胆子也小,黑夜没有在山野里呆过。"正说着,他奶弟来了。他知道他这天来的,就跟奶弟说:"我今天要找羊。事情都说好了,你请小吕陪你到办公室,填一个表,我跟他说了。晚上你先睡吧,甭等我。我叫小吕给你借了几本小人书,你看。要是有什么问题,你先找一下大老张,让他告给你。"

晚上,老九和留孩都已经睡实了,小吕也都正在迷糊着了——他们等着等着都困了,忽然听见他连笑带嚷地来了:

"哎!找到啦!找到啦!还活着哩!哎!快都起来!都起来!找到啦!我说它能跑到哪里去呢?哎——"

这三个人赶紧一骨碌都起来,小吕还穿衣裳,老九是光着屁股就跳下床来了。留孩根本没脱——他原想等他奶哥的,不想就这么睡着了,身上的被子也不知是谁给搭上的。

"找到啦?"

"找到啦!"

"在哪儿哪?"

"在这儿哪。"

原来他把自己的皮袄脱下来给羊包上了,所以看不见。大家于是七手八脚地给羊舀一点水,又倒了点精料让它吃。这羔子,饿得够呛,乏得不行啦。一面又问:

"在哪里找到的?"

"怎么找到的?"

"黑咕隆咚的,你咋看见啦?"

丁贵甲嚼着干粮(他干粮还没吃哩),一面喝水,一面说:

"我哪儿哪儿都找了。沿着我们那天放羊走过的地方,来回走了三个过儿——前两天我都来回地找过了:没有!我心想:哪儿去了呢?我一边找,一边捉摸它的个头、长象,想着它的叫声,忽然,我想起:叫叫看,怎么样?试试!我就叫!满山遍野地叫。不见答音。四外静悄悄的,只有宁远铁厂的吹风机远远地呼呼地响,也听不大真切,就我一个人的声音。我还叫。忽然,——'咩……'我说,别是我耳朵听差了音,想的?我又叫——'咩……咩……'这回我听真了,没错!这还能错?我天天听惯了的,娇声娇气的!我赶紧奔过去——看我膝盖上摔的这大块青,——破了!路上有棵新伐树桩子,我一喜欢,忘了,叭又摔出去丈把远,喔唷,真他妈的!肿了没有?老九,给我拿点碘酒——不要二百二,要碘酒,妈的,辣辣的,有劲!——把我帽子都摔丢了!我找了羊,又找帽子。找帽子又找了半天!真他妈缺德!他早不伐树晚不伐树,赶爷要找羊了,他伐树!

"你说在哪儿找到的?太史弯不有个荒沙梁子吗?拐弯那儿不是叫山洪冲了个豁子吗?笔陡的,那底下不是坟滩吗?前天,老九,我们不是看见人家迁坟吗,刨了一半,露了棺材,不知为什么又不刨了！这毬东西,爷要打你！它不是老爱走外手边①吗,大概是豁口那儿沙软了,往下塌,别的羊一挤,它就滚下去了！有那么巧,可可掉在坟窟窿里！掉在烂棺材里！出不来了！棺材在土里埋了有日子了,糟朽了,它一砸,就折了,它站在一堆死人骨头里,——那里头倒不冷！不然饿不杀你也冻杀你！外边挺黑。可我在黑里头久了,有点把星星的光就能瞅见。我又叫一声——'咩……'不错！就在这里。它是白的,我模模糊糊看见有一点白晃晃的,下面一摸,正是它！小东西！可把爷担心得够呛！累得够呛！明天就叫伙房宰了你！我看你还爱走外手边！还爱走外手边?唔?"

等羊缓过一点来,有了精神,把它抱回羊圈里去,收拾睡下,已经是后半夜了。

今天,白天他带着留孩上山放了一天羊,告诉他什么地方的草好,什么地方有毒草。几月里放阳坡,上什么山;几月里放阴坡,上什么山;什么山是半椅子臂②,该什么时候放。哪里蛇多,哪里有个暖泉,哪里地里有碱。看见大栅栏落下来了,千万不能过——火车要来了。片石山每天十一点五十要放炮崩山,不能去那里……其实日子长着呢,非得赶今天都告诉你奶弟干什么?

晚上,烧了一个小吕在果园里拾来的刺猬,四个人吃了,玩了一会,他就急急忙忙去侍候他的家爷和元帅去了,他知道奶弟不会怪他的。到这会还不回来。

五、夜,正深浓起来

小吕从来没放过羊,他觉得很奇怪,就问老九和留孩:

<hr>

① 外手边是右边。这本来是赶车人的说法。赶车人都习惯于跨坐在左辕,所以称左边为里手边或里边,右边为外手边或外边。

② 南北方向的小岭,两边坡上都常见阳光,形状略似椅臂。

"你们每天放羊,都数么?"

留孩和老九同声回答:

"当然数,不数还行哩?早起出圈,晚上回来进圈,都数。不数,丢了你怎么知道?"

"那咋数法?"

咋数法?留孩和老九不懂他的意思,两个人互相看看。老九想了想,哦!

"也有两个一数的,也有三个一数的,数得过来五个一数也行,数不过来一个一个地数!"

"不是这意思!羊是活的嘛!它要跑,这么审着蹦着挨着挤着,又不是数一筐箩梨,一把树码子,摆着。这你怎么数?"

老九和留孩想一想,笑起来。是倒也是,可是他们小时候放羊用不着他们数,到用到自己数的时候,自然就会了。从来没发生这样的问题。老九又想了想,说:

"看熟了。羊你都认得了,不会看花了眼的。过过眼就行。猪舍那么多猪,我看都是一样。小白就全都认得,小猪娃子跑出来了,他一把抱住,就知往哪个圈里送。也是熟了,一样的。"

小吕想象,若叫自己数,一定不行,非数乱了不可!数着数着,乱了——重来;数着数着,乱了——重来!那,一天早上也出不了圈,晚上也进不了家,净来回数了!他想着那情景,不由得嘿嘿地笑起来,下结论说:

"真是隔行如隔山。"

老九说:

"我看你给葡萄花去雄授粉,也怪麻烦的!那么小的花须,要用镊子夹掉,还不许蹭着柱头!我那天夹了几个,把眼都看酸了!"

小吕又想起昨天晚上丁贵甲一个人满山叫小羊的情形,想起

115

那么黑,那么静,就只听见自己的声音,想起坟窟窿,棺材,对留孩说:"你奶哥胆真大!"

留孩说:

"他现在胆大,人大了。"

小吕问留孩和老九:

"要叫你们去,一个人,敢么?"

老九和留孩都没有肯定地回答。老九说:

"丁贵甲叫羊急的,就是怕,也顾不上了。事到临头,就得去。这一带他也走熟了。他晚上排戏还不老是十一二点回来。也就是解放后,我爹说,十多年头里,过了扬旗,晚上就没人敢走了。那里不清静,劫过人,还把人杀了。"

"在哪里?"

"过了扬旗。准地方我也不知道。"

"……"

"——这里有狼么?"小吕想到狼了。

"有。"

"河南①狼多,"留孩说,"这两年也少了。"

"他们说是五八年大炼钢铁炼的,到处都是火,烘烘烘,狼都吓得进了大山了。有还是有的。老郑黑夜浇地还碰上过。"

"那我怎么下了好几个月夜,也没碰上过?"

"有!你没有碰上就是了。要是谁都碰上,那不成了口外的狼窝沟了!这附近就有,还来果园。你问大老刘,他还打死过一只——肚子都是葡萄。"

小吕很有兴趣了,留孩也奇怪,怎么都是葡萄,就都一起问:

"咋回事? 咋回事?"

---

① 洋河以南。

"那年,还是李场长在的时候哩!葡萄老是丢,而且总是丢白香蕉。大老刘就夜夜守着,原来不是人偷的,是一只狼。李场长说:'老刘,你敢打么?'老刘说,'敢!'老刘就对着它每天来回走的那条车路,挖了一道壕子,趴在里面,拿上枪,上好子弹,等着——"

"什么枪,是这支火枪么?"

"不是,"老九把羊舍的火枪往身边靠了靠,说,"是老陈守夜的快枪——等了它三夜,来了!一枪就给撂倒了。打开膛:一肚子都是葡萄,还都是白香蕉!这老家伙可会挑嘴哩,它也知道白香蕉葡萄好吃!"

留孩说:"狼吃葡萄么?狼吃肉,不是说'狼行千里吃肉'么?"

老九说:"吃。狼也吃葡萄。"

小吕说:"这狼大概是个吃素的,是个把斋的老道!"

说得留孩和老九都笑起来。

"都说狼会赶羊,是真的么?狼要吃哪只羊,就拿尾巴拍拍它,像哄孩子一样,羊就乖乖地在前头走,是真的么?"

"哪有这回事!"

"没有!"

"那人怎么都这么说?"

"是这样——狼一口咬住羊的脖子,拖着羊,羊疼哩,就走,狼又用尾巴抽它,——哪是拍它!唿搋——唿搋——唿搋,看起来轻轻的,你看不清楚,就像狼赶羊,其实还是狼拖羊。它要不咬住它,它跟你走才怪哩!"

"你们看见过么?留孩,你见过么?"

"我没见过,我是在家听贵甲哥说过的。贵甲哥在家给人当羊伴子时候,可没少见过狼。他还叫狼吓出过毛病,这会不知好了没有,我也没问他。"

这连老九也不知道,问:

"咋回事?"

"那年,他跟上羊倌上山了。我们那里的山高,又陡,差不多的人连羊路都找不到。羊倌到沟里找水去了,叫贵甲哥一个人看一会。贵甲哥一看,一群羊都惊起来了,一个一个哆里哆嗦的,又低低地叫唤。贵甲哥心里嗵通一下——狼!一看,灰黄灰黄的,毛茸茸的,挺大,就在前面山杏丛里。旁边有棵树,吓得贵甲哥一蹿就上了树。狼叼了一只大羔子,使尾巴赶着,嗦拉一下子就从树下过去了,吓得贵甲哥尿了一裤子。后来,只要有点着急事,下面就会津津地漏出尿来。这会他胆大了,小时候,——也怕。"

"前两天丢了羊,也着急了,咱们问问他尿了没有?"

"对!问他!不说就扒他的裤子检查!"

茶开了。小吕把沙锅端下来,把火边的山药翻了翻。老九在挎包里摸了摸,昨天吃剩的朝阳瓜子还有一把,就兜底倒出来,一边喝着高山顶,一边嗑瓜子。

"你们说,有鬼没有?"这回是老九提出问题。

留孩说:"有。"

小吕说:"没有。"

"有来,"老九自己说,"就在咱们西南边,不很远,从前是个鬼市,还有鬼饭馆。人们常去听,半夜里,乒乒乓乓地炒菜,勺子铲子响,可热闹啦!"

"在哪里?"这小吕倒很想去听听,这又不可怕。

"现在没有了。现在那边是兽医学校的牛棚。"

"哎噫——"小吕失望了,"我不相信,这不知是谁造出来的!鬼还炒菜?!"

留孩说:"怎么没有鬼?我听我大爷说过:

"有一帮河南人,到口外去割莜麦。走到半路上,前不巴村,后不巴店,天也黑夜了,有一个旧马棚,空着,也还有个门,能插上,他们就住进去了。在一个大草滩子里,没有一点人烟。都睡下了。有一个汉子烟瘾大,点了个蜡头在抽烟。听到外面有人说:

"'你老们,起来解手时多走两步噢,别尿湿了我这疙瘩毡子,我就这么一块毡子啊!'

"这汉子也没理会,就答了一声:

"'知道啦。'

"一会儿,又是:

"'你老们,起来解手时多走两步噢,别尿湿了我这疙瘩毡子,我就这么一块毡子啊!'

"'知道啦。'

"一会儿,又来啦:

"'你老们,起来解手时多走两步噢,我就这么一块疙瘩毡子!'

"知道啦! 你怎么这么噜苏啊!'

"'我怎么噜苏啦?'

"'你就是噜苏!'

"'我怎么噜苏?'

"'你噜苏!'

"两个就隔着门吵起来,越吵越凶。外面说:

"'你敢给爷出来!'

"'出来就出来!'

"那汉子伸手就要拉门,回身一看:所有的人都拿眼睛看住他,一起轻轻地摇头。这汉子这才想起来,吓得脸煞白——"

"怎么啦?"

"外边怎么可能有人啊,这么个大草滩子里? 撒尿怎么会尿湿了他的毡子啊? 他们都想,来的时候仿佛离墙不远有一疙瘩土,像是一个坟。这是鬼,也是像他们一样背了一块毡子来割莜麦的,死在这里了。这大概还是一个同乡。

"第二天,他们起来看,果然有一座新坟。他们给他加加土,就走了。"

这故事倒不怎么可怕,只是说得老九和小吕心里都为这个客死在野地里的只有一块毡子的河南人很不好受。夜已经很深了,他们也不想喝茶了,瓜子还剩一小撮,也不想吃了。

过了一会,忽然,老九的脸色一沉:

"什么声音?"

是的!轻轻的,但是听得很清楚,有点像羊叫,又不太像。老九一把抓起火枪:

"走!"

留孩立刻理解:羊半夜里从来不叫,这是有人偷羊了!他跟着老九就出来。两个人直奔羊圈。小吕抓起他的标枪,也三步抢出门来,说:"你们去羊圈看看,我在这里,家里还有东西。"

老九、留孩用手电照了照几个羊圈,都好好的,羊都安安静静地卧着,门、窗户,都没有动。正察看着,听见小吕喊:

"在这里了!"

他们飞跑回来,小吕正闪在门边,握着标枪,瞄着屋门:

"在屋里!"

他们略一停顿,就一齐踢开门进去。外屋一照,没有。上里屋。里屋灯还亮着,没有。床底下!老九的手电光刚向下一扫,听见床下面"扑嗤"的一声——

"他妈的,是你!"

"好!你可吓了我们一跳!"

丁贵甲从床底下爬出来,一边爬,一边笑得捂着肚子。

"好!耍我们!打他!"

于是小吕、老九一齐扑上去，把丁贵甲按倒，一个压住脖子，一个骑住腰，使劲打起来。连留孩也上了手，拽住他企图往上翻拗的腿。一边打，一边说，骂；丁贵甲在下面一边招架，一边笑，说。

"我看见灯……还亮着……我说，试试这几个小鬼！……我早就进屋了！拨开门划，躲在外屋……我嘻嘻嘻……叫了一声，听见老九，嘻嘻嘻嘻——"

"妈的！我听见'嗨——咩'的一声，像是只老公羊！是你！这小子！这小子！"

"老九……拿了手电嘻嘻就……走！还拿着你娘的……火枪嘻嘻，呜噫，别打头！小吕嘻嘻嘻拿他妈一根破标……枪嘻嘻，你们只好……去吓鸟！"

这么一边说着，打着，笑着，滚着，闹了半天，直到丁贵甲在下面说：

"好香！煨了……山药……煨了！哎哟……我可饿了！"

他们才放他起来。留孩又去捅了捅炉子，把高山顶又坐热了，大家一边吃山药，一边喝茶，一边又重复地演述着刚才的经过。

他们吃着，喝着，说了又说，笑了又笑。当中又夹着按倒，拳击，捧腹，搂抱，表演，比划。他们高兴极了，快乐极了，简直把这间小屋要闹翻了，涨破了，这几个小鬼！他们完全忘记了现在是很深的黑夜。

六、明 天

明天，他们还会要回味这回事，还会说、学、表演、大笑，而且等张士林回来一定会告诉张士林，会告诉陈素花、恽美兰，并且也会说给大老张听的。将来有一天，他们聚在一起，还会谈起这一晚上的事，还会觉得非常愉快。今夜，他们笑够了，闹够了，现在都安静了,睡下了。起先,隔不一会还有人含含糊糊地说一句什么,不知是醒着还是在梦里,后来就听不到一点声息了。这间在昏黑中哗闹过、明亮过的半坡上的羊舍屋子,沉静下来,在拥抱着四山的广阔、丰美、充盈的暗夜中消融。一天就这样的过去了。夜在进行着,夜和昼在渗入、交递,开往北京的 216 次列车也正在轨道上奔驰。

明天,就又是一天了。小吕将会去找黄技师,置办他的心爱的嫁接刀。老九在大家的帮助下,会把行李结束起来,走上他当一个钢铁工人的路。当然,他会把他新编得的羊鞭交给留孩。留孩将要来这个很好的农场里当一名新一代的牧羊工。征兵的消息已经传开,说不定场子里明天就接到通知,叫丁贵甲到曾经医好他肺结核的医院去参加体格检查,准备入伍、受训,在他所没有接触过的山水风物之间,在蓝天或绿海上,戴起一顶缀着红徽的军帽。这些,都在夜间趋变为事实。

这也只是一个平常的夜。但是人就是这样一天一天,一黑夜一黑夜地长起来的。正如同庄稼,每天观察,差异也都不太明显,然而它发芽了,出叶了,拔节了,孕穗了,抽穗了,灌浆了,终于成熟了。这四个现在在一排并睡着的孩子(四个枕头各托着一个蓬蓬松松的脑袋),他们也将这样发育起来。在党无远弗及的阳光照煦下,经历一些必要的风风雨雨,都将迅速、结实、精壮地成长起来。

现在,他们都睡了。灯已经灭了。炉火也封住了。但是从煤块的缝隙里,有隐隐的火光在泄漏,而映得这间小屋充溢着薄薄的,十分柔和的,蔼然的红晖。

睡吧,亲爱的孩子。

一九六一年十一月二十五日写成

看　水

下班了。小吕把擦得干干净净的铁锨搁到"小仓库"里,正在脚蹬着一个旧辘轴系鞋带,组长大老张走过来,跟他说:

"小吕,你今天看一夜水。"

小吕的心略为沉了一沉。他没有这种准备。今天一天的活不轻松,小吕身上有点累。收工之前,他就想过:吃了晚饭,打一会百分,看两节《水浒》,洗一个脚,睡觉! 他身上好像已经尝到伸腰展腿地躺在床上的那股舒服劲。看一夜水,甭打算睡了! 这倒还没有什么。主要的是,他没有看过水,他不知道看水是怎么个看法。一个人,黑夜里,万一要是渠塌了,水跑了,淹了庄稼,灌了房子,⋯⋯那他可招架不了! 一种沉重的,超过他的能力和体力的责任感压迫着他。

但是大老张说话的声音、语气,叫他不能拒绝。果园接连浇了三天三夜地了。各处的地都要浇,就这几天能够给果园使水,果园也非乘这几天抓紧了透透的浇一阵水不可,果子正在膨大,非常需要水。偏偏这一阵别的活又忙,葡萄绑条、山丁子喷药、西瓜除腻虫、倒栽疙瘩白、垅葱⋯⋯全都挤在一起了。几个大工白日黑夜轮班倒,一天休息不了几小时,一个个眼睛红红的,全都熬得上了火。再派谁呢? 派谁都不大合适。这样大老张才会想到小吕的头上来。小吕知道，大老张是想叫小吕在上头守守闸，看看水，他自己再坚持在果园浇一夜，这点地就差不多了。小吕是个小工，往小里说还是个孩子，一定不去，谁也不能说什么，过去也没有派过他干过这种活。但是小吕觉得不能这样。自己是果园的人，若是遇到紧张关头，自己总是逍遥自在，在一边作个没事人，心里也觉说不过去。看来也就是叫自己去比较合适。无论如何，小吕也是个男子汉，——你总不能叫两个女工黑夜里在野地里看水！大老张既然叫自己去，他说咱能行，咱就试巴试巴！而且，看水，这也挺新鲜，挺有意思！小吕就说：

"好吧！"

小吕把搁进去的铁锹又拿出来，大老张又嘱咐了他几句话，他扛上铁锹就走了。

吃了晚饭，小吕早早地就上了渠。

一来，小吕就去找大老张留下的两个志子。大老张告诉他，他给他在渠沿里面横插两根树枝，当作志子，一处在大闸进水处不远，一处在支渠拐弯处小石桥下。大老张说：

"你只要常常去看看这两根树枝。水只要不漫过志子，就不要紧，尽它流好了！若是水把它漫下去了，就去搬闸，——拉起一块闸板，把水放掉一些，——水太大了怕渠要吃不住。若是水太小了，就放下两块闸板，让它憋一憋。没有什么，这几天水势都很平稳，不会有什么问题！"

小吕走近去，没怎么费事，就找到了。也很奇怪，这只是两根普普通通的细细的树枝，半掩半露在蒙翳披纷的杂草之间，并不特别引人注意，然而小吕用眼睛滤过去，很快就发现了，而且肯定就是它，毫不怀疑。一看见了这两根树枝，小吕心里一喜，好像找到了一件失去的心爱的东西似的。有了这两个志子，他心里有了一点底。不然，他一定会一会儿觉得，水太大了吧；一会儿又觉得，水太小了吧，搞得心里七上八下，没有主意。看看这两根插得很端正牢实的树枝，小吕从心里涌起一股对于大老张的感谢，觉得大老张真好，对他真体贴，——虽然小吕也知道大老张这样做，在他根本不算什么，一个组长，第一回叫一个没有经验的小工看水，可能都会这样。

小吕又到大闸上试了一下。看看水，看看闸，又看看逐渐稀少的来往行人。小吕暗暗地鼓了鼓劲，拿起抓钩（他还没有使唤过这种工具），走下闸下的石梁。拉了一次闸板，——用抓钩套住了闸板的铁环，拽了两下，活动了，使劲往上一提，起来了！行！又放了一次闸板，——两手平提着，觑准了两边的闸槽，——觑准了！不然，水就把它冲跑了！一撒手，下去了！再用抓钩捣了两下，严丝合缝，挺好！第一回立足在横跨在大渠上的窄窄的石梁子上，满眼是汤汤洄洄、浩浩荡荡的大水，充耳是淘鸣的水声，小吕心里不免有点怯，有点晃荡。他手上深切地感觉到水的雄浑、强大的力量，——水扑击着套在抓钩上的闸板，好像有人使劲踢它似的。但是小吕屏住了气，站稳了脚，把注意力完全集中在闸板上酒杯大的铁环和两个窄窄的闸槽上，还是相当顺利地做成了他要做的事。

小吕深信大工们拉闸、安闸，也就是这样的。许多事都得自己来亲自试一下才成，别人没法跟你说，也说不清楚。

行！他觉得自己能够胜任。水势即使猛涨起来，情况紧急，他大概还能应付。他觉得轻松了一点。刚才那一阵压着他的胃的严重的感觉开始廓散。

小吕沿着渠岸巡视了一遍。走着走着，又有点紧张起来。渠沿有好几处渗水，沁得堤土湿了老大一片，黑黑的。有不少地方有蚯蚓和蝼蛄穿的小眼，汩汩地冒水。小吕觉得这不祥得很，越看越担心，越想越害怕，觉得险象丛生，到处都有倒塌的可能！他不知道怎么办，就选定了一处，用手电照着（天已经擦黑了，月亮刚上来），定定地守着它看，看看它有什么变化没有。看了半天，似乎没有什么变化，还是那样。他又换了几处，还是拿不准。这时恰好有一个晚归的工人老李远远地走过来，——小吕听得出他咳嗽的声音，他问：

"小吕？你在干啥呢？——看水？"

小吕连忙拉住他：

"老李！这要紧不要紧？"

老李看了看：

"嗐！没关系！这水流了几天了，渠沉住气了，不碍事！你不要老是这样跑来跑去。一黑夜哩，老这么跑，不把你累死啦！找个地方坐下歇歇！隔一阵起来看看就行了！哎！"

小吕就像他正在看着的《水浒传》上的英雄一样，在心里暗道了一声"惭愧"；又念了一声"阿弥陀佛！"——小吕这一阵不知从哪里学了这么一句佛号，一来就是："阿弥陀佛！"

小吕并没有坐下歇歇，他还是沿着支渠来回蹓跶着，不过心里安详多了。他走在月光照得着的渠岸上，走在斑驳的树影里，风吹着，渠根的绿草幽幽地摇拂着。他脚下是一渠流水……他觉得看水很有味道。

半夜里，大概十二点来钟（根据开过去不久的上行客车判断），出了一点事。小石桥上面一截渠，从庄稼地里穿过，渠身高，地势低，春汇地的时候挖断过，填起来的地方土浮，叫水涮开了一个洞。小吕巡看到这里，用手电一照，已经涮得很深了，钻了水！小吕的心噔嗵一声往下一掉。怎么办？这时候哪里都没法去找人……小吕留心看过大工们怎么堵洞，想了一想，就依法干起来。先用稻草填进去，（他早就背来好些稻草预备着了，背得太多了！）用铁锨立着，塞紧；然后从渠底敛起湿泥来，一锨一锨扔上去，——小吕深深感觉自己的胳臂太细，气力太小，一锨只能敛起那么一点

126

泥,心里直着急。但是,还好,洞总算渐渐小了,终于填满了。他又仿照大工的样子,使铁锹拍实,抹平,好了！小吕这才觉得自己一身都是汗,两条腿甚至有点发颤了。水是不往外钻了,看起来也满像那么一回事,——然而,这牢靠么?

小吕守着它半天,一会儿拿手电照照,一会儿拿手电照照。好像是没有问题,得！小吕准备转到别处再看看。可是刚一转身,他就觉得新填的泥土像抹房的稀泥一样,哗啦一下在他的身后瘫溃了,口子重新涮开,扩大,不可收拾！赶紧又回来。拿手电一照:——没有！还是挺好的！

他走开了。

过了一会,又来看看,——没问题。

又过了一会,又来看看,——挺好！

小吕的心踏实下来。不但这个口子挺完好,而且,他相信,再有别处钻开,他也一样能够招呼,——虽然干起来不如大工那样从容利索。原来这并不是那样困难,这比想象的要简单得多。小吕有了信心,在黑暗中很有意味地点了点头,对自己颇为满意。

所谓看水,不外就是这样一些事。不知不觉地,半夜过去了。水一直流得很稳,不但没有涨,反倒落了一点,那两个志子都离开水面有一寸了。小吕觉得大局仿佛已定。他知道,过了十二点以后,一般就不会有什么大水下来,这一夜可以平安度过。现在他一点都不觉得紧张了,觉得很轻松,很愉快。

现在,真可以休息了,他开始感觉有点疲倦了。他爬上小石桥头的一棵四杈糖槭树上,半躺半坐下来。他一来时就选定了这个地方。这棵树,在不到一人高的地方岔出了四个枝杈,坐上去,正好又有靠背,又可以舒舒服服地伸开腿脚。而且坐在树上就能看得见那一根志子。月亮照在水上,水光晃晃荡荡,水面上隐隐有一根黑影。用手电一射,就更加看得清清楚楚。

今天月亮真好，——快要月半了。（幸好赶上个大月亮的好天，若是阴雨天，黑月头，看起水来，就麻烦多了！）天上真干净，透明透明、蔚蓝蔚蓝的，一点渣滓都没有，像一块大水晶。小吕还很少看到过这样深邃、宁静而又无比温柔的夜空。说不出什么道理，天就是这样，老是这样，什么东西都没有，就是一片蓝。可是天上似乎隐隐地有一股什么磁力吸着你的眼睛。你的眼睛觉得很舒服，很受用，你愿意一直对着它看下去，看下去。真好看，真美，美得叫你的心感动起来。小吕看着看着，心里总像要想起一点什么很远很远的、叫人快乐的事情。他想了几件，似乎都不是他要想的，他就在心里轻轻地唱：

　　哎——
　　月亮出来亮汪汪，亮汪汪，
　　照见我的阿哥在他乡……

这好像有点文不对题。但是说不出为什么，这支产生在几千里外的高山里的有点伤感的歌子，倒是他所需要的。这和眼前情景在某些地方似乎相通，能够宣泄他心里的快乐。

四周围安静极了。远远听见大闸的水响，支渠的水温静地，生气勃勃地流着，"活——活——活"。风吹着庄稼的宽大的叶片，沙拉，沙拉。远远有一点灯火，在密密的丛林后面闪耀，那是他父亲工作的医院。母亲和妹妹现在一定都睡了。（小吕想了想现在宿舍里的样子，大家都睡得很熟，月亮照着他自己的那张空床……）一村子里的人现在都睡了（隐隐地好像听见鼾声）。露水下来了（他想起刚才堵口子时脚下所踩的草），到处都是一片滋润的、浓郁的青草气味，庄稼的气味，夜气真凉爽。小吕在心里想："我在看水……"过了一会，不知为什么，又在心里想道："真好！"而且说出声来了。

小吕在树上坐了一阵,想要下来走走。他想起该到石桥底下一段渠上看看。这一段二里半长的渠,春天才挑过,渠岸又很结实,没有什么问题。但是渠水要穿过兽医学校后墙的涵洞,洞口有一个铁笓子,可能会挂住一些顺水冲下来的枯枝乱草,叫水流得不畅快。小吕翻身跳下来,扛起插在树下的铁锨,向桥下走去。

　　下了石桥,渠水两边都是玉米地。玉米已经高过他的头了,那么大一片,叶子那么密,黑森森的。小吕忽然被浓重的阴影包围起来,身上有点紧张。但是,一会儿就好了。

　　小吕一边走着,一边顺着渠水看过去。他看小鱼秧子抢着往水上蹿;看见泥鳅翻跟斗;看见岸上一个小圆洞里有一个知了爬上来,脊背上闪着金绿色的光,翅膀还没有伸展,还是湿的,软的,乳白色的。看见虾蟆叫。虾蟆叫原来是这样的!下颏底下鼓起一个白色的气泡,气泡一息:——“咕”鼓一鼓,——“咕”鼓一鼓,——“咕!”这家伙,那么专心致意地叫,好像天塌下来也挡不住它似的。小吕索性蹲下来,用手电直照着它,端详它老半天。赫嗨,全不理会!这一片地里,多少虾蟆,都是这么叫着?小吕想想它们那种认真的、滑稽的样子,不禁失笑。——那是什么?是蛇?(小吕有点怕蛇)渠面上,月光下,一道弯弯的水纹,前面昂起一个小脑袋。走近去,定睛看看,不是蛇,是耗子!这小东西,游到对岸,爬上去,摇摇它湿漉漉的、光光滑滑的小脑袋,跑了!……

　　小吕一路迤逦行来,已经到了涵洞前面。铁笓子果然壅了一堆烂柴禾,——大工们都管这叫“渣积”,不少!小吕使铁锨推散,再一锨一锨地捞上来,好大一堆!渣积清理了,水好像流得快一些了,看得见涵洞口旋起小小的旋涡。

　　没什么事了。小吕顺着玉米地里一条近便的田埂,走回小石桥。用手电照了照志子,水好像又落了一点。

　　小吕觉得,月光暗了。抬起头来看看。好快!它怎么一下子就跑到西边去了？什么时候跑过去的？而且好像灯尽油干，快要熄了似的，变得很薄了，红红的，简直不亮了，好像它疲倦得不得了，在勉强支撑着。小吕知道，快了，它就要落下去了。现在大概是夜里三点钟，大老张告诉他，这几天月亮都是这时候落。说着说着，月亮落了，好像是嗯噜一下子掉下去似的。立刻，眼前一片昏黑。

　　真黑，这是一夜里最黑的时候。小吕一时什么也看不见了，过了一会，才勉强看得见一点模模糊糊的影子。小吕忽然觉得自己也疲倦得不行，有点恶心，就靠着糖槭树坐下来，铁锹斜倚在树干上。他的头沉重起来，眼皮直往下搭拉。心里好像很明白，不要睡！不要睡！但是不由自主。他觉得自己直往一个深深的、黑黑的地方掉下去，就跟那月亮似的，拽都拽不住，他睡着了那么一小会。人有时是知道自己怎么睡着了的。

　　忽然，他惊醒了！他觉得眼前有一道黑影子过去，他在迷糊之中异常敏锐明确地断定：——狼！一挺身站起来，抄起铁锹，按亮手电一照（这一切也都做得非常迅速而准确）：已经走过去了，过了小石桥。（小吕想了想，刚才从他面前走过去，只有四五步！）小吕听说过，遇见狼不能怕，不能跑，——越怕越糟；狼怕光，怕手电，怕手电一圈一圈的光，怕那些圈儿套它，狼性多疑。他想了想，就开着手电，尾随着它走，现在，看得更清楚了。狼像一只大狗，深深地低着脑袋（狗很少这样低着脑袋），搭拉着毛茸茸的挺长的尾巴（狗的尾巴也不是这样）。奇怪，它不管身边的亮光，还是那慢吞吞地，不慌不忙地，既不像要回过头来，也不像要拔脚飞跑，就是这样不声不响地，低着头走，像一个心事重重，哀伤憔悴的人一样。——它知道身后有人么？它在想些什么呢？小吕正在想：要不要追上去，揍它？它走过前面的路边小杨树丛子，拐了弯，叫杨树遮住了，手电的光照不着它了。赶上去，揍它？——小吕忖了忖手里的铁锹:算了! 那可实在是很危险!

小吕在石桥顶上站了一会,又回到糖槭树下。他很奇怪,他并不怎么怕。他很清醒,很理智。他到糖槭树下,采取的是守势。小吕这才想起,他选择了这个地方休息,原来就是想到狼的。这个地方很保险:后面是渠水,狼不可能泅过水来;他可以监视着前面的马路;万一不行,——上树!

小吕用手电频频向狼的去路照射。没有,狼没有回来。

无论如何,可不敢再睡觉了! 小吕在糖槭树下来回地走着。走了一会,甚至还跑到刚才决开过,经他修复了的缺口那里看了看。——一边走,一边不停地用手电照射。他相信狼是不会再回来了;再有别的狼,这也不大可能,但是究竟不能放心到底。

可是他越来越困。他并不怎么害怕。狼的形象没有给他十分可怕的印象。他不因为遇见狼而得意,也不因为没有追上去打它而失悔,他现在就是困,困压倒了一切。他的意识昏木起来,脑子的活动变得缓慢而淡薄了。他在竭力抵抗着沉重的、酸楚的、深入骨髓的困劲。他觉得身上很难受,而且,很冷。他迷迷糊糊地想:我要是会抽烟,这时候抽一支烟就好了!……

好容易,天模糊亮了。

更亮了。

亮了! 远远近近,一片青苍苍的,灰白灰白的颜色,好像天和地也熬过了一夜,还不大有精神似的。看得清房屋,看得清树,看得清庄稼了。小吕看着他看过一夜的水,水发清了,小多了,还不到半渠,露出来一截淤泥的痕迹,流势很弱,好像也很疲倦。小吕知道,现在已经流的是"空渠水",上游的拦河坝又封起了,不到一个小时,这渠里的水就会流完了的。——得再过几个钟头,才会又有新的水下来。果园的地大概浇完了,这点水该够用了吧?……一串铜铃声,有人了! 一个早出的社员,赶着一头毛驴,驴背上驮着一个线口袋,里边鼓鼓囊囊,好像装的西葫芦。老大爷,您好哇!好了,这真正是白天了,不会再有狼,再有漫长的、难熬的黑夜了!小吕振作一点起来。——不过他还是很困,觉得心里发虚。

远远看见果园的两个女工,陈素花和恽美兰来了。她们这么早就出来了!小吕知道,她们是因为惦着他,特为来看他来了。小吕在心里很感激她们,但是他自己觉得那感激的劲头很不足,他困得连感激也感激不动了。

陈素花给他带来了两个焖得烂烂的,滚热的甜菜。小吕一边吃甜菜,一边告诉她们,他看见狼了。他说了遇狼的经过,狼的样子。他自己都有点奇怪,他说得很平淡,一点不像他平常说话那么活灵活现的。但是陈素花和恽美兰都很惊奇,很为他的平淡的叙述所感动。她们催他赶快去睡觉,说是大老张嘱咐的:叫小吕天一亮就去睡,大闸不用管了,会有人来接。

小吕喝了两碗稀饭,爬到床上,就睡着了。睡了两个钟头,醒了。他觉得浑身都很舒服,懒懒的。他只要翻一翻身,合上眼,会立刻就睡着的。但是他看了挂在墙上的一个马蹄表,不睡了。起来,到井边用凉水洗洗脸,他向果园走去。——他到果园去干什么?

果园还是那样。小吕昨天下午还在果园的,但是不知道为什么,他好像有好久没有来了似的。似乎果园一夜之间有了一些什么重大的变化似的。什么变化呢?也难说。满园一片浓绿,绿得过了量,绿得迫人。静悄悄的。绿叶把什么都遮隔了,一眼看不出五步远。若不是远远听见有人说话,你会以为果园里一个人都没有。小吕听见大老张的声音,他知道,他正在西南拐角指挥几个人锄果树行子。小吕想:他浇了一夜地,又熬了一夜了,还不休息,真辛苦。好了,今天把这点活赶完,明天大家就可以休息一天,大老张说了:全体休息!过了这阵,就可以细水长流地干活了,一年就是这么几茬紧活。小吕想：下午我就来上班。大粒白的枝叶在动，是陈素花和恽美兰领着几个参加劳动的学生在捆葡萄条。恽美兰看见小吕了，就叫："小吕！你来干什么？不睡觉！"

小吕说："我来看看！"

"看什么？快回去睡！地都浇完了。"

小吕穿过葡萄丛，四边看。果园的地果然都浇了，到处都是湿湿的，一片清凉泽润、汪汪泱泱的水气直透他的脏腑。似乎葡萄的叶子都更水淋，更绿了，葡萄蔓子的皮色也更深了。小吕挺一挺胸脯，深深地吸了两口气，舒服极了。小吕想：下回我就有经验了，可以单独地看水，顶一个大工来使了，果园就等于多了半个人。看水，没有什么。狼不狼的，问题也不大。许多事都不像想象起来那么可怕……

走过一棵老葡萄架下，小吕想坐一坐。一坐下，就想躺下。躺下来，看着头顶的浓密的，鲜嫩清新的，半透明的绿叶。绿叶轻轻摇晃，变软，溶成一片，好像把小吕也溶到里面了。他眼皮一麻搭，不知不觉，睡着了。小吕头枕在一根暴出地面的老葡萄蔓上，满身绿影，睡得真沉，十四岁的正在发育的年轻的胸脯均匀地起伏着。葡萄，正在恣酣地，用力地从地里吸着水，经过皮层下的导管，一直输送到梢顶，输送到每一片伸张着的绿叶，和累累的、已经有指头顶大的淡绿色的果粒之中。——这时候，不论割破葡萄枝蔓的任何一处，都可以看出有清清的白水流出来，嗒嗒地往下滴……

一九六二年七月二十日改成

黄 油 烙 饼

萧胜跟着爸爸到口外去。

萧胜满七岁,进八岁了。他这些年一直跟着奶奶过。他爸的工作一直不固定。一会儿修水库啦,一会儿大炼钢铁啦。他妈也是调来调去。奶奶一个人在家乡,说是冷清得很。他三岁那年,就被送回老家来了。他在家乡吃了好些萝卜白菜,小米面饼子,玉米面饼子,长高了。

奶奶不怎么管他。奶奶有事。她老是找出一些零碎料子给他接衣裳,接褂子,接裤子,接棉袄,接棉裤。他的衣服都是接成一道一道的,一道青,一道蓝。倒是挺干净的。奶奶还给他做鞋。自己打袼褙,剪样子,纳底子,自己绱。奶奶老是说:"你的脚上有牙,有嘴?""你的脚是铁打的!"再就是给他做吃的。小米面饼子,玉米面饼子,萝卜白菜——炒鸡蛋,熬小鱼。他整天在外面玩。奶奶把饭做得了,就在门口嚷:"胜儿!回来吃饭咧——!"

后来办了食堂。奶奶把家里的两口锅交上去,从食堂里打饭回来吃。真不赖!白面馒头,大烙饼,卤虾酱炒豆腐,焖茄子,猪头肉!食堂的大师傅穿着白衣服,戴着白帽子,在蒸笼的白蒙蒙的热气中晃来晃去,拿铲子敲着锅边,还大声嚷叫。人也胖了,猪也肥了。真不赖!

后来就不行了。还是小米面饼子,玉米面饼子。

后来小米面饼子里有糠,玉米面饼子里有玉米核磨出的碴子,拉嗓子。人也瘦了,猪也瘦了。往年,撵个猪可费劲哪。今年,一伸手就把猪后腿搦住了。挺大一个克郎,一挤它,咕咚就倒了。掺假的饼子不好吃,可是萧胜还是吃得挺香。他饿。

奶奶吃得不香。她从食堂打回饭来,掰半块饼子,嚼半天。其余的,都归了萧胜。

奶奶的身体原来就不好。她有个气喘的病。每年冬天都犯。白天还好,晚上难熬。萧胜躺在炕上,听奶奶喝喽喝喽地喘。睡醒了,还听她喝喽喝喽。他想,奶奶喝喽了一夜。可是奶奶还是喝喽着起来了,喝喽着给他到食堂去打早饭,打掺了假的小米饼子,玉米饼子。

爸爸去年冬天回来看过奶奶。他每年回来,都是冬天。爸爸带回来半麻袋土豆,一串口蘑,还有两瓶黄油。爸爸说,土豆是他分的;口蘑是他自己采,自己晾的;黄油是"走后门"搞来的。爸爸说,黄油是牛奶炼的,很"营养",叫奶奶抹饼子吃。土豆,奶奶借锅来蒸了,煮了,放在灶火里烤了,给萧胜吃了。口蘑过年时打了一次卤。黄油,奶奶叫爸爸拿回去:"你们吃吧。这么贵重的东西!"爸爸一定要给奶奶留下。奶奶把黄油留下了,可是一直没有吃。奶奶把两瓶黄油放在躺柜上,时不时地拿抹布擦擦。黄油是个啥东西?牛奶炼的?隔着玻璃,看得见它的颜色是嫩黄嫩黄的。去年小三家生了小四,他看见小三他妈给小四用松花粉扑痱子。黄油的颜色就像松花粉。油汪汪的,很好看。奶奶说,这是能吃的。萧胜不想吃。他没有吃过,不馋。

奶奶的身体越来越不好。她从前从食堂打回饼子,能一气走到家。现在不行了,走到歪脖柳树那儿就得歇一会。奶奶跟上了年纪的爷爷、奶奶们说:"只怕是过得了冬,过不得春呀。"萧胜知道这不是好话。这是一句骂牲口的话。"嗳!看你这乏样儿!过得了冬过不得春!"果然,春天不好过。村里的老头老太太接二连三地死了。镇上有个木业生产合作社,原来打家具、修犁耙,都停了,改了打棺材。村外添了好些新坟,好些白幡。奶奶不行了,她浑身都肿。用手指按一按,老大一个坑,半天不起来。她求人写信叫儿子回来。

爸爸赶回来,奶奶已经咽了气了。

爸爸求木业社把奶奶屋里的躺柜改成一口棺材,把奶奶埋了。晚上,坐在奶奶的炕上流了一夜眼泪。

萧胜一生第一次经验什么是"死"。他知道"死"就是"没有"了。他没有奶奶了。他躺在枕头上,枕头上还有奶奶的头发的气味。他哭了。

奶奶给他做了两双鞋。做得了,说:"来试试!"——"等会儿!"吱溜,他跑了。萧胜醒来,光着脚把两双鞋都试了试。一双正合脚,一双大一些。他的赤脚接触了搪底布,感觉到奶奶纳的底线,他叫了一声"奶奶!"又哭了一气。

爸爸拜望了村里的长辈,把家里的东西收拾收拾,把一些能应用的锅碗瓢盆都装在一个大网篮里。把奶奶给萧胜做的两双鞋也装在网篮里。把两瓶动都没有动过的黄油也装在网篮里。锁了门,就带着萧胜上路了。

萧胜跟爸爸不熟。他跟奶奶过惯了。他起先不说话。他想家,想奶奶,想那棵歪脖柳树,想小三家的一对大白鹅,想蜻蜓,想蝈蝈,想挂大扁飞起来格格地响,露出绿色硬翅膀底下的桃红色的翅膜……后来跟爸爸熟了。他是爸爸呀!他们坐了汽车,坐火车,后来又坐汽车。爸爸很好。爸爸老是引他说话,告诉他许多口外的事。他的话越来越多,问这问那。他对"口外"产生了很浓厚的兴趣。

他问爸爸啥叫"口外"。爸爸说"口外"就是张家口以外，又叫"坝上"。"为啥叫坝上？"他以为"坝"是一个水坝。爸爸说到了就知道了。

敢情"坝"是一溜大山。山顶齐齐的，倒像个坝。可是真大！汽车一个劲地往上爬。汽车爬得很累，好像气都喘不过来，不停地哼哼。上了大山，嘿，一片大平地！真是平呀！又平又大。像是撺过的一样。怎么可以这样平呢！汽车一上坝，就撒开欢了。它不哼哼了，"刷——"一直往前开。一上了坝，气候忽然变了。坝下是夏天，一上坝就像秋天。忽然，就凉了。坝上坝下，刀切的一样。真平呀！远远有几个小山包，圆圆的。一棵树也没有。他的家乡有很多树。榆树，柳树，槐树。这是个什么地方！不长一棵树！就是一大片大平地，碧绿的，长满了草。有地。这地块真大。从这个小山包一匹布似的一直扯到了那个小山包。地块究竟有多大？爸爸告诉他：有一个农民牵了一头母牛去犁地，犁了一趟，回来时候母牛带回来一个新下的小牛犊，已经三岁了！

汽车到了一个叫沽源的县城，这是他们的最后一站。一辆牛车来接他们。这车的样子真可笑，车轱辘是两个木头饼子，还不怎么圆，骨鲁鲁，骨鲁鲁，往前滚。他仰面躺在牛车上，上面是一个很大的蓝天。牛车真慢，还没有他走得快。他有时下来掐两朵野花，走一截，又爬上车。

这地方的庄稼跟口里也不一样。没有高粱，也没有老玉米，种莜麦，胡麻。莜麦干净得很，好像用水洗过，梳过。胡麻打着把小蓝伞，秀秀气气，不像是庄稼，倒像是种着看的花。

喝，这一大片马兰！马兰他们家乡也有，可没有这里的高大。长齐大人的腰那么高，开着巴掌大的蓝蝴蝶一样的花。一眼望不到边。这一大片马兰！他这辈子也忘不了。他像是在一个梦里。

牛车走着走着。爸爸说：到了！他坐起来一看，一大片马铃薯,都开着花,粉的、浅紫蓝的、白的,一眼望不到边,像是下了一场大雪。花雪随风摇摆着,他有点晕。不远有一排房子,土墙、玻璃窗。这就是爸爸工作的"马铃薯研究站"。土豆——山药蛋——马铃薯。马铃薯是学名,爸说的。

从房子里跑出来一个人。"妈妈——!"他一眼就认出来了!妈妈跑上来,把他一把抱了起来。

萧胜就要住在这里了,跟他的爸爸、妈妈住在一起了。

奶奶要是一起来,多好。

萧胜的爸爸是学农业的,这几年老是干别的。奶奶问他:"为什么总是把你调来调去的?"爸说:"我好欺负。"马铃薯研究站别人都不愿来,嫌远。爸愿意。妈是学画画的,前几年老画两个娃娃拉不动的大萝卜啦,上面张个帆可以当做小船的豆荚啦。她也愿意跟爸爸一起来,画"马铃薯图谱"。

妈给他们端来饭。真正的玉米面饼子,两大碗粥。妈说这粥是草籽熬的。有点像小米,比小米小。绿盈盈的,挺稠,挺香。还有一大盘鲫鱼,好大。爸说别处的鲫鱼很少有过一斤的,这儿"淖"里的鲫鱼有一斤二两的,鲫鱼吃草籽,长得肥。草籽熟了,风把草籽刮到淖里,鱼就吃草籽。萧胜吃得很饱。

爸说把萧胜接来有三个原因。一是奶奶死了,老家没有人了。二是萧胜该上学了,暑假后就到不远的一个完小去报名。三是这里吃得好一些。口外地广人稀,总好办一些。这里的自留地一个人有五亩!随便刨一块地就能种点东西。爸爸和妈妈就在"研究站"旁边开了一块地,种了山药,南瓜。山药开花了,南瓜长了骨朵了。用不了多久,就能吃了。

马铃薯研究站很清静,一共没有几个人。就是爸爸、妈妈,还有几个工人。工人都有家。站里就是萧胜一家。这地方,真安静。成天听不到声音,除了风吹莜麦穗子,沙沙地像下小雨;有时有小燕吱喳地叫。

爸爸每天戴个草帽下地跟工人一起去干活,锄山药。有时查资料,看书。妈一早起来到地里掐一大把山药花,一大把叶子,回来插在瓶子里,聚精会神地对着它看,一笔一笔地画。画的花和真的花一样!萧胜每天跟妈一同下地去,回来鞋和裤脚沾得都是露水。奶奶做的两双新鞋还没有上脚,妈把鞋和两瓶黄油都锁在柜子里。

白天没有事,他就到处去玩,去瞎跑。这地方大得很,没遮没挡,跑多远,一回头还能看到研究站的那排房子,迷不了路。他到草地里去看牛、看马、看羊。

他有时也去莳弄莳弄他家的南瓜、山药地。锄一锄,从机井里打半桶水浇浇。这不是为了玩。萧胜是等着要吃它们。他们家不起火,在大队食堂打饭,食堂里的饭越来越不好。草籽粥没有了,玉米面饼子也没有了。现在吃红高粱饼子,喝甜菜叶子做的汤。再下去大概还要坏。萧胜有点饿怕了。

他学会了采蘑菇。起先是妈妈带着他采了两回,后来,他自己也会了。下了雨,太阳一晒,空气潮乎乎的,闷闷的,蘑菇就出来了。蘑菇这玩意很怪,都长在"蘑菇圈"里。你低下头,侧着眼睛一看,草地上远远的有一圈草,颜色特别深,黑绿黑绿的,隐隐约约看到几个白点,那就是蘑菇圈。的溜圆。蘑菇就长在这一圈深颜色的草里。圈里面没有,圈外面也没有。蘑菇圈是固定的。今年长,明年还长。哪里有蘑菇圈,老乡们都知道。

有一个蘑菇圈发了疯。它不停地长蘑菇,呼呼地长,三天三夜一个劲地长,好像是有鬼,看着都怕人。附近七八家都来采,用线穿起来,挂在房檐底下。家家都挂了三四串,挺老长的三四串。老乡们说,这个圈明年就不会再长蘑菇了,它死了。萧胜也采了好些。他兴奋极了,心里直跳。"好家伙!好家伙!这么多!这么多!"他发了财了。

他为什么这样兴奋?蘑菇是可以吃的呀!

他一边用线穿蘑菇,一边流出了眼泪。他想起奶奶,他要给奶奶送两串蘑菇去。他现在知道,奶奶是饿死的。人不是一下饿死的,是慢慢地饿死的。

食堂的红高粱饼子越来越不好吃,因为掺了糠。甜菜叶子汤也越来越不好喝,因为一点油也不放了。他恨这种掺糠的红高粱饼子,恨这种不放油的甜菜叶子汤!

他还是到处去玩,去瞎跑。

大队食堂外面忽然热闹起来。起先是拉了一牛车的羊砖来。他问爸爸这是什么,爸爸说:"羊砖。"——"羊砖是啥?"——"羊粪压紧了,切成一块一块。"——"干啥用?"——"烧。"——"这能烧吗?"——"好烧着呢!火顶旺。"后来盘了个大灶。后来杀了十来只羊。萧胜就站在旁边看杀羊。他还没有见过杀羊。嘿,一点血都流不到外面,完完整整就把一张羊皮剥下来了!

这是要干啥呢?

爸爸说,要开三级干部会。

"啥叫三级干部会?"

"等你长大了就知道了!"

三级干部会就是三级干部吃饭。

大队原来有两个食堂,南食堂,北食堂,当中隔一个院子,院子里还搭了个小棚,下雨天也可以两个食堂来回串。原来"社员"们分在两个食堂吃饭。开三级干部会,就都挤到北食堂来。南食堂空出来给开会干部用。

三级干部会开了三天,吃了三天饭。头一天中午,羊肉口蘑臊子蘸莜面。第二天炖肉大米饭。第三天,黄油烙饼。晚饭倒是马马虎虎的。

"社员"和"干部"同时开饭。社员在北食堂,干部在南食堂。北食堂还是红高粱饼子,甜菜叶子汤。北食堂的人闻到南食堂里飘过来的香味,就说:"羊肉口蘑臊子蘸莜面,好香好香!""炖肉大米饭,好香好香!""黄油烙饼,好香好香!"

萧胜每天去打饭,也闻到南食堂的香味。羊肉、米饭,他倒不稀罕;他见过,也吃过。黄油烙饼他连闻都没闻过。是香,闻着这种香味,真想吃一口。

回家,吃着红高粱饼子,他问爸爸:"他们为什么吃黄油烙饼?"

"他们开会。"

"开会干嘛吃黄油烙饼?"

"他们是干部。"

"干部为啥吃黄油烙饼?"

"哎呀! 你问得太多了! 吃你的红高粱饼子吧!"

正在咽着红饼子的萧胜的妈忽然站起来,把缸里的一点白面倒出来,又从柜子里取出一瓶奶奶没有动过的黄油,启开瓶盖,挖了一大块,抓了一把白糖,兑点起子,擀了两张黄油发面饼。抓了一把莜麦秸塞进灶火,烙熟了。黄油烙饼发出香味,和南食堂里的一样。妈把黄油烙饼放在萧胜面前,说:

"吃吧,儿子,别问了。"

萧胜吃了两口,真好吃。他忽然咧开嘴痛哭起来,高叫了一声:"奶奶!"

妈妈的眼睛里都是泪。

爸爸说:"别哭了,吃吧。"

萧胜一边流着一串一串的眼泪,一边吃黄油烙饼。他的眼泪流进了嘴里。黄油烙饼是甜的,眼泪是咸的。

七里茶坊

我在七里茶坊住过几天。

我很喜欢七里茶坊这个地名。这地方在张家口东南七里。当初想必是有一些茶坊的。中国的许多计里的地名,大都是行路人给取的。如三里河、二里沟,三十里铺。七里茶坊大概也是这样。远来的行人到了这里,说:“快到了,还有七里,到茶坊里喝一口再走。”送客上路的,到了这里,客人就说:“已经送出七里了,请回吧!”主客到茶坊又喝了一壶茶,说了些话,出门一揖,就此分别了。七里茶坊一定萦系过很多人的感情。不过现在却并无一家茶坊。我去找了找,连遗址也无人知道。“茶坊”是古语,在《清明上河图》、《东京梦华录》、《水浒传》里还能见到。现在一般都叫“茶馆”了。可见,这地名的由来已久。

这是一个中国北方的普通的市镇。有一个供销社,货架上空空的,只有几包火柴,一堆柿饼。两只乌金釉的酒坛子擦得很亮,放在旁边的酒提子却是干的。柜台上放着一盆麦麸子做的大酱。有一个理发店,两张椅子,没有理发的,理发员坐着打瞌睡。一个邮局。一个新华书店,只有几套毛选和一些小册子。路口矗着一面黑板,写着鼓动冬季积肥的快板,文后署名“文化馆宣”,说明这里还有个文化馆。快板里写道："天寒地冻百不咋，^①心里装着全天下。"轰轰烈烈的大跃进已经过去，这种豪言壮语已经失去热力。前两天下过一场小雨，雨点在黑板上抽打出一条一条斜道。路很宽，是土路。两旁的住户人家，也都是土墙土顶（这地方风雪大，房顶多是平的）。连路边的树也都带着黄土的颜色。这个长城以外的土色的冬天的市镇，使人产生悲凉的感觉。

除了店铺人家，这里有几家车马大店。我就住在一家车马大店里。

我头一回住这种车马大店。这种店是一看就看出来的，街门都特别宽大，成天敞开着，为的好进出车马。进门是一个很宽大的空院子。院里停着几辆大车，车辕向上，斜立着，像几尊高射炮。靠院墙是一个长长的马槽，几匹马面墙拴在槽头吃料，不停地甩着尾巴。院里照例喂着十多只鸡。因为地上有撒落的黑豆、高粱，草里有稗子，这些母鸡都长得极肥大。有两间房，是住人的。都是大炕。想住单间，可没有。谁又会上车马大店里来住一个单间呢？"碗大炕热"，就成了这类大店招徕顾客的口碑。

我是怎么住到这种大店里来的呢？

我在一个农业科学研究所下放劳动，已经两年了。有一天生产队长找我，说要派几个人到张家口去掏公共厕所，叫我领着他们去。为什么找到我头上呢？说是以前去了两拨人，都闹了意见回来了。我是个下放干部，在工人中还有一点威信，可以管得住他们，云云。究竟为什么，我一直也不太明白。但是我欣然接受了这个任务。

我打好行李，挎包里除了洗漱用具，带了一枝大号的3B烟斗，一袋掺了一半榆树叶的烟草，两本四部丛刊本《分类集注杜工

---

① "百不咋"是无所谓，没关系的意思。

部集》,坐上单套马车,就出发了。

我带去的三个人,一个老刘、一个小王、还有一个老乔,连我四个。

我拿了介绍信去找市公共卫生局的一位"负责同志"。他住在一个粪场子里。一进门,就闻到一股奇特的酸味。我交了介绍信,这位同志问我:

"你带来的人,咋样?"

"咋样?"

"他们,啊,啊,啊……"

他"啊"了半天,还是找不到合适的词句。这位负责同志大概不大认识字。他的意思我其实很明白,他是问他们政治上可靠不可靠。他怕万一我带来的人会在公共厕所的粪池子里放一颗定时炸弹。虽然他也知道这种可能性极小,但还是问一问好。可是他词不达意,说不出这种报纸语言。最后还是用一句不很切题的老百姓话说:

"他们的人性咋样?"

"人性挺好!"

"那好。"

他很放心了,把介绍信夹到一个卷宗里,给我指定了桥东区的几个公厕。事情办完,他送我出"办公室",顺便带我参观了一下这座粪场。一边堆着好几垛晒好的粪干,平地上还晒着许多薄饼一样的粪片。

"这都是好粪,不掺假。"

"粪还掺假?"

"掺!"

"掺什么? 土?"

"哪能掺土!"

"掺什么？"

"酱渣子。"

"酱渣子？"

"酱渣子，味道、颜色跟大粪一个样，也是酸的。"

"粪是酸的？"

"发了酵。"

我于是猛吸了一口气，品味着货真价实，毫不掺假的粪干的独特的，不能代替的，余韵悠长的酸味。

据老乔告诉我，这位负责同志原来包掏公私粪便，手下用了很多人，是一个小财主。后来成了卫生局的工作人员，成了"公家人"，管理公厕。他现在经营的两个粪场，还是很来钱。这人紫棠脸，阔嘴岔，方下巴，眼睛很亮，虽然没有文化，但是看起来很精干。他虽不大长于说"字儿话"，但是当初在指挥粪工、洽谈生意时，所用语言一定是很清楚畅达，很有力量的。

掏公共厕所，实际上不是掏，而是凿。天这么冷，粪池里的粪都冻得实实的，得用冰镩凿开，破成一二尺见方大小不等的冰块，用铁锹起出来，装在单套车上，运到七里茶坊，堆积在街外的空场上。池底总有些没有冻实的稀粪，就刮出来，倒在事先铺好的干土里，像和泥似的和好。一夜工夫，就冻实了。第二天，运走。隔三四天，所里车得空，就派一辆三套大车把积存的粪冰运回所里。

看车把式装车，真有个看头。那么沉的、滑滑溜溜的冰块，照样装得整整齐齐，严严实实，拿绊绳一煞，纹丝不动。走个百八十里，不兴掉下一块。这才真叫"把式"！

"叭——"的一鞭，三套大车走了。我心里是高兴的。我们给所里做了一点事了。我不说我思想改造得如何好，对粪便产生了多深的感情，但是我知道这东西很贵。我并没有做多少，只是在地面上挖一点干土，和粪。为了照顾我，不让我下池子凿冰。老乔呢,说好了他是来玩的,只是招招架架,跑跑颠颠。活,主要是老刘和小王干的。老刘是个使冰镩的行家,小王有的是力气。

这活脏一点,倒不累,还挺自由。

我们住在骡马大店的东房,——正房是掌柜的一家人自己住的。南北相对,各有一铺能睡七八个人的炕,——挤一点,十个人也睡下了。快到春节了,没有别的客人,我们四个人占据了靠北的一张炕,很宽绰。老乔岁数大,睡炕头。小王火力壮,把门靠边。我和老刘睡当间。我那位置很好,靠近电灯,可以看书。两铺炕中间,是一口锅灶。

天一亮,年轻的掌柜的就推门进来,点火添水,为我们作饭,——推莜面窝窝。我们带来一口袋莜面,顿顿饭吃莜面,而且都是推窝窝。——莜面吃完了,三套大车会又给我们捎来的。小王跳到地下帮掌柜的拉风箱,我们仨就拥着被窝坐着,欣赏他的推窝窝手艺。——这么冷的天,一大清早就让他从内掌柜的热被窝里爬出来为我们作饭,我心里实在有些歉然。不大一会,莜面蒸上了,屋里弥漫着白蒙蒙的蒸汽,很暖和,叫人懒洋洋的。可是热腾腾的窝窝已经端到炕上了。刚出屉的莜面,真香!用蒸莜面的水,洗洗脸,我们就蘸着麦麸子做的大酱吃起来。没有油,没有醋,尤其是没有辣椒!可是你得相信我说的是真话:我一辈子很少吃过这么好吃的东西。那是什么时候呀?——一九六〇年!

我们出工比较晚。天太冷。而且得让过人家上厕所的高潮。八点多了,才赶着单套车到市里去。中午不回来。有时由我掏钱请客,去买一包"高价点心",找个背风的角落,蹲下来,各人抓了几块嚼一气。老乔、我、小王拿一副老掉了牙的扑克牌接龙、蹩七。老刘在呼呼的风声里居然能把脑袋缩在老羊皮袄里睡一觉,还挺香!下午接着干。四点钟装车,五点多就回到七里茶坊了。

一进门,掌柜的已经拉动风箱,往灶火里添着块煤,为我们作晚饭了。

吃了晚饭,各人干各人的事。老乔看他的《啼笑因缘》。他这本《啼笑因缘》是个古本了,封面封底都没有了,书角都打了卷,当中还有不少缺页。可是他还是戴着老花镜津津有味地看,而且老看不完。小王写信,或是躺着想心事。老刘盘着腿一声不响地坐着。他这样一声不响地坐着,能够坐半天。在所里我就见过他到生产队请一天假,哪儿也不去,什么也不干,就是坐着。我发现不止一个人有这个习惯。一年到头的劳累,坐一天是很大的享受,也是他们迫切的需要。人,有时需要休息。他们不叫休息,就叫"坐一天。"他们去请假的理由,也是"我要坐一天。"中国的农民,对于生活的要求真是太小了。我,就靠在被窝上读杜诗。杜诗读完,就压在枕头底下。这铺炕,炕沿的缝隙跑烟,把我的《杜工部集》的一册的封面薰成了褐黄色,留下一个难忘的,美好的纪念。

有时,就有一句没一句,东拉西扯地瞎聊天。吃着柿饼子,喝着蒸锅水,抽着掺了榆树叶子的烟。这烟是农民用包袱包着私卖的,颜色是灰绿的,劲头很不足,抽烟的人叫它"半口烟"。榆树叶子点着了,发出一种焦糊的,然而分明地辨得出是榆树的气味。这种气味使我多少年后还难于忘却。

小王和老刘都是"合同工",是所里和公社订了合同,招来的。他们都是柴沟堡的人。

老刘是个老长工,老光棍。他在张家口专区几个县都打过长工,年轻时年年到坝上割莜麦。因为打了多年长工,庄稼活他样样精通。他有过老婆,跑了,因为他养不活她。从此他就不再找女人,对女人很有成见,认为女人是个累赘。他就这样背着一卷行李,——一块毡子,一床"盖窝"(即被),一个方顶的枕头,到处漂流。看他捆行李的利索劲儿和背行李的姿势,就知道是一个常年出门在外的老长工。他真也是自由自在,也不置什么衣服,有两个钱全喝了。他不大爱说话,但有时也能说一气,在他高兴的时候,或者不高兴的时候。这二年他常发牢骚,原因之一,是喝不到酒。他老是说:"这是咋搞的?咋搞的?"——"过去,七里茶坊,啥都有:驴肉、猪头肉、炖牛蹄子、茶鸡蛋……卖一黑夜。酒!现在!咋搞的!咋搞的!"——"'楼上楼下,电灯电话'!做梦娶媳妇,净慕好事!多会儿?"①他年轻时曾给八路军送过信,带过路。"俺们那阵,有什么好吃的,都给八路军留着!早知这样,哼!……"他说的话常常出了圈,老乔就喝住他:"你瞎说点啥!没喝酒,你就醉了!你是想'进去'住几天是怎么的?嘴上没个把门的,亏你活了这么大!"

小王也有些不平之气。他是念过高小的。他给自己编了一口顺口溜:"高小毕业生,白费六年工。想去当教员,学生管我叫老兄。想去当会计,珠算又不通!"他现在一个月挣二十九块六毛四,要交社里一部分,刨去吃饭,所剩无几。他才二十五岁,对老刘那样的自由自在的生活并不羡慕。

老乔,所里多数人称之为乔师傅。这是个走南闯北,见多识广,老于世故的工人。他是怀来人。年轻时在天津学修理汽车。抗日战争时跑到大后方,在资源委员会的运输队当了司机,跑仰光、腊戌。抗战胜利后,他回张家口来开车,经常跑坝上各县。后来岁数大了,五十多了,血压高,不想再跑长途,他和农科所的所长是亲戚,所里新调来一辆拖拉机,他就来开拖拉机,顺便修修农业机械。他工资高,没负担。农科所附近一个小镇上有一家饭馆,他是常客。什么贵菜、新鲜菜,饭馆都给他留着。他血压高,还是爱喝酒。饭馆外面有一棵大槐树,夏天一地浓荫。他到休息日,喝了

---

① 那时农村宣传"共产主义",都说是"楼上楼下,电灯电话"。慕,是思量、向往的意思。这是很古的语言,元曲中常见。张家口地区保留了很多宋元古语。

酒,就睡在树荫里。树荫在东,他睡在东面;树荫在西,他睡到西面,围着大树睡一圈!这是前二年的事了。现在,他也很少喝了。因为那个饭馆的酒提潮湿的时候很少了。他在昆明住过,我也在昆明呆过七八年,因此他老愿意找我聊天,抽着榆叶烟在一起怀旧。他是个技工,掏粪不是他的事,但是他自愿报了名。冬天,没什么事,他要来玩两天。来就来吧。

这天,我们收工特别早,下了大雪,好大的雪啊!

这样的天,凡是爱喝酒的都应该喝两盅,可是上哪儿找酒去呢?

吃了莜面,看了一会书,坐了一会,想了一会心事,照例聊天。

像往常一样,总是老乔开头。因为想喝酒,他就谈起云南的酒。市酒、玫瑰重升、开远的杂果酒、杨林肥酒……

"肥酒?酒还有肥瘦?"老刘问。

"蒸酒的时候,上面吊着一大块肥肉,肥油一滴一滴地滴在酒里。这酒是碧绿的。"

"像你们怀来的青梅煮酒?"

"不像。那是烧酒,不是甜酒。"

过了一会,又说:"有点像……"

接着,又谈起昆明的吃食。这老乔的记性真好,他可以从华山南路、正义路、一直到金碧路,数出一家一家大小饭馆,又岔到护国路和甬道街,哪一家有什么名菜,说得非常详细。他说到金钱片腿、牛干巴、锅贴乌鱼、过桥米线……

"一碗鸡汤,上面一层油,看起来连热气都没有,可是超过一百度。一盘子鸡片、腰片、肉片,都是生的。往鸡汤里一推,就熟了。"

"那就能熟了?"

"熟了!"

他又谈起汽锅鸡。描写了汽锅是什么样子,锅里不放水,全凭蒸汽把鸡蒸熟了,这鸡怎么嫩,汤怎么鲜……

老刘很注意地听着,可是怎么也想象不出汽锅是啥样子,这道菜是啥滋味。

后来他又谈到昆明的菌子:牛肝菌、青头菌、鸡㙡①,把鸡㙡夸赞了又夸赞。

"鸡㙡?有咱这儿的口蘑好吃吗?"

"各是各的味儿。"

……

老乔剐话的时候,小王一直似听不听,躺着,张眼看着房顶。忽然,他问我:

"老汪,你一个月挣多少钱?"

我下放的时候,曾经有人劝告过我,最好不要告诉农民自己的工资数目,但是我跟小王认识不止一天了,我不想骗他,便老实说了。小王没有说话,还是张眼躺着。过了好一会,他看着房顶说:

"你也是一个人,我也是一个人,为什么你就挣那么多?"

他并没有要我回答,这问题也不好回答。

沉默了一会。

老刘说:"怨你爹没供你书②。人家老汪是大学毕业!"

老乔是个人情练达的人,他捉摸出小王为什么这两天老是发呆,为什么会提出这样的问题,说:

"小王,你收到一封什么信,拿出来我看看!"

前天三套大车来拉粪冰的时候,给小王捎来一封寄到所里的信。

---

① 鸡㙡是一种菌,长在白蚁窝上,味极腴美。
② "供书"是拿钱供学生读书的意思。

事情原来是这样的:小王搞了一个对象。这对象搞得稍为有点离奇:小王有个表姐,嫁到邻村李家。李家有个姑娘,和小王年貌相当,也是高小毕业。这表姐就想给小姑子和表弟撮合撮合,写信来让小王寄张照片去。照片寄到了,李家姑娘看了,不满意。恰好李家姑娘的一个同学陈家姑娘来串门,她看了照片,对小王的表姐说:"晓得人家要俺们不要?"表姐跟陈家姑娘要了一张照片,寄给小王,小王满意。后来表姐带了陈家姑娘到农科所来,两人当面相了一相,事情就算定了。农村的婚姻,往往就是这样简单,不像城里人有逛公园、轧马路、看电影、写情书这一套。

陈家姑娘的照片我们都见过,挺好看的,大眼睛,两条大辫子。

小王收到的信是表姐寄来的,催他办事。说人家姑娘一天一天大了,等不起。那意思是说,过了春节,再拖下去,恐怕就要吹。

小王发愁的是:春节他还办不成事!柴沟堡一带办喜事倒不尚铺张,但是一床里面三新的盖窝,一套花直贡呢的棉衣,一身灯芯绒裤袄、绒衣绒裤、皮鞋、球鞋、尼龙袜子……总是要有的。陈家姑娘没有额外提什么要求,只希望要一枚金星牌钢笔。这条件提得不俗,小王倒因此很喜欢。小王已经作了长期的储备,可是算来算去还差五六十块钱。

老乔看完信,说:

"就这个事吗?值得把你愁得直眉瞪眼的!叫老汪给你拿二十,我给你拿二十!"

老刘说:"我给你拿上十块!现在就给!"说着从红布肚兜里就摸出一张十圆的新票子。

问题解决了,小王高兴了,活泼起来了。

于是接着瞎聊。

从云南的鸡枞聊到内蒙的口蘑。说到口蘑,老刘可是个专家。黑片蘑、白蘑、鸡腿子、青腿子……

"过了正蓝旗,捡口蘑都是赶了个驴车去。一天能捡一车!"

不知怎么又说到独石口。老刘说他走过的地方没有比独石口再冷的了,那是个风窝。

"独石口我住过,冷!"老乔说,"那年我们在独石口吃了一洞子羊。"

"一洞子羊?"小王很有兴趣了。

"风太大了,公路边有一个涵洞,去避一会风吧。一看,涵洞里白糊糊的,都是羊。不知道是谁的羊,大概是被风赶到这里的,挤在涵洞里,全冻死了。这倒好,这是个天然冷藏库!俺们想吃,就进去拖一只,吃了整整一个冬天!"

老刘说:"肥羊肉炖口蘑,那叫香!四家子的莜面,比白面还白。坝上是个好地方。"

话题转到了坝上。老乔、老刘轮流说,我和小王听着。

老乔说:坝上地广人稀,只要收一季莜麦,吃不完。过去山东人到口外打把势卖艺,不收钱。散了场子,拿一个大海碗挨家要莜面,"给!"一给就是一海碗。说坝上没果子。怀来人赶一个小驴车,装一车山里红到坝上,下来时驴车换成了三套大马车,车上满满地装的是莜面。坝上人都豪爽,大方。吃起肉来不是论斤,而是放开肚子吃饱。他说坝上人看见坝下人吃肉,一小碗,都奇怪:"这吃个什么劲儿呢?"他说,他们要是看见江苏人、广东人炒菜:几根油菜,两三片肉,就更会奇怪了。他还说坝上女人长得很好看。他说,都说水多的地方女人好看,坝上没水,为什么女人都长得白白净净?那么大的风沙,皮色都很好。他说他在崇礼县看过两姐妹,长得像傅全香。

傅全香是谁,老刘、小王可都不知道。

老刘说:坝上地大,风大,雪大,雹子也大。他说有一年沽源下了一场大雪,西门外的雪跟城墙一般高。也是沽源,有一年下了一场雹子,有一个雹子有马大。

"有马大?那掉在头上不砸死了?"小王不相信有这样大的雹子!

老刘还说,坝上人养鸡,没鸡窝。白天开了门,把鸡放出去。鸡到处吃草籽,到处下蛋。他们也不每天去捡。隔十天半月,挑了一副筐,到处捡蛋,捡满了算。他说坝上的山都是一个一个馒头样的平平的山包。山上没石头。有些山很奇怪,只长一样东西。有一个山叫韭菜山,一山都是韭菜;还有一座芍药山,夏天开了满满一山的芍药花……

老乔、老刘把坝上说得那样好,使小王和我都觉得这是个奇妙的、美丽的天地。

芍药山,满山开了芍药花,这是一种什么景象?

"咱们到韭菜山上掐两把韭菜,拿盐腌腌,明天蘸莜面吃吧。"小王说。

"见你的鬼!这会会有韭菜?满山大雪!——把钱收好了!"

聊天虽然有趣,终有意兴阑珊的时候。天已经很黑了,房顶上的雪一定已经堆了四五寸厚了,摊开被窝,我们该睡了。

正在这时,屋门开处,掌柜的领进三个人来。这三个人都反穿着白茬老羊皮袄,齐膝的毡疙瘩。为头是一个大高个儿,五十来岁,长方脸,戴一顶火红的狐皮帽。一个四十来岁,是个矮胖子,脸上有几颗很大的痘疤,戴一顶狗皮帽子。另一个是和小王岁数仿佛的后生,雪白的山羊头的帽子遮齐了眼睛,使他看起来像一个女孩子。——他脸色红润,眼睛太好看了!他们手里都拿着一根六道木二尺多长的短棍。虽然刚才在门外已经拍打了半天,帽子上、身上,还粘着不少雪花。

掌柜的说:"给你们作饭?——带着面了吗?"

"带着哩。"

后生解开老羊皮袄,取出一个面口袋。——他把面口袋系在腰带上,怪不道他看起来身上鼓鼓囊囊的。

"推窝窝?"

高个儿把面口袋交给掌柜的:

"不吃莜面!一天吃莜面。你给俺们到老乡家换几个粑粑头吃①。多时不吃粑粑头,想吃个粑粑头。把火弄得旺旺的,烧点水,俺们喝一口。——没酒?"

"没。"

"没咸菜?"

"没。"

"那就甜吃!"②

老刘小声跟我说:"是坝上来的。坝上人管窝窝头叫粑粑头。是赶牲口的,——赶牛的。你看他们拿的六道木的棍子。"随即,他和这三个坝上人搭唰起来:

"今天一早从张北动的身?"

"是。——这天气!"

"就你们仁?"

"还有仁。"

"那仁呢?"

"在十多里外,两头牛掉进雪窟窿里了。他们仁在往上弄。俺们把其余的牛先送到食品公司屠宰场,到店里等他们。"

"这样天气,你们还往下送牛?"

"没法子。快过年了。过年,怎么也得叫坝下人吃上一口肉!"

---

① 他们说"粑粑头","粑粑"作入声。
② 张家口一带不说"淡",说"甜"。

154

不大一会,掌柜的搞了粑粑头来了,还弄了几个腌蔓菁来。他们把粑粑头放在火里烧了一会,水开了,把烧焦的粑粑头拍打拍打,就吃喝起来。

我们的酱碗里还有一点酱,老乔就给他们送过去。

"你们那里今年年景咋样?"

"好!"高个儿回答得斩钉截铁。显然这是反话,因为痘疤脸和后生都噗嗤一声笑了。

"不是说去年你们已经过了'黄河'了?"

"过了! 那还不过!"

老乔知道他话里有话,就问:

"也是假的?"

"不假。搞了'标准田'。"

"啥叫'标准田'?"

"把几块地里打的粮算在一起。"

"其余的地?"

"不算产量。"

"坝上过'黄河'? 不用什么'科学家',我就知道,不行!"老刘用了一个很不文雅的字眼说:"过'黄河',过毬的个河吧!"

老乔向我解释:"老刘说的是对的。坝上的土层只有五寸,下面全是石头。坝上一向是广种薄收,要求单位面积产量,是主观主义。"

痘疤脸说:"就是! 俺们和公社的书记说,这产量是虚的。他人家说:有了虚的,就会带来实的。"

后生说:"还说这是:以虚带实。"

我还从来没有听说过"以虚带实"是这样的解释的。

高个儿沉重地叹了一口气:"这年月! 当官的都说谎!"

老刘接口说:"当官的说谎,老百姓遭罪!"

老乔把烟口袋递给他们：

"牲畜不错？"

"不错！也经不起胡糟践。头二年，大跃进，大炼钢铁，夜战，把牛牵到地里，杀了，在地头架起了大锅，大块大块地煮烂，大伙儿，吃！那会吃了个痛快；这会，想去吧！——他们乍咋还不来？去看看。"

高个儿说着把解开的老羊皮袄又系紧了。

痘疤脸说："我们俩去。你啦①就甭去了。"

"去！"

他们和掌柜的借了两根木杠，把我们车上的缆绳也借去了，拉开门，就走了。

听见后生在门外大声说："雪更大了！"

老刘起来解手，把地下三根六道木的棍子归在一起，上了炕，说：

"他们真辛苦！"

过了一会，又自言自语地说：

"咱们也很辛苦。"

老乔一面钻被窝，一面说：

"中国人都很辛苦啊！"

小王已经睡着了。

"过年，怎么也得叫坝下人吃上一口肉！"我老是想着大个儿的这句话，心里很感动，很久未能入睡。这是一句朴素、美丽的话。

半夜，朦朦胧胧地听到几个人轻手轻脚走进来，我睁开眼，问：

"牛弄上来了？"

高个儿轻轻地说：

---

① "你啦"是第二人称的尊称，相当于北京话的"您"，大概是"你老人家"的切音。

156

“弄上来了。把你吵醒了！睡吧！”

他们睡在对面的炕上。

第二天，我们起得很晚。醒来时，这六个赶牛的坝上人已经走了。

一九八一年五月十一日写成

郝有才趣事

　　郝有才一辈子没有什么露脸的事。也没有多少现眼的事。他是个极其普通的人，没有什么特点。要说特点，那就是他过日子特别仔细，爱打个小算盘。话说回来了，一个人过日子仔细一点，爱打个小算盘，这碍着别人什么了？为什么有些人总爱拿他的一些小事当笑话说呢？

　　他是三分队的。三分队是舞台工作队。一分队是演员队，二分队是乐队。管箱的，——大衣箱、二衣箱、旗包箱，梳头的，检场的……这都归三分队。郝有才没有坐过科，拜过师，是个"外行"，什么都不会，他只会装车、卸车、搬布景、挂吊杆，干一点杂活。这些活，看看就会，没有三天力巴。三分队的都是"苦哈哈"，他们的工资都比较低。不像演员里的"好角"，一月能拿二百多、三百。也不像乐队里的名琴师、打鼓佬，一月也能拿一百八九。他们每月都只有几十块钱。"开支"的时候，工资袋里薄薄的一叠，数起来很省事。他们的家累也都比较重，孩子多。因此，三分队的过日子都比较简省，郝有才是其尤甚者。

　　他们家的饭食很简单。不过能够吃饱。一年难得吃几次鱼，都是带鱼，熬一大盆，一家子吃一顿。他们家的孩子没有吃过虾。至于螃蟹，更不知道是什么滋味了。中午饭有什么吃什么，窝头、贴饼子、烙饼、馒头、米饭。有时也蒸几屉包子，菠菜馅的、韭菜馅的、茴香馅的，肉少菜多。这样可以变变花样，也省粮食。晚饭一般是吃面。炸酱面、麻酱面。茄子便宜的时候，茄子打卤。扁豆老了的时候，焖扁豆面，——扁豆焖熟了，把面往锅里一下，一翻个儿，得！吃面浇什么，不论，但是必须得有蒜。"吃面不就蒜，好比杀人不见血！"他吃的蒜也都是紫皮大瓣。"青皮萝卜紫皮蒜，抬头的老婆低头的汉，这是上讲的！"他的蒜都是很磁棒，很鼓立的，一头是一头，上得了画，能拿到展览会上去展览。每一头都是他精心挑选过，挨着个儿用手捏过的。

不但是蒜，他们家吃的菜也都是经他精心挑选的。他每天中午、晚晌下班，顺便买菜。从剧团到他们家共有七家菜摊，经过每一个菜摊，他都要下车——他骑车，问问价，看看菜的成色。七家都考察完了，然后决定买哪一家的，再骑车翻回去选购。卖菜的约完了，他都要再复一次秤，——他的自行车后架上随时带着一杆小秤。他买菜回来，邻居见了他买的菜都羡慕："你瞧有才买的这菜，又水灵，又便宜！"郝有才骗腿下车，说："货买三家不吃亏，——您得挑！"

郝有才干了一件稀罕事。他对他们家附近的烧饼、焦圈作了一次周密的调查研究。他早点爱吃个芝麻烧饼夹焦圈。他家在西河沿。他曾骑车西至牛街，东至珠市口，把这段路上每家卖烧饼焦圈的铺子都走遍，每一家买两个烧饼、两个焦圈，回家用戥子一一约过。经过细品，得出结论：以陕西巷口大庆和的质量最高。烧饼分量足，焦圈炸得透。他把这结论公之于众，并买了几套大庆和的烧饼焦圈，请大家品尝。大家嚼食之后，一致同意他的结论。于是纷纷托他代买。他也乐于跑这个小腿。好在西河沿离陕西巷不远，骑车十分钟就到了。他的这一番调查给大家留下深刻印象，因为别人都没有想到。

剧团外出，他不吃团里的食堂。每次都是烙了几十张烙饼，用包袱皮一包，带着。另外带了好些卤虾酱、韭菜花、臭豆腐、秦椒糊、豆儿酱、芥菜疙瘩、小酱萝卜，瓶瓶罐罐，丁令当啷。他就用这些小菜就干烙饼。一到烙饼吃完，他就想家了，想北京，想北京的"吃儿"。他说，在北京，哪怕就是虾米皮熬白菜，也比外地的香。"为什么呢？因为，——五味神在北京！""五味神"是什么神？至今尚未有人考证过，不见于载籍。

他抽烟，抽烟袋，关东。他对于烟叶，要算个行家。什么黑龙江的亚布利、吉林的交河烟、易县小叶乃至云南烤烟，他只要看看，捏一撮闻闻，准能说出个子午卯酉。不过他一般不上烟铺买烟，他遛烟摊。这摊上的烟叶子厚不厚，口劲强不强，是不是"灰白火亮"，他老远地一眼就能瞧出来。卖烟的耍的"手彩"别想瞒过他。什么"插翎儿"、"洒药"，全都逃不过他的眼睛。"几捆烟摆在地下，你一瞧，色气好，叶儿挺厚实，拐子不多，不赖！卖烟的打一捆里，噌——抽出了一根：'尝尝！尝尝！'你揉一揉往烟袋里一摁，点火，抽！真不赖，'满口烟'，喷香！其实他这几捆里就这一根是好的，是插进去的，——卖烟的知道。你再抽抽别的叶子，不是这个味儿了！——这为'插翎'。要说，这个'侃儿'①起得挺有个意思，烟叶可不有点像鸟的翎毛么？还有一种，归'洒药'。地下一堆碎烟叶。你来了，卖烟的抢过你的烟袋：'来一袋，尝尝！试试！'给你装了一袋，一抽：真好！其实这一袋，是他一转身的那工夫，从怀里掏出来给你装上的，——这是好烟。你就买吧！买了一包，地下的，一抽，咳！——屁烟！——'洒药'！"

他爱喝一口酒。不多，最多二两。他在家不喝。家里不预备酒，免得老想喝。在小铺里喝。不就菜，抽关东烟就酒。这有个名

---

① 侃儿即行话，甚至可说是"黑话"。

目,叫做"云彩酒"。

他爱逛寄卖行。他家大人孩子们的鞋、袜、手套、帽子,都是处理品。剧团外出,他爱逛商店,遛地摊,买"俏货"。他买的俏货都不是什么贵重东西。凉席、雨伞、马莲根的炊帚、铁丝笊篱……他买俏货,也有吃亏上当的时候。有一次,他从汉口买了一套套盆,——绿釉的陶盆,一个套着一个,一套五个,外面最大的可以洗被窝,里面最小的可以和面。他就像收藏家买了一张唐伯虎的画似的,高兴得不得了。费了半天劲,才把这套宝贝弄上车。不想到了北京,出了前门火车站,对面一家山货店里就有,东西和他买的一样,价钱比汉口便宜。他一气之下,恨不能把这套套盆摔碎了。——当然没有,他还是咬着嘴唇把这几十斤重的东西背回去了。"郝有才千里买套盆"落下一个"哏",供剧团的很多人说笑了个把月。

说话,到了"文化大革命"。"文化大革命"乍一起来的时候,郝有才也蒙了。这是怎么回事呢?昨天还是书记、团长,三叔、二大爷,一宵的工夫,都成了走资派、"三名三高"。大字报铺天盖地。小伙子们都像"上了法",一个个杀气腾腾,瞧着都瘆得慌。大家都学会了嚷嚷。平日言迟语拙的人忽然都长了口才,说起话一套一套的。郝有才心想:这算哪一出呢?渐渐地他心里踏实了。他知道"革命"革不到他头上。他头一回知道:三分队的都是红五类——工人阶级。各战斗组都拉他们。三分队的队员顿时身价十倍。有的人趾高气扬,走进走出都把头抬得很高。他们原来是人下人,现在翻身了!也有老实巴交的,还跟原来一样,每天上班,抽烟喝水,低头听会。郝有才基本上属于后一类。他也参加大批判,大辩论,跟着喊口号,叫"打倒",但是他没有动手打过人,往谁脸上啐过唾沫,给谁嘴里抹过浆糊。他心里想:干嘛呀,有朝一日,还要见面。只有一件事少不了他。造反派上谁家抄家时总得叫上他，让他蹬平板三轮，去拉抄出来的"四旧"。他翻翻抄出来的东西，不免生一点感慨：真有好东西呀！

没多久，派来了军、工宣队，搞大联合，成立了革命委员会。

又没多久，这个团被指定为样板团。

样板团有什么好处？——好处多了！

样板团吃样板饭。炊事班每天变着样给大伙做好吃的。番茄焖牛肉、香酥鸡、糖醋鱼、包饺子、炸油饼……郝有才觉得天天过年。肚子里油水足，他胖了。

样板团发样板服。每年两套的确良制服，一套深灰，一套浅灰。穿得仔细一点，一年可以不用添置衣裳。——三分队还有工作服。到了冬天，还发一件棉军大衣。领大衣时，郝有才闹了一点小笑话。

棉大衣共有三个号：一号、二号、三号——大、中、小。一般身材，穿二号。矮小一点的，三号就行了。能穿一号的，全团没有几个。三分队的队长拿了一张表格，叫大家报自己的大衣号，好汇总了报上去。到了郝有才，他要求登记一件一号的。队长愣了："你多高？"——"一米六二。"——"那你要一号的？你穿三号的！——你穿上一号的像什么样子，那不成了道袍啦？"——"一号的，一号的！您给我登一件一号的！劳您驾！劳您驾！"队长纳了闷了，问他："你这是什么意思？"他说了实话："我拿回去，改改。下摆铰下来，能缝一副手套。"——"呸！什么人呐！全团有你这样的吗？领一件大衣，还饶一副手套！亏你想得出来！"队长把这事汇报了上去，军代表把他叫去训了一通。到底还是给他登记了一件三号的。

郝有才干了一件不大露脸的事，拿了人家五个羊蹄。他到一家回民食堂挑了五个羊蹄，趁着人多，售货员没注意，拿了就走，——没给钱。不想售货员早注意上他了，一把拽住："你给钱了吗?"——"给啦!"——"给了多少? 我还没约呐,你就给了钱啦?"——"我现在给!"——"现在给? ——晚啦!"旁边围了一圈人,都说:"真不像话!""还是样板团的哪!"(他穿着样板服哪。)售货员非把他拉到公安局去不可。公安局的人一看,就五个羊蹄,事不大,就说:"你写个检查吧!"——"写不了! 我不认字。"公安局给剧团打了个电话,让剧团把他领回去。

军、工宣队研究了一下,觉得问题不大,影响不好,决定开一个小会,在队里批评批评他。

会上发言很热烈,每个人都说了。有人念了好几段毛主席语录。有一位能看"三列国"①的管箱的师傅掏出一本《雷锋日记》,念了好几篇,说:"你瞧人家雷锋,风格多高。你瞧你,什么风格! ——你简直的没有格! 你好好找找差距吧! 拿人家五个羊蹄。五个羊蹄,能值多少钱! 你这么大的人了! 小孩子也干不出这种事来! 哎哟哎哟,你叫我说你什么好噢! 我都替你寒碜。"军代表参加了这次会,看大家发言差不多了,就说:"郝有才,你也说说。"

"说说。我这叫'爱小',贪小便宜。贪小便宜吃大亏呀! 我怎么会贪小便宜? 我打小就穷。我爸死得早,我妈是换取灯的②……"

军代表不知道什么是"换取灯的",旁边有人给他解释半天,军代表明白了,"哦。"

"我打小什么都干过。拣煤核,打执事③……"

---

① 《三国演义》及《东周列国志》,合称"三列国"。凡能读"三列国"的,在戏班里即为有学问的圣人。
② 取灯即早先的火柴。换取灯的即收破烂的。收得破烂,或以取灯偿值,也有给钱的。
③ 执事是出殡和迎亲的仪仗,金瓜斧钺朝天凳,旗锣伞扇……出殡则有幡、雪柳。打执事的都是穷人家的孩子。打一回执事,所得够一顿饭钱。

什么是打执事，军代表也不懂，又得给他解释半天。

"哦。"

"后来，我拉排子车，——拉小绊，我力气小，驾不了辕，只能拉小绊。

"有一回，大夏天，我发了痧，死过去了。也不知是哪位好心的，把我搭在前门门洞里。我醒过来了，瞅着瓮券上的城砖：'我这是在哪儿呐？'……"

三分队的出身都比较苦，类似的经历，他们也都有过，听了心里都有点难受，有人眼圈都红了。

"后来，我拉了两年洋车。

"后来，给陈××拉包月。"陈××是个名演员，唱老生的。

"拉包月，倒不累。除了拉大爷上馆子——"

"上馆子？陈××爱吃馆子？"军代表不明白。

又得给他解释："上馆子就是上剧场。"

"除了拉大爷上馆子，就是拉大奶奶上东安市场买买东西。"

军代表听到"大爷、大奶奶"，觉得很不舒服，就打断了他："不要说'大爷'、'大奶奶'。"

"对！他是老板，我是拉车的。我跟他是两路人。除了，……咳，陈××爱吃红菜汤，他老让我到大地餐厅去给他端红菜汤。放在车上给他拉回来。我拉车、拉人，还拉红菜汤，你说这叫什么事！"

军代表听着，不知道他要说到哪里去，就又打断了他："不要扯得太远，不要离题，说说你对自己的错误的认识。"

"对，说认识。我这就要回到本题上来了。好容易，解放了，我参加了剧团。剧团改国营，我每月有了准收入，冻不着，饿不死了。这都亏了共产党呀！——中国共产党万岁！"

他抽不冷子来了这么一句，大伙不能不举起手来跟着他喊：

"中国共产党万岁！"

"这以后，剧团归为样板团，咱们是一步登天哪！'板儿饭'，'板儿服'，真是没的说！可我居然干出这种丢人现眼的事，我给样板团抹了黑。我对得起谁？你们说：我对得起谁？嗯？……"

他问得理直气壮，简直有点咄咄逼人。

军代表觉得他再也说不出什么了，就做了简短的结论：

"郝有才同志的检查不够深刻。不过态度还是好的，也有沉痛感，一个人犯了错误，不要紧，只要改正了就好。对于犯错误的同志，我们不应该歧视他，轻视他，而是要热情地帮助他。"接着又说："对于任何人，都要一分为二。比如郝有才同志，他有缺点，爱打个小算盘。他也有优点嘛！比如，他每天给大家打开水，这就是优点。这也是为人民服务嘛！希望他今后能发扬优点，克服缺点，做一名无愧于样板团称号的文艺战士！"

会就开到了这里。

过了没多久，郝有才可干了一件十分露脸的事。他早起上班打开水，上楼梯的时候绊了一下，暖壶碰在栏干上，"砰！"把一个暖壶胆瓻①了。暖壶胆瓻了，照例是可以拿到总务科去领一个的。郝有才不知怎么一想，他没去总务科去领，自己掏钱，到菜市口配了一个。——而且没有告诉任何人。不过人们还是知道了，大家传开了："有才这回干了一件漂亮事！"——"他这样的人，干出这样的事，尤其难得！"见了他，都说："有才！好样儿的！"——"有才！你这进步可是不小哇！——我简直都不敢相信。"郝有才觉得美不滋儿的。

军、工宣队知道了，也都认为这是他们的思想工作的成果。事情不大，意义不小，于是决定让他在全团大会上作一次讲用。

---

① 瓻 cèi，北京土话，打碎了的意思。

要他讲用，可是有点困难。他不认字，不能写讲稿。让别人替他写讲稿也不成，他念不下来。只好凭他用口讲。军代表把他叫去，启发了半天，让他讲讲自己的活思想，——当时是怎么想的，怎样让公字占领了自己的思想，克服了私心，最好能引用两段毛主席语录。军代表心想，他虽不识字，可是大家整天念语录，他听也应该听会几段了。

那天讲用一共三个人。前面两个，都讲得不错，博得全场掌声。第三个是郝有才。郝有才上了台，向毛主席像行了一个礼，然后转过身来，大声地说：

"毛主席教导我们说：瓶了就瓶了！"

大家先是一愣，接着都忍不住哈哈大笑起来。主持会议的军代表原来还绷着，终于憋不住，随着大家一同哈哈大笑。他一边大笑，一边挥手："散会！"

虐　猫

　　李小斌、顾小勤、张小涌、徐小进都住在九号楼七门。他们从小一块长大,在一个幼儿园,又读一个小学,都是三年级。李小斌的爸爸是走资派。顾小勤、张小涌、徐小进家里大人都是造反派。顾小勤、张小涌、徐小进不管这些,还是跟李小斌一块玩。

　　没有人管他们了,他们就瞎玩。捞蛤蟆骨朵,粘知了。砸学校的窗户玻璃,用弹弓打老师的后脑勺。看大辩论,看武斗,看斗走资派,看走资派戴高帽子游街。李小斌的爸爸游街,他们也跟着看了好长一段路。

　　后来,他们玩猫。他们玩过很多猫:黑猫、白猫、狸猫、狮子玳瑁猫(身上有黄白黑三种颜色)、乌云盖雪(黑背白肚)、铁棒打三桃(白身子,黑尾巴,脑袋顶上有三块黑)……李小斌的姥姥从前爱养猫。这些猫的名堂是姥姥告诉他的。

　　他们捉住一只猫,玩死了拉倒。

　　李小斌起初不同意他们把猫弄死。他说:一只猫,七条命,姥姥告诉他的。

　　"去你一边去!什么'一只猫七条命'!一个人才一条命!"

　　后来李小斌也不反对了,跟他们一块到处逮猫,一块玩。

　　他们把猫的胡子剪了,猫就不停地打喷嚏。

他们给猫尾巴上拴一挂鞭炮,点着了。猫就没命地乱跑。

他们想出了一种很新鲜的玩法:找了四个药瓶子的盖,用乳胶把猫爪子粘在瓶盖子里。猫一走,一滑;一走,一滑。猫难受,他们高兴极了。

后来,他们想出了一种很简单的玩法:把猫从六楼的阳台上扔下来。猫在空中惨叫。他们拍手,大笑。猫摔到地下,死了。

他们又抓住一只大花猫,用绳子拴着往家里拖。他们又要从六楼扔猫了。

出了什么事?九楼七门前面围了一圈人:李小斌的爸爸从六楼上跳下来了。

来了一辆救护车,把李小斌的爸爸拉走了。

李小斌、顾小勤、张小涌、徐小进没有把大花猫从六楼上往下扔,他们把猫放了。

蛐　蛐

宣德年间,宫里兴起了斗蛐蛐。蛐蛐都是从民间征来的。这玩意陕西本不出。有那么一位华阴县令,想拍拍上官的马屁,进了一只。试斗了一次,不错,贡到宫里。打这儿起,传下旨意,责令华阴县年年往宫里送。县令把这项差事交给里正。里正哪里去弄到蛐蛐?只有花钱买。地方上有一些不务正业的混混,弄到好蛐蛐,养在金丝笼里,价钱抬得很高。有的里正,和衙役勾结在一起,借了这个名目,挨家挨户,按人口摊派。上面要一只蛐蛐,常常害得几户人家倾家荡产。蛐蛐难找,里正难当。

有个叫成名的,是个童生,多年也没有考上秀才。为人很迂,不会讲话。衙役瞧他老实,就把他报充了里正。成名托人情,送蒲包,磕头,作揖,不得脱身。县里接送往来官员,办酒席,敛程仪,要民夫,要马草,都朝里正说话。不到一年的工夫,成名的几亩薄产都赔进去了。一出暑伏,按每年惯例,该征蛐蛐了。成名不敢挨户摊派,自己又实在变卖不出这笔钱。每天烦闷忧愁,唉声叹气,跟老伴说:“我想死的心都有。”老伴说:“死,管用吗?买不起,自己捉!说不定能把这项差事应付过去。”成名说:“是个办法。”于是提了竹筒,拿着蛐蛐罩,破墙根底下,烂砖头堆里,草丛里,石头缝里,到处翻,找。清早出门,半夜回家。鞋磨破了,肐膝盖磨穿了,手上、脸上,叫葛针拉出好些血道道,无济于事。即使捕得三两只,又小又弱,不够分量,不上品。县令限期追比,交不上蛐蛐,二十板子。十多天下来,成名挨了百十板,两条腿脓血淋漓,没有一块好肉了。走都不能走,哪能再捉蛐蛐呢?躺在床上,翻来覆去:除了自尽,别无他法。

迷迷糊糊做了一个梦。梦见一座庙,庙后小山下怪石乱卧,荆棘丛生,有一只"青麻头"伏着。旁边有一只癞蛤蟆,将蹦未蹦。醒来想想:这是什么地方? 猛然省悟:这不是村东头的大佛阁么? 他小时候逃学,曾到那一带玩过。这梦有准么? 那里真会有一只好蛐蛐? 管它的! 去碰碰运气。于是挣扎起来,拄着拐杖,往村东去。到了大佛阁后,一带都是古坟,顺着古坟走,蹲着伏着一块一块怪石,就跟梦里所见的一样。是这儿?——像! 于是在蒿莱草莽之间,轻手轻脚,侧耳细听,凝神细看,听力目力都用尽了,然而听不到蛐蛐叫,看不见蛐蛐影子。忽然,蹦出一只癞蛤蟆。成名一愣,赶紧追! 癞蛤蟆钻进了草丛。顺着方向,拨开草丛:一只蛐蛐在荆棘根旁伏着。快扑! 蛐蛐跳进了石穴。用尖草撩它,不出来;用随身带着的竹筒里的水灌,这才出来。好模样! 蛐蛐蹦,成名追。罩住了! 细看看:个头大,尾巴长,青脖子,金翅膀。大叫一声:"这可好了!"一阵欢喜,腿上棒伤也似轻松了一些。提着蛐蛐笼,快步回家。举家庆贺,老伴破例给成名打了二两酒。家里有蛐蛐罐,垫上点过了箩的细土,把宝贝养在里面。蛐蛐爱吃什么? 栗子、菱角、螃蟹肉。买! 净等着到了期限,好见官交差。这可好了:不会再挨板子,剩下的房产田地也能保住了。蛐蛐在罐里叫哩,嘿嘿嘿嘿……

成名有个儿子,小名叫黑子,九岁了,非常淘气。上树掏鸟窝蛋,下河捉水蛇,飞砖打恶狗,爱捅马蜂窝。性子倔,爱打架。比他大几岁的孩子也都怕他,因为他打起架来拼命,拳打脚踢带牙咬。

三天两头,有街坊邻居来告"妈妈状"。成名夫妻,就这么一个儿子,只能老给街坊们赔不是,不忍心重棒打他。成名得了这只救命蛐蛐,再三告诫黑子:"不许揭开蛐蛐罐,不许看,千万千万!"

不说还好,说了,黑子还非看看不可。他瞅着父亲不在家,偷偷揭开蛐蛐罐。腾!——蛐蛐蹦出罐外,黑子伸手一扑,用力过猛,蛐蛐大腿折了,肚子破了——死了。黑子知道闯了大祸,哭着告诉妈妈。妈妈一听,脸色煞白:"你个孽障!你甭想活了!你爹回来,看他怎么跟你算账!"黑子哭着走了。成名回来,老伴把事情一说,成名掉在冰窟窿里了。半天,说:"他在哪儿?"找。到处找遍了,没有。做妈的忽然心里一震:莫非是跳了井了?扶着井栏一看,有个孩子。请街坊帮忙,把黑子捞上来,已经死了。这时候顾不上生气,只觉得悲痛。夫妻二人,傻了一样。傻坐着,你看看我,我看看你,找不到一句话。这天他们家烟筒没冒烟,哪里还有心思吃饭呢。天黑了,把儿子抱起来,准备用一张草席卷卷埋了。摸摸胸口,还有点温和;探探鼻子,还有气。先放到床上再说吧。半夜里,黑子醒过来了,睁开了眼。夫妻二人稍得安慰。只是眼神发呆。睁眼片刻,又合上眼,昏昏沉沉地睡了。

蛐蛐死了,儿子这样。成名瞪着眼睛到天亮。

天亮了,忽然听到门外蛐蛐叫,成名跳起来,远远一看,是一只蛐蛐。心里高兴,捉它!蛐蛐叫了一声:嚯,跳走了,跳得很快。追。用手掌一捂,好像什么也没有,空的。手才举起,又分明在,跳得老远。急忙追,折过墙角,不见了。四面看看,蛐蛐伏在墙上。细一看,个头不大,黑红黑红的。成名看它小,瞧不上眼。墙上的小蛐蛐,忽然落在他的袖口上。看看:小虽小,形状特别,像一只土狗子,梅花翅,方脑袋,好像不赖。将就吧。右手轻轻捏住蛐蛐,放在左手掌里,两手相合,带回家里。心想拿它交差,又怕县令看不中,心里没底,就想试着斗一斗,看看行不行。村里有个小伙子,是个玩家，走狗斗鸡，提笼架鸟，样样在行。他养着一只蛐蛐，自名"蟹壳青"，每天找一些少年子弟斗，百战百胜。他把这只"蟹壳青"居为奇货，索价很高，也没人买得起。有人传出来，说成名得了一只蛐蛐，这小伙子就到成家拜访，要看看蛐蛐。一看，捂着嘴笑了：这也叫蛐蛐！于是打开自己的蛐蛐罐，把蛐蛐赶进"过笼"里，放进斗盆。成名一看，这只蛐蛐大得像一只油葫芦，就含糊了，不敢把自己的拿出来。小伙子存心看个笑话，再三说："玩玩嘛，咱又不赌输赢。"成名一想，反正养这么只孬玩意也没啥用，逗个乐！于是把黑蛐蛐也放进斗盆。小蛐蛐趴着不动，蔫哩巴唧，小伙子又大笑。使猪鬃撩拨它的须须，还是不动。小伙子又大笑。撩它，再撩它！黑蛐蛐忽然暴怒，后腿一挺，直窜过来。俩蛐蛐这就斗开了，冲、撞、腾、击，劈里卜碌直响。忽见小蛐蛐跳起来，伸开须须，翘起尾巴，张开大牙，一下子钳住大蛐蛐的脖子。大蛐蛐脖子破了，直流水。小伙子赶紧把自己的蛐蛐装进过笼，说："这小家伙真玩命呀！"小蛐蛐摆动着须须，"喔喔，喔喔"，扬扬得意。成名也没想到。他和小伙子正在端详这只黑红黑红的小蛐蛐，他们家的一只大公鸡斜着眼睛过来，上去就是一嘴。成名大叫了一声："啊呀！"幸好，公鸡没啄着，蛐蛐蹦出了一尺多远。公鸡一啄不中，撒腿紧追。眨眼之间，蛐蛐已经在鸡爪子底下了。成名急得不知怎么好，只是跺脚，再一看，公鸡伸长了脖子乱甩。唔？走近了一看，只见蛐蛐叮在鸡冠上，死死咬住不放。公鸡羽毛扎撒，双脚挣蹦。成名惊喜，把蛐蛐捏起来，放进笼里。

第二天，上堂交差。县太爷一看：这么个小东西，大怒："这，你不是糊弄我吗！"成名细说这只蛐蛐怎么怎么好。县令不信，叫衙役弄几只蛐蛐来试试。果然，都不是对手。又叫抱一只公鸡来，一斗，公鸡也败了。县令吩咐，专人送到巡抚衙门。巡抚大为高兴，打了一只金笼子，又命师爷连夜写了一通奏折，详详细细表叙

172

了黑蛐蛐的能耐,把蛐蛐献进宫中。宫里的有名有姓的蛐蛐多了,都是各省进贡来的。什么"蝴蝶"、"螳螂"、"油利挞"、"青丝额"……黑蛐蛐跟这些"名将"斗了一圈,没有一只,能经得三个回合,全都不死带伤望风而逃。皇上龙颜大悦,下御诏,赐给巡抚名马衣缎。巡抚饮水思源,到了考核的时候,给华阴县评了一个"卓异",就是说该县令的政绩非比寻常。县令也是个有良心的,想起他的前程都是打成名那儿来的,于是免了成名里正的差役;又嘱咐县学的教谕,让成名进了学,成了秀才,有了功名,不再是童生了;还赏了成名几十两银子,让他把赔累进去的薄产赎回来。成名夫妻,说不尽的欢喜。

只是他们的儿子一直是昏昏沉沉地躺着,不言不语,不吃不喝,不死不活,这可怎么了呢?

树叶黄了,树叶落了,秋深了。

一天夜里,成名夫妻做了一个同样的梦,梦见了他们的儿子黑子。黑子说:

"我是黑子。就是那只黑蛐蛐。蛐蛐是我。我变的。

"我拍死了'青麻头',闯了祸。我就想:不如我变一只蛐蛐吧。我就变成了一只蛐蛐。

"我爱打架。

"我打架总要打赢。谁我也不怕。

"我一定要打赢。打赢了,爹就可以不当里正,不挨板子。我九岁了,懂事了。

"我跟别的蛐蛐打,我想:我一定要打赢,为了我爹,我妈。我拼命。蛐蛐也怕蛐蛐拼命。它们就都怕。

"我打败了所有的蛐蛐! 我很厉害!

"我想变回来。变不回来了。

"那也好。我活了一秋。我赢了。

"明天就是霜降,我的时候到了。

"我走了。你们不要想我。——没用。"

第二天一早,黑子死了。

一个消息从宫里传到省里,省里传到县里:那只黑蛐蛐死了。

一九八七年九月二十日爱荷华

金 冬 心

召应博学鸿词杭郡金农字寿门别号冬心先生、稽留山民、龙梭仙客、苏伐罗吉苏伐罗,早上起来觉得很无聊。

他刚从杭州扫墓回来。给祖坟加了加土,吩咐族侄把聚族而居的老宅子修理修理,花了一笔钱。杭州官员馈赠的程仪殊不丰厚,倒是送了不少花雕和莼菜,坛坛罐罐,装了半船。装莼菜的磁罐子里多一半是西湖水。我能够老是饮花雕酒喝莼菜汤过日脚么?开玩笑!

他是昨天日落酉时回扬州的。刚一进门,洗了脸,给他装裱字画、收拾图书的陈聋子就告诉他:袁子才把十张灯退回来了。是托李馥馨茶叶庄的船带回来的。附有一封信。另外还有十套《随园诗话》。金冬心当时哼了一声。

去年秋后,来求冬心先生写字画画的不多,他又买了两块大砚台,一块红丝碧端,一块蕉叶白,手头就有些紧。进了腊月,他忽然想起一个主意:叫陈聋子用乌木做了十张方灯的架子,四面由他自己书画。自以为这主意很别致。他知道他的字画在扬州实在不大卖得动了,——太多了,几乎家家都有。过了正月初六,就叫陈聋子搭了李馥馨的船到南京找袁子才,托他代卖。凭子才的面子,他在南京的交往,估计不难推销出去。他希望一张卖五十两。少说,

175

也能卖二十两。不说别的，单是乌木灯架，也值个三两二两的。那么，不无小补。

袁子才在小仓山房接见了陈聋子，很殷勤地询问了冬心先生的起居，最近又有什么轰动一时的诗文，说："灯是好灯！诗、书、画，可称三绝。先放在我这里吧。"

金冬心原以为过了元宵，袁子才就会兑了银子来。不想过了清明，还没有消息。

现在，退回来了！

袁枚的信写得很有风致："……金陵人只解吃鸭脯，光天白日，尚无目识字画，安能于灯光烛影中别其媸妍耶？……"

这个老奸巨猾！不帮我卖灯，倒给我弄来十部《诗话》，让我替他向扬州的鹾贾打秋风！——俗！

晚上吃了一碗鸡丝面，早早就睡了。

今天一起来，很无聊。

喝了几杯苏州新到的碧萝春，念了两遍《金刚经》，趿着鞋，到小花圃里看了看。宝珠山茶开得正好，含笑也都有了骨朵了。然而提不起多大兴致。他惦记着那十盆兰花。他去杭州之前，瞿家花园新从福建运到十盆素心兰。那样大的一盆，每盆不愁有百十个箭子！索价五两一盆，不贵！要是袁子才替他把灯卖出去，这十盆建兰就会摆在他的小花圃苇棚下的石条上。这样的兰花，除了冬心先生，谁配？然而……

他踱回书斋里，把袁枚的信摊开又看了一遍，觉得袁枚的字很讨厌，而且从字里行间嚼出一点挖苦的意味。他想起陈聋子描绘的随园：有几棵柳树，几块石头，有一个半干的水池子，池子边种了十来棵木芙蓉，到处是草，草里有蜈蚣……这样一个破园子，会是江宁织造的大观园么？可笑！① 此人惯会吹牛，装模作样！他顺手把《随园诗话》打开翻了几页，到处是倚人自重，借别人的赏识，为自己吹嘘。有的诗，还算清新，然而，小聪明而已。正如此公自道："诗被人嫌只为多"！再看看标举的那些某夫人、某太夫人的诗，都不见佳。哈哈，竟然对毕秋帆也揄扬了一通！毕秋帆是什么？——商人耳！郑板桥对袁子才曾作过一句总评，说他是"斯文走狗"，不为过分！

他觉得心里痛快了一点，——不过，还是无聊。

他把陈聋子叫来，问问这些天有什么函件简帖。陈聋子捧出了一叠。金冬心拆看了几封，都没有什么意思，问："还有没有？"

陈聋子把脑门子一拍，说："有！——我差一点忘了，我把它单独放在拜匣里了：程雪门有一张请帖，来了三天了！"

"程雪门？"

"对对对！请你陪客。"

"请谁？"

"铁大人。"

"哪个铁大人？"

"新放的两淮盐务道铁保珊铁大人。"

"几时？"

"今天！中饭！平山堂！"

"你多误事！——去把帖子给我拿来！——去订一顶轿子！——你真是！——快去！——哎哟！"

金冬心开始觉得今天有点意思了。

等着催请了两次，到第三次催请时，冬心先生换了衣履，坐上

---

① 袁枚曾说大观园就是他的随园。

轿子,直奔平山堂。

程雪门是扬州一号大盐商,今天宴请新任盐务道,非比寻常!果然,等金冬心下了轿,往平山堂一看,只见扬州的名流显贵都已到齐。藩臬二司,河工漕运、当地耆绅、清客名士,济济一堂。花翎补服,辉煌耀眼;轻衣缓带,意态萧闲。程雪门已在正面榻座上陪着铁保珊说话,一眼看见金冬心来了,站起身来,铁保珊早抢步迎了出来。

"冬心先生!久仰!久仰得很哪!"

"岂敢岂敢!臣本布衣,幸瞻丰采!铁大人从都里来,一路风霜,辛苦了!"

"请!"

"请!请!"

铁保珊拉了金冬心入座。程雪门道了一声"得罪!"自去应酬别的客人。大家只见铁保珊倾侧着身子和金冬心谈得十分投机,金冬心不时点头拊掌,不知他们谈些什么,不免悄悄议论。

"雪门今天请金冬心来陪铁保珊,好大的面子!"

"听说是铁保珊指名要见的。"

"金冬心这时候才来,架子搭得不小!"

"看来他的字画行情要涨!"

稍顷宴齐,更衣入席。平山堂中,雁翅般摆开了五桌。正中一桌,首座自然是铁保珊。次座是金冬心。金冬心再三谦让,铁保珊一把把他按得坐下,说:"你再谦,大家就不好坐了!"金冬心只得从命。程雪门在这桌的主座上陪着。

今天的酒席很清淡。铁大人接连吃了几天满汉全席,实在是没有胃口,接到请帖,说:"请我,我到!可是我只想喝一碗晚米稀粥,就一碟香油拌疙瘩丝!"程雪门说一定照办。按扬州请客的规矩,菜单曾请铁保珊过了目。凉碟是金华竹叶腿、宁波瓦楞明蚶、黑龙江熏鹿脯、四川叙府糟蛋、兴化醉蛏鼻、东台醉泥螺、阳澄湖醉蟹、糟鹌鹑、糟鸭舌、高邮双黄鸭蛋、界首茶干拌荠菜、凉拌枸杞头……热菜也只是蟹白烧乌青菜、鸭肝泥酿淮山药、鲫鱼脑烩豆腐、烩青腿子口蘑、烧鹅掌。甲鱼只用裙边。鲥花鱼不用整条的，只取两块嘴后鳃边眼下蒜瓣肉。砗螯只取两块瑶柱。炒芙蓉鸡片塞牙，用大兴安岭活捕来的飞龙剁泥、鸽蛋清。烧烤不用乳猪，用果子狸。头菜不用翅唇参燕，清炖杨妃乳——新从江阴运到的河鲀鱼。铁大人听说有河鲀，说："那得有炒蒌蒿呀！——'竹外桃花两三枝，春江水暖鸭先知，蒌蒿满地芦芽短，正是河鲀欲上时'，有蒌蒿，那才配称。"有有有！随饭的炒菜也极素净：素炒蒌蒿苔、素炒金花菜、素炒豌豆苗、素炒紫芽姜、素炒马兰头、素炒凤尾——只有三片叶子的嫩莴苣尖、素烧黄芽白……铁大人听了菜单（他没有看）说是"这样好，'咬得菜根，则百事可做'。"他请金冬心过目，冬心先生说："'一箪食，一瓢饮'，侬一介寒士，无可无不可的。"

金冬心尝了尝这一桌非时非地清淡而名贵的菜肴，又想起袁子才，想起他的《随园食单》，觉得他把几味家常鱼肉说得天花乱坠，真是寒乞相，嘴角不禁浮起一丝冷笑。

酒过三巡，铁保珊提出寡饮无趣，要行一个酒令。他提出的这个酒令叫做"飞红令"，各人说一句或两句古人诗词，要有"飞、红"二字，或明嵌，或暗藏，都可以。这令不算苛。他自己先说了两句："花谢花飞飞满天，红消香断有谁怜？"有人不识出处。旁边的人提醒他："《红楼梦》！"这时正是《红楼梦》大行的时候，"开谈不说《红楼梦》，纵读诗书也枉然"，不知出处的怕露怯，连忙说："哦，《红楼梦》！《红楼梦》！"下面也有说"一片花飞减却春"的，也有说"桃花乱落如红雨"的。有的说不上来，甘愿罚酒。也有的明明说得出，为了谦抑，故意说："我诗词上有限，认罚认罚！"借以凑趣的。临了，到了程雪门。程雪门说了一句：

"柳絮飞来片片红。"

大家先是愕然，接着就哗然了：

"柳絮飞来片片红，柳絮如何是红的？"

"无是理！无是理！"

"杜撰！杜撰无疑！"

"罚酒！罚酒！"

"满上！满上！喝了！喝了！"

程雪门也不知道自己怎么会诌出这样一句不通的诗来，正在满脸紫涨，无地自容，忽听得金冬心放下杯箸，从容言道：

"诸位莫吵。雪翁此诗有出处。这是元人咏平山堂的诗，用于今日，正好对景。"他站起身来，朗吟出全诗：

> 廿四桥边廿四风，
>
> 凭栏犹忆旧江东。
>
> 夕阳返照桃花渡，
>
> 柳絮飞来片片红。

大家一听，全都击掌：

"好诗！"

"好一个'柳絮飞来片片红'！妙！妙极了！"

"如此尖新，却又合情合理，这定是元人之诗，非唐非宋！"

"到底是冬心先生！元朝人的诗，我们知道得太少，惭愧惭愧！"

"想不到程雪翁如此博学！佩服！佩服！"

程雪门哈哈大笑，连说："过奖，过奖！——菜凉了，河鲀要趁热！"

于是大家的筷子一齐奔向杨妃乳。

铁保珊拈须沉吟:这是元朝人的诗么?

金冬心真是捷才!出口成章,不动声色。快,而且,好!有意境……

第二天,一清早,程雪门派人给金冬心送来一千两银子。金冬心叫陈聋子告诉瞿家花园,把十盆建兰立刻送来。

陈聋子刚要走,金冬心叫住他:

“不忙。先把这十张灯收到厢房里去。”

陈聋子提起两张灯,金冬心又叫住他:

“把这个——搬走!”

他指的是堆在地下的《随园诗话》。

陈聋子抱起《诗话》,走出书斋,听见冬心先生骂道:

“斯文走狗!”

陈聋子心想:他这是骂谁呢?

一九八三年十月二十五日

自 报 家 门

京剧的角色出台,大都有一段相当长的独白。向观众介绍自己的历史,最近遇到什么事,他将要干什么,叫做"自报家门"。过去西方戏剧很少用这种办法。西方戏剧的第一幕往往是介绍人物,通过别人之口互相介绍出剧中人。这实在很费事。中国的"自报家门"省事得多。我采取这种办法,也是为了图省事,省得麻烦别人。

法国安妮·居里安女士打算翻译我的小说。她从波士顿要到另一个城市去,已经订好了飞机票。听说我要到波士顿,特意把机票退了,好跟我见一面。她谈了对我的小说的印象,谈得很聪明。有一点是别的评论家没有提过,我自己从来没有意识到的。她说我很多小说里都有水,《大淖记事》是这样。《受戒》写水虽不多,但充满了水的感觉。我想了想,真是这样。这是很自然的。我的家乡是一个水乡,江苏北部一个不大的城市——高邮。在运河的旁边。

运河西边,是高邮湖。城的地势低,据说运河的河底和城墙垛子一般高。我们小时候到运河堤上去玩,可以俯瞰堤下人家的屋顶。因此,常常闹水灾。县境内有很多河道。出城到乡镇,大都是坐船。农民几乎家家都有船。水不但于不自觉中成了我的一些小说的背景,并且也影响了我的小说的风格。水有时是汹涌澎湃的,但我们那里的水平常总是柔软的,平和的,静静地流着。

我是一九二〇年生的。三月五日。按阴历算,那天正好是正月十五,元宵节。这是一个吉祥的日子。中国一直很重视这个节日。到现在还是这样。到了这天,家家吃元宵,南北皆然。沾了这个光,我每年的生日都不会忘记。

我的家庭是一个旧式的地主家庭。房屋、家具、习俗,都很旧。整所住宅,只有一处叫做"花厅"的三大间是明亮的,因为朝南的一溜大窗户是安玻璃的。其余的屋子的窗格上都糊的是白纸。一直到我读高中时,晚上有的屋里点的还是豆油灯。这在全城(除了乡下)大概找不出几家。

我的祖父是清朝末科的"拔贡"。这是略高于"秀才"的功名。据说要八股文写得特别好,才能被选为"拔贡"。他有相当多的田产,大概有两三千亩田,还开着两家药店,一家布店,但是生活却很俭省。他爱喝一点酒,酒菜不过是一个咸鸭蛋,而且一个咸鸭蛋能喝两顿酒。喝了酒有时就一个人在屋里大声背唐诗。他同时又是一个免费为人医治眼疾的眼科医生。我们家看眼科是祖传的。在孙辈里他比较喜欢我。他让我闻他的鼻烟。有一回我不停地打嗝,他忽然把我叫到跟前,问我他吩咐我做的事做好了没有。我想了半天,他吩咐过我做什么事呀?我使劲地想。他哈哈大笑:"嗝不打了吧!"他说这是治打嗝的最好的办法。他教过我读《论语》,还教我写过初步的八股文,说如果在清朝,我完全可以中一个秀才(那年我才十三岁)。他赏给我一块紫色的端砚,好几本很名贵的原拓本字帖。一个封建家庭的祖父对于孙子的偏爱,也仅能表现到这个程度。

我的生母姓杨。杨家是本县的大族。在我三岁时,她就死去了。她得的是肺病,早就一个人住在一间偏屋里,和家人隔离了。

她不让人把我抱去见她。因此我对她全无印象。我只能从她的遗像（据说画得很像）上知道她是什么样子，另外我从父亲的画室里翻出一摞她生前写的大楷，字写得很清秀。由此我知道我的母亲是读过书的。她嫁给我父亲后还能每天写一张大字，可见她还过着一种闺秀式的生活，不为柴米操心。

我父亲是我所知道的一个最聪明的人。多才多艺。他不但金石书画皆通，而且是一个擅长单杠的体操运动员，一名足球健将。他还练过中国的武术。他有一间画室，为了用色准确，裱糊得"四白落地"。他后半生不常作画，以"懒"出名。他的画室里堆积了很多求画人送来的宣纸，上面都贴了一个红签："敬求法绘，赐呼××"。我的继母有时提醒："这几张纸，你该给人家画画了。"父亲看看红签，说："这人已经死了。"每逢春秋佳日，天气晴和，他就打开画室作画。我非常喜欢站在旁边看他画，对着宣纸端详半天。先用笔杆的一头或大拇指指甲在纸上划几道，决定布局，然后画花头、枝干、布叶、勾筋。画成了，再看看，收拾一遍，题字，盖章，用摁钉钉在板壁上，再反复看看。他年轻时曾画过工笔的菊花。能辨别、表现很多菊花品种。因为他是阴历九月生的，在中国，习惯把九月叫做菊月，所以对菊花特别有感情。后来就放笔作写意花卉了。他的画，照我看是很有功力的。可惜局处在一个小县城里，未能浪游万里，多睹大家真迹。又未曾学诗，题识多用成句，只成"一方之士"，声名传得不远。很可惜！他学过很多乐器，笙箫管笛、琵琶、古琴都会。他的胡琴拉得很好。几乎所有的中国乐器我们家都有过。包括唢呐、海笛。他吹过的箫和笛子是我一生中见过的最好的箫、笛。他的手很巧，心很细。我母亲的冥衣（中国人相信人死了，在另一个世界——阴间还要生活，故用纸糊制了生活用物烧了，使死者可以"冥中收用"，统称冥器）是他亲手糊的。他选购了各种砑花的色纸，糊了很多套，四季衣裳，单夹皮棉，应有尽有。"裘皮"剪得极细，和真的一样，还能分出羊皮、狐皮。他会糊风筝。有一年糊了一个蜈蚣——这是风筝最难的一种，带着儿女到麦田里去放。蜈蚣在天上矫矢摆动，跟活的一样。这是我永远不能忘记的一天。他放蜈蚣用的是胡琴的"老弦"。用琴弦放风筝，我还未见过第二人。他养过鸟，养过蟋蟀。他用钻石刀把玻璃裁成小片，再用胶水一片一片逗拢粘固，做成小船、小亭子、八面玲珑绣球，在里面养金铃子——一种金色的小昆虫，磨翅发声如金铃。我父亲真是一个聪明人。如果我还不算太笨，大概跟我从父亲那里接受的遗传因子有点关系。我的审美意识的形成，跟我从小看他作画有关。

我父亲是个随便的人，比较有同情心，能平等待人。我十几岁时就和他对座饮酒，一起抽烟。他说："我们是多年父子成兄弟。"他的这种脾气也传给了我。不但影响了我和家人子女、朋友后辈的关系，而且影响了我对我所写的人物的态度以及对读者的态度。

我的小学和初中是在本县读的。

小学在一座佛寺的旁边，原来即是佛寺的一部分。我几乎每天放学都要到佛寺里逛一逛，看看哼哈二将、四大天王、释迦牟尼、迦叶阿难、十八罗汉、南海观音。这些佛像塑得生动。这是我的雕塑艺术馆。

从我家到小学要经过一条大街，一条曲曲弯弯的巷子。我放学回家喜欢东看看，西看看，看看那些店铺、手工作坊、布店、酱园、杂货店、爆仗店、烧饼店、卖石灰麻刀的铺子、染坊……我到银匠店里去看银匠在一个模子上錾出一个小罗汉，到竹器厂看师傅怎样把一根竹竿做成箅草的箅子，到车匠店看车匠用硬木车旋出各种形状的器物，看灯笼铺糊灯笼……百看不厌。有人问我是怎样成为一个作家的，我说这跟我从小喜欢东看看西看看有关。这些店铺、这些手艺人使我深受感动，使我闻嗅到一种辛劳、笃实、轻甜、微苦的生活气息。这一路的印象深深注入我的记忆,我的小说有很多篇写的便是这座封闭的、褪色的小城的人事。

初中原是一个道观,还保留着一个放生鱼池。池上有飞梁(石桥),一座原来供奉吕洞宾的小楼和一座小亭子。亭子四周长满了紫竹(竹竿深紫色)。这种竹子别处少见。学校后面有小河,河边开着野蔷薇。学校挨近东门,出东门是杀人的刑场。我每天沿着城东的护城河上学、回家,看柳树,看麦田,看河水。

我自小学五年级至初中毕业,教国文的都是一位姓高的先生。高先生很有学问,他很喜欢我。我的作文几乎每次都是"甲上"。在他所授古文中,我受影响最深的是明朝大散文家归有光的几篇代表作。归有光以轻淡的文笔写平常的人物,亲切而凄婉。这和我的气质很相近,我现在的小说里还时时回响着归有光的余韵。

我读的高中是江阴的南菁中学。这是一座创立很早的学校,至今已有百余年历史。这个学校注重数理化,轻视文史。但我买了一部词学丛书,课余常用毛笔抄宋词,既练了书法,也略窥了词意。词大都是抒情的,多写离别。这和少年人每易有的无端感伤情绪易于相合。到现在我的小说里还带有一点隐隐约约的哀愁。

读了高中二年级,日本人占领了江南,江北危急。我随祖父、父亲在离城稍远的一个村庄的小庵里避难。在庵里大概住了半年。我在《受戒》里写了和尚的生活。这篇作品引起注意,不少人问我当过和尚没有。我没有当过和尚。在这座小庵里我除了带了准备考大学的教科书,只带了两本书,一本《沈从文小说选》,一本屠格涅夫的《猎人笔记》。说得夸张一点,可以说这两本书定了我的终身。这使我对文学形成比较稳定的兴趣,并且对我的风格产生深远的影响。我父亲也看了沈从文的小说,说:"小说也是可以这样写的?"我的小说也有人说是不像小说,其来有自。

一九三九年,我从上海经香港、越南到昆明考大学。到昆明,得了一场恶性疟疾，住进了医院。这是我一生第一次住院，也是惟一的一次。高烧超过四十度。护士给我注射了强心针，我问她："要不要写遗书？"我刚刚能喝一碗蛋花汤，晃晃悠悠进了考场。考完了，一点把握没有。天保佑，发了榜，我居然考中了第一志愿：西南联大中国文学系！

我成不了语言文字学家。我对古文字有兴趣的只是它的美术价值——字形。我一直没有学会国际音标。我不会成为文学史研究者或文学理论专家，我上课很少记笔记，并且时常缺课。我只能从兴趣出发，随心所欲，乱七八糟地看一些书。白天在茶馆里。夜晚在系图书馆。于是，我只能成为一个作家了。

不能说我在投考志愿书上填了西南联大中国文学系是冲着沈从文去的，我当时有点恍恍惚惚，缺乏任何强烈的意志。但是"沈从文"是对我很有吸引力的，我在填表前是想到过的。

沈先生一共开过三门课：各体文习作、创作实习、中国小说史，我都选了。沈先生很欣赏我。我不但是他的入室弟子，可以说是得意高足。

沈先生实在不大会讲课。讲话声音小，湘西口音很重，很不好懂。他讲课没有讲义，不成系统，只是即兴的漫谈。他教创作，反反复复，经常讲的一句话是：要贴到人物来写。很多学生都不大理解这是什么意思。我是理解的。照我的理解，他的意思是：在小说里，人物是主要的，主导的，其余的都是次要的，派生的。作者的心要和人物贴近，富同情，共哀乐。什么时候作者的笔贴不住人物，就会虚假。写景，是制造人物生活的环境。写景处即是写人，景和人不能游离。常见有的小说写景极美，但只是作者眼中之景，与人物无关。这样有时甚至会使人物疏远。即作者的叙述语言也需和人物相协调，不能用知识分子的语言去写农民。我相信我的理解是对的。这也许不是写小说惟一的原则（有的小说可以不着重写人，也可以有的小说只是作者在那里发议论），但是是重要的原则。至少在现实主义的小说里，这是重要原则。

沈先生每次进城（为了躲日本飞机空袭，他住在昆明附近呈贡的乡下，有课时才进城住两三天），我都去看他。还书、借书，听他和客人谈天。他上街，我陪他同去，逛寄卖行、旧货摊，买耿马漆盒，买火腿月饼。饿了，就到他的宿舍对面的小铺吃一碗加一个鸡蛋的米线。有一次我喝得烂醉，坐在路边，他以为是一个生病的难民，一看，是我！他和几个同学把我架到宿舍里，灌了好些酽茶，我才清醒过来。有一次我去看他，牙疼，腮帮子肿得老高，他不说一句话，出去给我买了几个大橘子。

我读的是中国文学系，但是大部分时间是看翻译小说。当时在联大比较时髦的是 A. 纪德，后来是萨特。我二十岁开始发表作品。外国作家我受影响较大的是契诃夫，还有一个西班牙作家阿索林。我很喜欢阿索林，他的小说像是覆盖着阴影的小溪，安安静静的，同时又是活泼的，流动的。我读了一些弗吉尼亚·伍尔芙的作品，读了普鲁斯特小说的片段。我的小说有一个时期明显地受了意识流方法的影响，如《小学校的钟声》、《复仇》。

离开大学后，我在昆明郊区一个联大同学办的中学教了两年书。《小学校的钟声》和《复仇》便是这时写的。当时没有地方发表。后来由沈先生寄给上海的《文艺复兴》，郑振铎先生打开原稿，发现上面已经叫蠹虫蛀了好些小洞。

一九四六年初秋，我由昆明到上海。经李健吾先生介绍，到一个私立中学教了两年书。一九四八年初春离开。这两年写了一些小说，结为《邂逅集》。

到北京，失业半年，后来到历史博物馆任职。陈列室在午门城楼上，展出的文物不多，游客寥寥无几。职员里住在馆里的只有我一个人。我住的那间据说原是锦衣卫值宿的屋子。为了防火，当时故宫范围内都不装电灯,我就到旧货摊上买了一盏白瓷罩子的古式煤油灯。晚上灯下读书,不知身在何世。北京一解放,我就报名参加了四野南下工作团。

我原想随四野一直打到广州,积累生活,写一点刚劲的作品。不想到武汉就被留下来接管文教单位,后来又被派到一个女子中学当副教导主任。一年之后,我又回到北京,到北京市文联工作。一九五四年,调中国民间文艺研究会。

自一九五〇年至一九五八年,我一直当文艺刊物编辑。编过《北京文艺》、《说说唱唱》、《民间文学》。我对民间文学是很有感情的。民间故事丰富的想象和农民式的幽默,民歌比喻的新鲜和韵律的精巧使我惊奇不置。但我对民间文学的感情被割断了。一九五八年,我被错划成右派,下放到长城外面的一个农业科学研究所劳动,将近四年。

这四年对我来说是很重要的。我和农业工人(即是农民)一同劳动,吃一样的饭,晚上睡在一间大宿舍里,一铺大炕(枕头挨着枕头,虱子可以自由地从最东边一个人的被窝里爬到最西边的被窝里)。我比较切实地看到中国的农村和中国的农民是怎么回事。

一九六二年初,我调到北京京剧团当编剧,一直到现在。

我二十岁开始发表作品,今年六十九岁,写作时间不可谓不长。但我的写作一直是断断续续,一阵一阵的,因此数量很少。过了六十岁,就听到有人称我为"老作家",我觉得很不习惯。第一,我不大意识到我是一个作家;第二,我没有觉得我已经老了。近两年逐渐习惯了。有什么办法呢,岁数不饶人。杜甫诗:"座下人渐多"。现在每有宴会,我常被请到上席,我已经出了几本书,有点影响。再说我不是作家,就有点矫情了。我算什么样的作家呢?

我年轻时受过西方现代派的影响,有些作品很"空灵",甚至很不好懂。这些作品都已散失。有人说翻翻旧报刊,是可以找到的,劝我搜集起来出一本书。我不想干这种事。实在太幼稚,而且和人民的疾苦距离太远。我近年的作品渐趋平实。在北京市作协讨论我的作品的座谈会上,我作了一个简短的发言,题为"回到民族传统,回到现实主义",这大体上可以说是我现在的文学主张。我并不排斥现代主义。每逢有人诋毁青年作家带有现代主义倾向的作品时,我常会为他们辩护。我现在有时也偶尔还写一点很难说是纯正的现实主义的作品,比如《昙花、鹤和鬼火》,就是在通体看来是客观叙述的小说中有时还夹带一点意识流片段,不过评论家不易察觉。我的看似平常的作品其实并不那么老实。我希望能做到融奇崛于平淡,纳外来于传统,不今不古,不中不西。

我是较早意识到要把现代创作和传统文化结合起来的。和传统文化脱节,我以为是开国以后,五十年代文学的一个缺陷。——有人说这是中国文化的"断裂",这说得严重了一点。有评论家说我的作品受了两千多年前的老庄思想的影响,可能有一点,我在昆明教中学时案头常放的一本书是《庄子集解》。但是我对庄子感极大的兴趣的,主要是其文章,至于他的思想,我到现在还不甚了了。我自己想想,我受影响较深的,还是儒家。我觉得孔夫子是个很有人情味的人,并且是个诗人。他可以发脾气,赌咒发誓。我很喜欢《论语·子路曾晳冉有公西华侍坐》。他让在座的四位学生谈谈自己的志愿,最后问到曾晳(点)。

　　"点,尔何如?"

　　鼓瑟希,铿尔,舍瑟而作,对曰:"异乎三子者之撰。"

　　子曰:"何伤乎?亦各言其志也。"

　　曰:"暮春者,春服既成,冠者五六人,童子六七人,浴乎沂,风乎舞雩,咏而归。"

　　夫子喟然叹曰:"吾与点也。"

这写得实在非常美。曾点的超功利的率性自然的思想是生活境界的美的极至。

我很喜欢宋儒的诗：

> 万物静观皆自得，
> 四时佳兴与人同。

说得更实在的是：

> 顿觉眼前生意满，
> 须知世上苦人多。

我觉得儒家是爱人的，因此我自诩为"中国式的人道主义者"。

我的小说似乎不讲究结构。我在一篇谈小说的短文中，说结构的原则是：随便。有一位年龄略低我的作家每谈小说，必谈结构的重要。他说："我讲了一辈子结构，你却说：随便！"我后来在谈结构的前面加了一句话："苦心经营的随便"，他同意了。我不喜欢结构痕迹太露的小说，如莫泊桑，如欧·亨利。我倾向"为文无法"，即无定法。我很向往苏轼所说的："如行云流水，初无定质，但常行于所当行，常止于所不可不止，文理自然，姿态横生。"我的小说在国内被称为"散文化"的小说。我以为散文化是世界短篇小说发展的一种（不是惟一的）趋势。

我很重视语言，也许过分重视了。我以为语言具有内容性。语言是小说的本体，不是外部的，不只是形式、是技巧。探索一个作者的气质、他的思想（他的生活态度，不是理念），必须由语言入手，并始终浸在作者的语言里。语言具有文化性。作品的语言映照出作者的全部文化修养。语言的美不在一个一个句子，而在句与句之间的关系。包世臣论王羲之字，看来参差不齐，但如老翁携带幼孙，顾盼有情，痛痒相关。好的语言正当如此。语言像树，枝干内部液汁流转,一枝摇,百枝摇。语言像水,是不能切割的。一篇作品的语言,是一个有机的整体。

我认为一篇小说是作者和读者共同创作的。作者写了,读者读了,创作过程才算完成。作者不能什么都知道,都写尽了。要留出余地,让读者去琢磨,去思索,去补充。中国画讲究"计白当黑"。包世臣论书以为当使字之上下左右皆有字。宋人论崔灏的《长干歌》"无字处皆有字"。短篇小说可以说是"空白的艺术"。办法很简单:能不说的话就不说。这样一篇小说的容量就会更大了,传达的信息就更多。以己少少许,胜人多多许。短了,其实是长了。少了,其实是多了。这是很划算的事。

我这篇《自报家门》实在太长了。

1988 年 3 月 20 日

师 恩 母 爱

——怀念王文英老师

　　五小(县立第五小学)创立了我们县的第一所幼儿园(当时叫作"幼稚园"),我是幼稚园第一届的学生。幼稚园是新建的,什么都是新的。新的瓦顶,新的砖墙,新的大窗户,新的地板。地板是油漆过的,地板上用白漆漆了一个很大的圆圈。地板门窗发出很好闻的木料的香味。这是我们的教室。教室一边是放玩具的安了玻璃窗的柜橱,一边是一架风琴。教室门前是一片草坪。草坪一侧是滑梯、跷跷板(当时叫做"轩轾板",这名称很文,我们都不知道为什么叫这样的名称)、沙坑,另一侧有一根粗大的木柱,木柱有顶,中有铁轴,可转动。柱顶垂下七八根粗麻绳,小朋友手握麻绳,快走几步,两脚用力蹬地,两腿蜷缩,人即腾起,围着木柱而转。这件体育器材叫做"巨人布"。我至今不明白这东西怎么会叫这样一个奇怪名字,而且我以后再也没有见过这样的奇怪东西。这就是我们的幼稚园,我们真正的乐园。

　　幼稚园也上下课。课业内容是唱歌、跳舞、游戏。教我们唱歌游戏的是王先生(那时没有"阿姨"这种称呼),名文英,最初学的是简单的短歌:

　　　　拉锯,送锯,

你来，我去。

拉一把，推一把，

哗啦哗啦起风啦，

小小狗，快快走，

小小猫，快快跑。

后来学了带一点情节性的表演唱。

母亲要外出，嘱咐孩子关好门，有人叫门，不要开。

狼来了，唱：

小孩子乖乖，

把门儿开开，

快点儿开开，

我要进来。

不开不开不能开，

母亲不回来，

谁也不能开！

狼依次叫小兔子乖乖、小羊儿乖乖开门，他们都不开。最后叫小螃蟹：

小螃蟹乖乖，

把门儿开开，

快点儿开开，

我要进来。

小螃蟹答应：

就开就开我就开——

小螃蟹开了门，"啊呜！"狼一口把它吃掉了。

合唱：

> 可怜小螃蟹，
>
> 从此不回来！

最后就能排演有歌有舞，有舞台动作的小歌剧《麻雀和小孩》了。

开头是老麻雀教小麻雀学飞：

> 飞飞，飞飞，慢慢飞。
>
> 要上去就要把头抬，
>
> 要下来尾巴摆一摆，
>
> 这个样子飞到这里来。

老麻雀出去寻食，老不回来。小孩上，问小麻雀：

> 小麻雀呀，
>
> 你的母亲哪里去了？

小麻雀答：

> 我的母亲打食去了，
>
> 还不回来，
>
> 饿得真难受。

小孩把小麻雀接回去，给它喂食充饥。

老麻雀回来，发现女儿不见了，十分焦急，唱：

> 啊呀不好了，
>
> 女儿不见了！
>
> 焦焦
>
> 女儿，
>
> 年纪小，

不会高飞上树梢。

渺渺茫茫路远山遥……

小孩把小麻雀送回来,老麻雀看见女儿,非常高兴,问它是不是饿坏了。女儿说小孩人很好,给它喂了食:

小青虫,小青豆,

吃了一个饱,

我的妈妈呀!

老麻雀感谢小孩。

全剧终。

剧情很简单,音乐曲调也很简单,但是感情却很丰富,麻雀母女之情,小孩的善良仁爱,都在小朋友的心灵中留下深刻长久的影响。

所有的歌舞表演都是王文英先生一句一句地教会的。我们在表演时,王先生踏风琴伴奏。我至今听到风琴声音还是很感动。

我在五小毕业,后来又读了初中、高中,人也大了,就很少到幼稚园去看看。十九岁离乡,四方漂泊,一直没有回去过。我一直没有再见过王先生。她和我的初中的教国文的张道仁先生结了婚,我是以后才知道的。

1981年秋,我应邀回阔别多年的家乡讲学,带了一点北京的果脯去看王先生和张先生,并给他们各送了一首在招待所急就的诗。给王先生的一首不文不白,毫无雕饰。第二天,张先生带了两瓶酒到招待所来看我,我说哪有老师来看学生的道理,还带了酒!张先生说,是王先生一定要他送来的。说王先生看了我的诗,哭了一晚上。这首诗全诗是:

"小孩子乖乖,把门儿开开,"

歌声犹在,耳边徘徊。

我今亦老矣，白髭盈腮，

　　念一生美育，从此培栽，

　　师恩母爱，岂能忘怀！

　　愿吾师康健，长寿无灾。

　　张先生说，王先生对他说："我教过那么多学生，长大了，还没有一个来看过我的！"王先生指着"师恩母爱，岂能忘怀"对张先生说："他进幼稚园的时候还戴着他妈妈的孝！"我这才知道王先生为什么对我特别关心，特别喜爱。张先生反复念了这两句，连说："师恩母爱！师恩母爱！"

　　王先生已经去世几年了。我不知道她的准确的寿数，但总是八十以上了。

　　我觉得幼儿园的老师对小朋友都应该有这样的"师恩母爱"。

一九九六年八月

多年父子成兄弟

这是我父亲的一句名言。

父亲是个绝顶聪明的人。他是画家,会刻图章,画写意花卉。图章初宗浙派,中年后治汉印。他会摆弄各种乐器,弹琵琶,拉胡琴,笙箫管笛,无一不通。他认为乐器中最难的其实是胡琴,看起来简单,只有两根弦,但是变化很多,两手都要有功夫。他拉的是老派胡琴,弓子硬,松香滴得很厚——现在拉胡琴的松香都只滴了薄薄的一层。他的胡琴音色刚亮。胡琴码子都是他自己刻的,他认为买来的不中使。他养蟋蟀,养金铃子。他养过花,他养的一盆素心兰在我母亲病故那年死了,从此他就不再养花。我母亲死后,他亲手给她做了几箱子冥衣——我们那里有烧冥衣的风俗。按照母亲生前的喜好,选购了各种花素色纸作衣料,单夹皮棉,四时不缺。他做的皮衣能分得出小麦穗、羊羔、灰鼠、狐肷。

父亲是个很随和的人,我很少见他发过脾气,对待子女,从无疾言厉色。他爱孩子,喜欢孩子,爱跟孩子玩,带着孩子玩。我的姑妈称他为“孩子头”。春天,不到清明,他领一群孩子到麦田里放风筝。放的是他自己糊的蜈蚣(我们那里叫“百脚”),是用染了色的绢糊的。放风筝的线是胡琴的老弦。老弦结实而轻,这样风筝可笔直地飞上去,没有“肚儿”。用胡琴弦放风筝,我还未见过

第二人。清明节前,小麦还没有"起身",是不怕践踏的,而且越踏会越长得旺。孩子们在屋里闷了一冬天,在春天的田野里奔跑跳跃,身心都极其畅快。他用钻石刀把玻璃裁成不同形状的小块,再一块一块逗拢,接缝处用胶水粘牢,做成小桥、小亭子、八角玲珑水晶球。桥、亭、球是中空的,里面养了金铃子。从外面可以看到金铃子在里面自在爬行,振翅鸣叫。他会做各种灯。用浅绿透明的"鱼鳞纸"扎了一只纺织娘,栩栩如生。用西洋红染了色,上深下浅的通草做花瓣,做了一个重瓣荷花灯,真是美极了。在小西瓜(这是拉秧的小瓜,因其小,不中吃,叫做"打瓜"或"骂瓜")上开小口挖净瓜瓤,在瓜皮上雕镂出极细的花纹,做成西瓜灯。我们在这些灯里点了蜡烛,穿街过巷,邻居的孩子都跟过来看,非常羡慕。

父亲对我的学业是关心的,但不强求。我小时了了,国文成绩一直是全班第一。我的作文,时得佳评,他就拿出去到处给人看。我的数学不好,他也不责怪,只要能及格,就行了。他画画,我小时也喜欢画画,但他从不指点我。他画画时,我在旁边看,其余时间由我自己乱翻画谱,瞎抹。我对写意花卉那时还不太会欣赏,只是画一些鲜艳的大桃子,或者我从来没有见过的瀑布。我小时字写得不错,他倒是给我出过一点主意。在我写过一阵《圭峰碑》和《多宝塔》以后,他建议我写写《张猛龙》。这建议是很好的,到现在我写的字还有《张猛龙》的影响。我初中时爱唱戏,唱青衣,我的嗓子很好,高亮甜润。在家里,他拉胡琴,我唱。我的同学有几个能唱戏的。学校开同乐会,他应我的邀请,到学校去伴奏。几个同学都只是清唱。有一个姓费的同学借到一顶纱帽,一件蓝官衣,扮起来唱《朱砂井》,但是没有配角,没有衙役,没有犯人,只是一个赵廉,摇着马鞭在台上走了两圈,唱了一段"群坞县在马上心神不定"便完事下场。父亲那么大的人陪着几个孩子玩了一下午,还挺高兴。我十七岁初恋,暑假里,在家写情书,他在一旁瞎出主意。我十几岁就学会了抽烟喝酒。他喝酒,给我也倒一杯。抽烟,一次抽出两根他一根我一根。他还总是先给我点上火。我们的这种关系,他人或以为怪。父亲说:"我们是多年父子成兄弟。"

我和儿子的关系也是不错的。我戴了"右派分子"的帽子下放张家口农村劳动,他那时还从幼儿园刚毕业,刚刚学会汉语拼音,用汉语拼音给我写了第一封信。我也只好赶紧学会汉语拼音,好给他写回信。"文化大革命"期间,我被打成"黑帮",送进"牛棚"。偶尔回家,孩子们对我还是很亲热。我的老伴告诫他们:"你们要和爸爸'划清界限'。"儿子反问母亲:"那你怎么还给他打酒?"只有一件事,两代之间,曾有分歧。他下放山西忻县"插队落户"。按规定,春节可以回京探亲。我们等着他回来。不料他同时带回了一个同学。他这个同学的父亲是一位正受林彪迫害,搞得人囚家破的空军将领。这个同学在北京已经没有家,按照大队的规定是不能回北京的。但是这孩子很想回北京,在一伙同学的秘密帮助下,我的儿子就偷偷地把他带回来了。他连"临时户口"也不能上,是个"黑人"。我们留他在家住,等于"窝藏"了他,公安局随时可以来查户口,街道办事处的大妈也可能举报。当时人人自危,自顾不暇,儿子惹了这么一个麻烦,使我们非常为难。我和老伴把他叫到我们的卧室,对他的冒失行为表示很不满。我责备他:"怎么事前也不和我们商量一下!"我的儿子哭了,哭得很委屈,很伤心。我们当时立刻明白了:他是对的,我们是错的。我们这种怕担干系的思想是庸俗的。我们对儿子和同学之间的义气缺乏理解,对他的感情不够尊重。他的同学在我们家一直住了四十多天,才离去。

对儿子的几次恋爱,我采取的态度是"闻而不问"。了解,但不干涉。我们相信他自己的选择,他的决定。最后,他悄悄和一个小学时期的女同学好上了,结了婚。有了一个女儿,已近七岁。

我的孩子有时叫我"爸",有时叫我"老头子"！连我的孙女也跟着叫。我的亲家母说这孩子"没大没小"。我觉得一个现代化的、充满人情味的家庭,首先必须做到"没大没小"。父母叫人敬畏,儿女"笔管条直",最没有意思。

　　儿女是属于他们自己的。他们的现在,和他们的未来,都应由他们自己来设计。一个想用自己理想的模式塑造自己的孩子的父亲是愚蠢的,而且,可恶！另外,作为一个父亲,应该尽量保持一点童心。

1990 年 9 月 1 日

跑　警　报

　　西南联大有一位历史系的教授，——听说是雷海宗先生，他开的一门课因为讲授多年，已经背得很熟，上课前无需准备；下课了，讲到哪里算哪里，他自己也不记得。每回上课，都要先问学生："我上次讲到哪里了？"然后就滔滔不绝地接着讲下去。班上有个女同学，笔记记得最详细，一句不落。雷先生有一次问她："我上一课最后说的是什么？"这位女同学打开笔记夹，看了看，说："您上次最后说：'现在已经有空袭警报，我们下课。'"

　　这个故事说明昆明警报之多。我刚到昆明的头二年，一九三九、一九四〇年，三天两头有警报。有时每天都有，甚至一天有两次。昆明那时几乎说不上有空防力量，日本飞机想什么时候来就什么时候来。有时竟至在头一天广播：明天将有二十七架飞机来昆明轰炸。日本的空军指挥部还真言而有信，说来准来！

　　一有警报，别无他法，大家就都往郊外跑，叫做"跑警报"。"跑"和"警报"联在一起，构成一个语词，细想一下，是有些奇特的，因为所跑的并不是警报。这不像"跑马"、"跑生意"那样通顺。但是大家就这么叫了，谁都懂，而且觉得很合适。也有叫"逃警报"或"躲警报"的，都不如"跑警报"准确。"躲"，太消极；"逃"又太狼狈。惟有这个"跑"字于紧张中透出从容，最有风度，也最能

202

表达丰富生动的内容。

有一个姓马的同学最善于跑警报。他早起看天，只要是万里无云，不管有无警报，他就背了一壶水，带点吃的，夹着一卷温飞卿或李商隐的诗，向郊外走去。直到太阳偏西，估计日本飞机不会来了，才慢慢地回来。这样的人不多。

警报有三种。如果在四十多年前向人介绍警报有几种，会被认为有"神经病"，这是谁都知道的。然而对今天的青年，却是一项新的课题。一曰"预行警报"。

联大有一个姓侯的同学，原系航校学生，因为反应迟钝，被淘汰下来，读了联大的哲学心理系。此人对于航空旧情不忘，曾用黄色的"标语纸"贴出巨幅"广告"，举行学术报告，题曰《防空常识》。他不知道为什么对警报特别敏感。他正在听课，忽然跑了出去，站在新校舍的南北通道上，扯起嗓子大声喊叫："现在有预行警报，五华山挂了三个红球！"可不！抬头望南一看，五华山果然挂起了三个很大的红球。五华山是昆明的制高点，红球挂出，全市皆见。我们一直很奇怪：他在教室里，正在听讲，怎么会"感觉"到五华山挂了红球呢？——教室的门窗并不都正对五华山。

一有预行警报，市里的人就开始向郊外移动。住在翠湖迤北的，多半出北门或大西门，出大西门的似尤多。大西门外，越过联大新校门前的公路，有一条由南向北的用浑圆的石块铺成的宽可五六尺的小路。这条路据说是古驿道，一直可以通到滇西。路在山沟里。平常走的人不多。常见的是驮着盐巴、碗糖或其他货物的马帮走过。赶马的马锅头侧身坐在木鞍上，从齿缝里咝咝地吹出口哨（马锅头吹口哨都是这种吹法，没有撮唇而吹的），或低声唱着呈贡"调子"：

> 哥那个在至高山那个放呀放放牛，
> 妹那个在至花园那个梳那个梳梳头。

哥那个在至高山那个招呀招招手，

妹那个在至花园点那个点点头。

这些走长道的马锅头有他们的特殊装束。他们的短褂外都套了一件白色的羊皮背心，脑后挂着漆布的凉帽，脚下是一双厚牛皮底的草鞋状的凉鞋，鞋帮上大都绣了花，还钉着亮晶晶的"鬼眨眼"亮片。——这种鞋似只有马锅头穿，我没见从事别种行业的人穿过。马锅头押着马帮，从这条斜阳古道上走过，马项铃哗棱哗棱地响，很有点浪漫主义的味道，有时会引起远客的游子一点淡淡的乡愁……

有了预行警报，这条古驿道就热闹起来了。从不同方向来的人都涌向这里，形成了一条人河。走出一截，离市区较远了，就分散到古道两旁的山野，各自寻找一个合适的地方呆下来，心平气和地等着，——等空袭警报。

联大的学生见到预行警报，一般是不跑的，都要等听到空袭警报：汽笛声一短一长，才动身。新校舍北边围墙上有一个后门，出了门，过铁道（这条铁道不知起讫地点，从来也没见有火车通过），就是山野了。要走，完全来得及。——所以雷先生才会说"现在已经有空袭警报"。只有预行警报，联大师生一般都是照常上课的。

跑警报大都没有准地点，漫山遍野。但人也有习惯性，跑惯了哪里，愿意上哪里。大多是找一个坟头，这样可以靠靠。昆明的坟多有碑，碑上除了刻下坟主的名讳，还刻出"×山×向"，并开出坟茔的"四至"。这风俗我在别处还未见过。这大概也是一种古风。

说是漫山遍野，但也有几个比较集中的"点"。古驿道的一侧，靠近语言研究所资料馆不远，有一片马尾松林，就是一个点。这地方除了离学校近，有一片碧绿的马尾松，树下一层厚厚的干了的松毛，很软和，空气好，——马尾松挥发出很重的松脂气味，晒着从松枝间漏下的阳光,或仰面看松树上面的蓝得要滴下来的天空,都极舒适外,是因为这里还可以买到各种零吃。昆明做小买卖的,有了警报,就把担子挑到郊外来了。五味俱全,什么都有。最常见的是"丁丁糖"。"丁丁糖"即麦芽糖,也就是北京人祭灶用的关东糖,不过做成一个直径一尺多,厚可一寸许的大糖饼,放在四方的木盘上,有人掏钱要买,糖贩即用一个刨刀形的铁片揳入糖边,然后用一个小小铁锤,一击铁片,丁的一声,一块糖就震裂下来了——所以叫做"丁丁糖"。其次是炒松子。昆明松子极多,个大皮薄仁饱,很香,也很便宜。我们有时能在松树下面捡到一个很大的成熟了的生的松球,就掰开鳞瓣,一颗一颗地吃起来。——那时候,我们的牙都很好,那么硬的松子壳,一嗑就开了!

　　另一个集中点比较远,得沿古驿道走出四五里,驿道右侧较高的土山上有一横断的山沟(大概是哪一年地震造成的),沟深约三丈,沟口有二丈多宽,沟底也宽有六七尺。这是一个很好的天然防空沟,日本飞机若是投弹,只要不是直接命中,落在沟里,即便是在沟顶上爆炸,弹片也不易崩进来。机枪扫射也不要紧,沟的两壁是死角。这道沟可以容数百人。有人常到这里,就利用闲空,在沟壁上修了一些私人专用的防空洞,大小不等,形式不一。这些防空洞不仅表面光洁,有的还用碎石子或碎瓷片嵌出图案,缀成对联。对联大都有新意。我至今记得两副,一副是:

　　　人生几何
　　　恋爱三角

一副是:

　　　见机而作
　　　入土为安

对联的嵌缀者的闲情逸致是很可叫人佩服的。前一副也许是有感而发,后一副却是纪实。

警报有三种。预行警报大概是表示日本飞机已经起飞。拉空袭警报大概是表示日本飞机进入云南省境了,但是进云南省不一定到昆明来。等到汽笛拉了紧急警报:连续短音,这才可以肯定是朝昆明来的。空袭警报到紧急警报之间,有时要间隔很长时间,所以到了这里的人都不忙下沟,——沟里没有太阳,而且过早地像云冈石佛似的坐在洞里也很无聊,大都先在沟上看书、闲聊、打桥牌。很多人听到紧急警报还不动,因为紧急警报后日本飞机也不定准来,常常是折飞到别处去了。要一直等到看见飞机的影子了,这才一骨碌站起来,下沟,进洞。联大的学生,以及住在昆明的人,对跑警报太有经验了,从来不仓皇失措。

上举的前一副对联或许是一种泛泛的感慨,但也是有现实意义的。跑警报是谈恋爱的机会。联大同学跑警报时,成双作对的很多。空袭警报一响,男的就在新校舍的路边等着,有时还提着一袋点心吃食,宝珠梨、花生米……他等的女同学来了,"嗨!"于是欣然并肩走出新校舍的后门。跑警报说不上是同生死,共患难,但隐隐约约有那么一点危险感,和看电影、遛翠湖时不同。这一点危险感使两方的关系更加亲近了。女同学乐于有人伺候,男同学也正好殷勤照顾,表现一点骑士风度。正如孙悟空在高老庄所说:"一来医得眼好,二来又照顾了郎中,这是凑四合六的买卖。"从这点来说,跑警报是颇为罗曼蒂克的。有恋爱,就有三角,有失恋。跑警报的"对儿"并非总是固定的,有时一方被另一方"甩"了,两人"吹"了,"对儿"就要重新组合。写(姑且叫做"写"吧)那副对联的,大概就是一位被"甩"的男同学。不过,也不一定。

警报时间有时很长,长达两三个小时,也很腻歪。紧急警报后,日本飞机轰炸已毕,人们就轻松下来。不一会,"解除警报"响了:汽笛拉长音,大家就起身拍拍尘土,络绎不绝地返回市里。也有时不等解除警报，很多人就往回走：天上起了乌云，要下雨了。一下雨，日本飞机不会来。在野地里被雨淋湿，可不是事！一有雨，我们有一个同学一定是一马当先往回奔，就是前面所说那位报告预行警报的姓侯的。他奔回新校舍，到各个宿舍搜罗了很多雨伞，放在新校舍的后门外，见有女同学来，就递过一把。他怕这些女同学挨淋。这位侯同学长得五大三粗，却有一副贾宝玉的心肠。大概是上了吴雨僧先生的《红楼梦》的课，受了影响。侯兄送伞，已成定例。警报下雨，一次不落。名闻全校，贵在有恒。——这些伞，等雨住后他还会到南院女生宿舍去敛回来，再归还原主的。

跑警报，大都要把一点值钱的东西带在身边。最方便的是金子——金戒指。有一位哲学系的研究生曾经作了这样的逻辑推理：有人带金子，必有人会丢掉金子，有人丢金子，就会有人捡到金子，我是人，故我可以捡到金子。因此，他跑警报时，特别是解除警报以后，每次都很留心地巡视路面。他当真两次捡到过金戒指！逻辑推理有此妙用，大概是教逻辑学的金岳霖先生所未料到的。

联大师生跑警报时没有什么可带，因为身无长物，一般大都是带两本书或一册论文的草稿。有一位研究印度哲学的金先生每次跑警报总要提了一只很小的手提箱。箱子里不是什么别的东西，是一个女朋友写给他的信——情书。他把这些情书视如性命，有时也会拿出一两封来给别人看。没有什么不能看的，因为没有卿卿我我的肉麻的话，只是一个聪明女人对生活的感受，文字很俏皮，充满了英国式的机智，是一些很漂亮的 Essay，字也很秀气。这些信实在是可以拿来出版的。金先生辛辛苦苦地保存了多年，现在大概也不知去向了，可惜。我看过这个女人的照片，人长得就像她写的那些信。

联大同学也有不跑警报的，据我所知，就有两人。一个是女同学，姓罗。一有警报，她就洗头。别人都走了，锅炉房的热水没人用,她可以敞开来洗,要多少水有多少水!另一个是一位广东同学,姓郑。他爱吃莲子。一有警报,他就用一个大漱口缸到锅炉火口上去煮莲子。警报解除了,他的莲子也烂了。有一次日本飞机炸了联大,昆明北院、南院,都落了炸弹,这位郑老兄听着炸弹乒乓乒乓在不远的地方爆炸,依然在新校舍大图书馆旁的锅炉上神色不动地搅和他的冰糖莲子。

抗战期间,昆明有过多少次警报,日本飞机来过多少次,无法统计。自然也死了一些人,毁了一些房屋。就我的记忆,大东门外,有一次日本飞机机枪扫射,田地里死的人较多。大西门外小树林里曾炸死了好几匹驮木柴的马。此外似无较大伤亡。警报、轰炸,并没有使人产生血肉横飞,一片焦土的印象。

日本人派飞机来轰炸昆明,其实没有什么实际的军事意义,用意不过是吓唬吓唬昆明人,施加威胁,使人产生恐惧。他们不知道中国人的心理是有很大的弹性的,不那么容易被吓得魂不附体。我们这个民族,长期以来,生于忧患,已经很"皮实"了,对于任何猝然而来的灾难,都用一种"儒道互补"的精神对待之。这种"儒道互补"的真髓,即"不在乎"。这种"不在乎"精神,是永远征不服的。

为了反映"不在乎",作《跑警报》。

1984 年 12 月 6 日

端午的鸭蛋

　　家乡的端午，很多风俗和外地一样。系百索子。五色的丝线拧成小绳，系在手腕上。丝线是掉色的，洗脸时沾了水，手腕上就印得红一道绿一道的。做香角子。丝线缠成小粽子，里头装了香面，一个一个串起来，挂在帐钩上。贴五毒。红纸剪成五毒，贴在门坎上。贴符。这符是城隍庙送来的。城隍庙的老道士还是我的寄名干爹，他每年端午节前就派小道士送符来，还有两把小纸扇。符送来了，就贴在堂屋的门楣上。一尺来长的黄色、蓝色的纸条，上面用朱笔画些莫名其妙的道道，这就能辟邪么？喝雄黄酒。用酒和的雄黄在孩子的额头上画一个"王"字，这是很多地方都有的。有一个风俗不知别处有不：放黄烟子。黄烟子是大小如北方的麻雷子的炮仗，只是里面灌的不是硝药，而是雄黄。点着后不响，只是冒出一股黄烟，能冒好一会。把点着的黄烟子丢在橱柜下面，说是可以熏五毒。小孩子点了黄烟子，常把它的一头抵在板壁上写虎字。写黄烟虎字笔画不能断，所以我们那里的孩子都会写草书的"一笔虎"。还有一个风俗，是端午节的午饭要吃"十二红"，就是十二道红颜色的菜。十二红里我只记得有炒红苋菜、油爆虾、咸鸭蛋，其余的都记不清，数不出了。也许十二红只是一个名目，不一定真凑足十二样。不过午饭的菜都是红的，这一点是我没有记错的,而且,苋菜、虾、鸭蛋,一定是有的。这三样,在我的家乡,都不贵,多数人家是吃得起的。

我的家乡是水乡。出鸭。高邮大麻鸭是著名的鸭种。鸭多,鸭蛋也多。高邮人也善于腌鸭蛋。高邮咸鸭蛋于是出了名。我在苏南、浙江,每逢有人问起我的籍贯,回答之后,对方就会肃然起敬:"哦!你们那里出咸鸭蛋!"上海的卖腌腊的店铺里也卖咸鸭蛋,必用纸条特别标明:"高邮咸蛋"。高邮还出双黄鸭蛋。别处鸭蛋也偶有双黄的,但不如高邮的多,可以成批输出。双黄鸭蛋味道其实无特别处。还不就是个鸭蛋!只是切开之后,里面圆圆的两个黄,使人惊奇不已。我对异乡人称道高邮鸭蛋,是不大高兴的,好像我们那穷地方就出鸭蛋似的!不过高邮的咸鸭蛋,确实是好,我走的地方不少,所食鸭蛋多矣,但和我家乡的完全不能相比!曾经沧海难为水,他乡咸鸭蛋,我实在瞧不上。袁枚的《随园食单·小菜单》有"腌蛋"一条。袁子才这个人我不喜欢,他的《食单》好些菜的做法是听来的,他自己并不会做菜。但是"腌蛋"这一条我看后却觉得很亲切,而且"与有荣焉"。文不长,录如下:

> 腌蛋以高邮为佳,颜色细而油多,高文端公最喜食之。席间,先夹取以敬客,放盘中。总宜切开带壳,黄白兼用;不可存黄去白,使味不全,油亦走散。

高邮咸蛋的特点是质细而油多。蛋白柔嫩,不似别处的发干、发粉,入口如嚼石灰。油多尤为别处所不及。鸭蛋的吃法,如袁子才所说,带壳切开,是一种,那是席间待客的办法。平常食用,一般都是敲破"空头"用筷子挖着吃。筷子头一扎下去,吱——红油就冒出来了。高邮咸蛋的黄是通红的。苏北有一道名菜,叫做"朱砂豆腐",就是用高邮鸭蛋黄炒的豆腐。我在北京吃的咸鸭蛋,蛋黄是浅黄色的,这叫什么咸鸭蛋呢!

端午节,我们那里的孩子兴挂"鸭蛋络子"。头一天,就由姑姑或姐姐用彩色丝线打好了络子。端午一早,鸭蛋煮熟了,由孩子自己去挑一个,鸭蛋有什么可挑的呢! 有! 一要挑淡青壳的。鸭蛋壳有白的和淡青的两种。二要挑形状好看的。别说鸭蛋都是一样的,细看却不同。有的样子蠢,有的秀气。挑好了,装在络子里,挂在大襟的纽扣上。这有什么好看呢? 然而它是孩子心爱的饰物。鸭蛋络子挂了多半天,什么时候孩子一高兴,就把络子里的鸭蛋掏出来,吃了。端午的鸭蛋,新腌不久,只有一点淡淡的咸味,白嘴吃也可以。

　　孩子吃鸭蛋是很小心的,除了敲去空头,不把蛋壳碰破。蛋黄蛋白吃光了,用清水把鸭蛋里面洗净,晚上捉了萤火虫来,装在蛋壳里,空头的地方糊一层薄罗。萤火虫在鸭蛋壳里一闪一闪地亮,好看极了!

　　小时读囊萤映雪故事,觉得东晋的车胤用练囊盛了几十只萤火虫,照了读书,还不如用鸭蛋壳来装萤火虫。不过用萤火虫照亮来读书,而且一夜读到天亮,这能行么? 车胤读的是手写的卷子,字大,若是读现在的新五号字,大概是不行的。

蒌蒿·枸杞·荠菜·马齿苋

　　小说《大淖记事》:"春初水暖,沙洲上冒出很多紫红色的芦芽和灰绿色的蒌蒿,很快就是一片翠绿了。"我在书页下方加了一条注:"蒌蒿是生于水边的野草,粗如笔管,有节,生狭长的小叶,初生二寸来高,叫做'蒌蒿薹子',加肉炒食极清香。……"蒌蒿的蒌字,我小时不知怎么写,后来偶然看了一本什么书,才知道的。这个字音"吕"。我小学有一个同班同学,姓吕,我们就给他起了个外号,叫"蒌蒿薹子"(蒌蒿薹子家开了一爿糖坊,小学毕业后未升学,我们看见他坐在糖坊里当小老板,觉得很滑稽)。但我查了几本字典,"蒌"都音"楼",我有点恍惚了。"楼"、"吕"一声之转。许多从"娄"的字都读"吕",如"屡"、"缕"、"褛"……这本来无所谓,读"楼"读"吕",关系不大。但字典上都说蒌蒿是蒿之一种,即白蒿,我却有点不以为然了。我小说里写的蒌蒿和蒿其实不相干。读苏东坡《惠崇春江晚景》诗:"竹外桃花三两枝,春江水暖鸭先知。蒌蒿满地芦芽短,正是河豚欲上时。"此蒌蒿生于水边,与芦芽为伴,分明是我的家乡人所吃的蒌蒿,非白蒿。或者"即白蒿"的蒌蒿别是一种,未可知矣。深望懂诗、懂植物学,也懂吃的博雅君子有以教我。

　　我的小说注文中所说的"极清香",很不具体。嗅觉和味觉是

212

很难比方,无法具体的。昔人以为荔枝味似软枣,实在是风马牛不相及。我所谓"清香",即食时如坐在河边闻到新涨的春水的气味。这是实话,并非故作玄言。

枸杞到处都有。开花后结长圆形的小浆果,即枸杞子。我们叫它"狗奶子",形状颇像。本地产的枸杞子没有入药的,大概不如宁夏产的好。枸杞是多年生植物。春天,冒出嫩叶,即枸杞头。枸杞头是容易采到的。偶尔也有近城的乡村的女孩子采了,放在竹篮里叫卖:"枸杞头来!……"枸杞头可下油盐炒食;或用开水焯了,切碎,加香油、酱油、醋,凉拌了吃。那滋味,也只能说"极清香"。春天吃枸杞头,云可以清火,如北方人吃苣荬菜一样。

"三月三,荠菜花赛牡丹"。俗谓是日以荠菜花置灶上,则蚂蚁不上锅台。

北京也偶有荠菜卖。菜市上卖的是园子里种的,茎白叶大,颜色较野生者浅淡,无香气。农贸市场间有南方的老太太挑了野生的来卖,则又过于细瘦,如一团乱发,制熟后强硬扎嘴。总不如南方野生的有味。

江南人惯用荠菜包春卷,包馄饨,甚佳。我们家乡有用来包春卷的,用来包馄饨的没有,——我们家乡没有"菜肉馄饨"。一般是凉拌。荠菜焯熟剁碎,界首茶干切细丁,入虾米,同拌。这道菜是可以上酒席做凉菜的。酒席上的凉拌荠菜都用手抟成一座尖塔,临吃推倒。

马齿苋现在很少有人吃。古代这是相当重要的菜蔬。苋分人苋、马苋。人苋即今苋菜,马苋即马齿苋。我们祖母每于夏天摘肥嫩的马齿苋晾干,过年时做馅包包子。她是吃长斋的,这种包子只有她一个人吃。我有时从她的盘子里拿一个,蘸了香油吃,挺香。马齿苋有点淡淡的酸味。

马齿苋开花,花瓣如一小囊。我们有时捉了一个哑巴知了，——知了是应该会叫的，捉住一个哑巴，多么扫兴！于是就摘了两个马齿苋的花瓣套住它的眼睛，——马齿苋花瓣套知了眼睛正合适，一撒手，这知了就拼命往高处飞，一直飞到看不见！

三年自然灾害，我在张家口沙岭子吃过不少马齿苋。那时候，这是宝物！

葵 · 薤

小时读汉乐府《十五从军征》，非常感动。

> 十五从军征，八十始得归。道逢乡里人，"里中有阿谁？"——"遥望是君家，松柏冢累累。"兔从狗窦入，雉从梁上飞，中庭生旅谷，井上生旅葵。春谷持作饭，采葵持作羹，羹饭一时熟，不知贻阿谁。出门东向望，泪落沾我衣。

诗写得平淡而真实，没有一句迸出呼天抢地的激情，但是惨切沉痛，触目惊心。词句也明白如话，不事雕饰，真不像是两千多年前的人写出的作品，一个十来岁的孩子也完全能读懂。我未从过军，接触这首诗的时候，也还没有经过长久的乱离，但是不止一次为这首诗流了泪。

然而有一句我不明白，"采葵持作羹"。葵如何可以为羹呢？我的家乡人只知道向日葵，我们那里叫做"葵花"。这东西怎么能做羹呢？用它的叶子？向日葵的叶子我是很熟悉的，很大，叶面很粗，有毛，即使是把它切碎了，加了油盐，煮熟之后也还是很难下咽的。另外有一种秋葵，开淡黄色薄瓣的大花，叶如鸡脚，又名鸡爪葵。这东西也似不能做羹。还有一种蜀葵，又名锦葵，内蒙、山西一带叫做"蜀蓟"。我们那里叫做端午花，因为在端午节前后盛开。我从来也没听说过端午花能吃——包括它的叶、茎和花。后来我在济南的山东博物馆的庭院里看到一种戎葵,样子有点像秋葵,开着耀眼的朱红的大花,红得简直吓人一跳。我想,这种葵大概也不能吃。那么,持以作羹的葵究竟是一种什么东西呢?

后来我读到吴其濬的《植物名实图考长编》和《植物名实图考》。吴其濬是个很值得叫人佩服的读书人。他是嘉庆进士,自翰林院修撰官至湖南等省巡抚。但他并没有只是做官,他留意各地物产丰瘠与民生的关系,依据耳闻目见,辑录古籍中有关植物的文献,写成了《长编》和《图考》这样两部巨著。他的著作是我国十九世纪植物学极重要的专著。直到现在,西方的植物学家还认为他绘的画十分精确。吴其濬在《图考》中把葵列为蔬类的第一品。他用很激动的语气,几乎是大声疾呼,说葵就是冬苋菜。

然而冬苋菜又是什么呢?我到了四川、江西、湖南等省,才见到。我有一回住在武昌的招待所里,几乎餐餐都有一碗绿色的叶菜做的汤。这种菜吃到嘴是滑的,有点像莼菜。但我知道这不是莼菜,因为我知道湖北不出莼菜,而且样子也不像。我问服务员:"这是什么菜?"——"冬苋菜!"第二天我过到一个巷子,看到有一个年轻的妇女在井边洗菜。这种菜我没有见过。叶片圆如猪耳,颜色正绿,叶梗也是绿的。我走过去问她洗的这是什么菜,——"冬苋菜!"我这才明白:这就是冬苋菜,这就是葵!那么,这种菜作羹正合适——即使是旅生的。从此,我才算把《十五从军征》真正读懂了。

吴其濬为什么那样激动呢?因为在他成书的时候,已经几乎没有人知道葵是什么了。

蔬菜的命运,也和世间一切事物一样,有其兴盛和衰微,提起来也可叫人生一点感慨,葵本来是中国的主要蔬菜。《诗·豳风·七月》:"七月烹葵及菽",可见其普遍。后魏《齐民要术》以

《种葵》列为蔬菜第一篇。"采葵莫伤根","松下清斋折露葵",时时见于篇咏。元代王祯的《农书》还称葵为"百菜之主"。不知怎么一来,它就变得不行了。明代的《本草纲目》中已经将它列入草类,压根儿不承认它是菜了! 葵的遭遇真够惨的! 到底是什么原因呢? 我想是因为后来全国普遍种植了大白菜。大白菜取代了葵。齐白石题画中曾提出"牡丹为花之王,荔枝为果之王,独不论白菜为菜中之王,何也?"其实大白菜实际上已经成"菜之王"了。

幸亏南方几省还有冬苋菜,否则吴其濬就死无对证,好像葵已经绝了种似的。吴其濬是河南固始人,他的家乡大概早已经没有葵了,都种了白菜了。他要是不到湖南当巡抚,大概也弄不清葵是啥。吴其濬那样激动,是为葵鸣不平。其意若曰:葵本是菜中之王,是很好的东西;它并没有绝种! 它就是冬苋菜! 您到南方来尝尝这种菜,就知道了!

北方似乎见不到葵了。不过近几年北京忽然卖起一种过去没见过的菜:木耳菜。你可以买一把来,做个汤,尝尝。葵就是那样的味道,滑的,木耳菜本名落葵,是葵之一种,只是葵叶为绿色,而木耳菜则带紫色,且叶较尖而小。

由葵我又想到薤。

我到内蒙去调查抗日战争时期游击队的材料,准备写一个戏。看了好多份资料,都提到部队当时很苦,时常没有粮食吃,吃"苠苠",下面多于括号中注明"音'害害'"。我想:"苠苠"是什么东西? 再说"苠"读gāi,也不读"害"呀! 后来在草原上有人给我找了一棵实物,我一看,明白了:这是薤。薤音xiè。内蒙、山西人每把声母为X的字读成H声母,又好用叠字,所以把"薤"念成了"害害"。

薤叶极细。我捏着一棵薤,不禁想到汉代的挽歌《薤露》,"薤上露,何易晞,露晞明朝更复落,人死一去何时归?"不说葱上露、韮上露，是很有道理的。薤叶上实在挂不住多少露水，太易"晞"掉了。用此来比喻人命的短促，非常贴切。同时我又想到汉代的人一定是常常食薤的，故尔能近取譬。

北方人现在极少食薤了。南方人还是常吃的。湖南、湖北、江西、云南、四川都有。这几省都把这东西的鳞茎叫做"藠藠头"。"藠"音"叫"。南方的年轻人现在也有很多不认识这个藠字的。我在韶山参观，看到说明材料中提到当时用的一种土造的手榴弹，叫做"洋藠古"，一个讲解员就老实不客气地读成"洋晶古"。湖南等省人吃的藠头大都是腌制的，或入醋，味道酸甜；或加辣椒，则酸甜而极辣，皆极能开胃。

南方人很少知道藠头即是薤的。

北方城里人则连藠头也不认识。北京的食品商场偶尔从南方运了藠头来卖，趋之若鹜的都是南方几省的人。北京人则多用不信任的眼光端详半天，然后望望然后去之。我曾买了一些，请几位北方同志尝尝，他们闭着眼睛嚼了一口，皱着眉头说："不好吃！——这哪有糖蒜好哇！"我本想长篇大论地宣传一下藠头的妙处，只好咽回去了。

哀哉，人之成见之难于动摇也！

我写这篇随笔，用意是很清楚的。

第一，我希望年轻人多积累一点生活知识。古人说诗的作用：可以观，可以群，可以怨，还可以多识于草木虫鱼之名。这最后一点似乎和前面几点不能相提并论，其实这是很重要的。草木虫鱼，多是与人的生活密切相关。对于草木虫鱼有兴趣，说明对人也有广泛的兴趣。

第二，我劝大家口味不要太窄，什么都要尝尝，不管是古代的还是异地的食物，比如葵和薤，都吃一点。一个一年到头吃大白菜的人是没有口福的。许多大家都已经习以为常的蔬菜，比如菠菜和莴笋,其实原来都是外国菜。西红柿、洋葱,几十年前中国还没有,很多人吃不惯,现在不是也都很爱吃了么? 许多东西,乍一吃,吃不惯,吃吃,就吃出味儿来了。

　　你当然知道,我这里说的,都是与文艺创作有点关系的问题。

1984 年 6 月 27 日

荷　花

　　我们家每年要种两缸荷花,种荷花的藕不是吃的藕,要瘦得多,节间也长,颜色黄褐,叫做"藕秧子"。在缸底铺一层马粪,厚约半尺,把藕秧子盘在马粪上,倒进多半缸河泥,晒几天,到河泥坼裂,有缝,倒两担水,将平缸沿。过个把星期,就有小荷叶嘴冒出来。过几天荷叶长大了,冒出花骨朵了。荷花开了,露出嫩黄的小莲蓬,很多很多花蕊。清香清香的。荷花好像说:"我开了。"

　　荷花到晚上要收朵。轻轻地合成一个大骨朵。第二天一早,又放开,荷花收了朵,就该吃晚饭了。

　　下雨了。雨打在荷叶上啪啪地响。雨停了,荷叶面上的雨水水银似的摇晃。一阵大风,荷叶倾侧,雨水流泻下来。

　　荷叶的叶面为什么不沾水呢?

　　荷叶粥和荷叶粉蒸肉都很好吃。

　　荷叶枯了。

　　下大雪,荷花缸里落满了雪。

葡 萄 月 令

一月,下大雪。

雪静静地下着。果园一片白。听不到一点声音。

葡萄睡在铺着白雪的窖里。

二月里刮春风。

立春后,要刮四十八天"摆条风"。风摆动树的枝条,树醒了,忙忙地把汁液送到全身。树枝软了。树绿了。

雪化了,土地是黑的。

黑色的土地里,长出了茵陈蒿。碧绿。

葡萄出窖。

把葡萄窖一锹一锹挖开。挖下的土,堆在四面。葡萄藤露出来了,乌黑的。有的梢头已经绽开了芽苞,吐出指甲大的苍白的小叶。它已经等不及了。

把葡萄藤拉出来,放在松松的湿土上。

不大一会,小叶就变了颜色,叶边发红;——又不大一会,绿了。

三月,葡萄上架。

先得备料。把立柱、横梁、小棍,槐木的、柳木的、杨木的、桦木的,按照树棵大小,分别堆放在旁边。立柱有汤碗口粗的、饭碗口粗的、茶杯口粗的。一棵大葡萄得用八根,十根,乃至十二根立柱。中等的,六根、四根。

先刨坑,竖柱。然后搭横梁,用粗铁丝摽紧。然后搭小棍,用细铁丝缚住。

然后,请葡萄上架。把在土里趴了一冬的老藤扛起来,得费一点劲。大的,得四五个人一起来。"起!——起!"哎,它起来了。把它放在葡萄架上,把枝条向三面伸开,像五个指头一样地伸开,扇面似的伸开。然后,用麻筋在小棍上固定住。葡萄藤舒舒展展,凉凉快快地在上面呆着。

上了架,就施肥。在葡萄根的后面,距主干一尺,挖一道半月形的沟,把大粪倒在里面。葡萄上大粪,不用稀释,就这样把原汁大粪倒下去。大棵的,得三四桶。小葡萄,一桶也就够了。

四月,浇水。

挖窖挖出的土,堆在四面,筑成垄,就成一个池子。池里放满了水。葡萄园里水气浟浟,沁人心肺。

葡萄喝起水来是惊人的。它真是在喝哎!葡萄藤的组织跟别的果树不一样,它里面是一根一根细小的导管。这一点,中国的古人早就发现了。《图经》云:"根苗中空相通。圃人将货之,欲得厚利,暮溉其根,而晨朝水浸子中矣,故俗呼其苗为木通。""暮溉其根,而晨朝水浸子中矣",是不对的。葡萄成熟了,就不能再浇水了。再浇,果粒就会涨破。"中空相通"却是很准确的。浇了水,不大一会,它就从根直吸到梢,简直是小孩嘬奶似的拼命往上嘬。浇过了水,你再回来看看吧:梢头切断过的破口,就嗒嗒地往下滴水了。

是一种什么力量使葡萄拼命地往上吸水呢？

施了肥，浇了水，葡萄就使劲抽条、长叶子。真快！原来是几根根枯藤，几天工夫，就变成青枝绿叶的一大片。

五月，浇水、喷药、打梢、掐须。

葡萄一年不知道要喝多少水，别的果树都不这样。别的果树都是刨一个"树碗"，往里浇几担水就得了，没有像它这样的："漫灌"，整池子的喝。

喷波尔多液。从抽条长叶，一直到坐果成熟，不知道要喷多少次。喷了波尔多液，太阳一晒，葡萄叶子就都变成蓝的了。

葡萄抽条，丝毫不知节制，它简直是瞎长！几天工夫，就抽出好长的一节的新条。这样长法还行呀，还结不结果呀？因此，过几天就得给它打一次条。葡萄打条，也用不着什么技巧，是个人就能干，拿起树剪，劈劈啪啪，把新抽出来的一截都给它铰了就得了。一铰，一地的长着新叶的条。

葡萄的卷须，在它还是野生的时候是有用的，好攀附在别的什么树木上。现在，已经有人给它好好地固定在架上了，就一点用也没有了。卷须这东西最耗养分——凡是作物，都是优先把养分输送到顶端，因此，长出来就给它掐了，长出来就给它掐了。

葡萄的卷须有一点淡淡的甜味。这东西如果腌成咸菜，大概不难吃。

五月中下旬，果树开花了。果园，美极了。梨树开花了，苹果树开花了，葡萄也开花了。

都说梨花像雪，其实苹果花才像雪。雪是厚重的，不是透明的。梨花像什么呢？——梨花的瓣子是月亮做的。

有人说葡萄不开花，哪能呢！只是葡萄花很小，颜色淡黄微绿，不钻进葡萄架是看不出的。而且它开花期很短。很快，就结出了绿豆大的葡萄粒。

六月,浇水、喷药、打条、掐须。

葡萄粒长了一点了,一颗一颗,像绿玻璃料做的纽子。硬的。

葡萄不招虫。葡萄会生病,所以要经常喷波尔多液。但是它不像桃,桃有桃食心虫;梨,梨有梨食心虫。葡萄不用疏虫果。——果园每年疏虫果是要费很多工的。虫果没有用,黑黑的一个半干的球,可是它耗养分呀!所以,要把它"疏"掉。

七月,葡萄"膨大"了。

掐须、打条、喷药,大大地浇一次水。

追一次肥。追硫铵。在原来施粪肥的沟里撒上硫铵。然后,就把沟填平了,把硫铵封在里面。

汉朝是不会追这次肥的,汉朝没有硫铵。

八月,葡萄"着色"。

你别以为我这里是把画家的术语借用来了。不是的。这是果农的语言,他们就叫"着色"。

下过大雨,你来看看葡萄园吧,那叫好看!白的像白玛瑙,红的像红宝石,紫的像紫水晶,黑的像黑玉。一串一串,饱满、瓷实、挺括,璀璨琳琅。你就把《说文解字》里的玉字偏旁的字都搬了来吧,那也不够用呀!

可是你得快来!明天,对不起,你全看不到了。我们要喷波尔多液了。一喷波尔多液,它们的晶莹鲜艳全都没有了,它们蒙上一层蓝纷纷、白糊糊的东西,成了磨砂玻璃。我们不得不这样干。葡萄是吃的,不是看的。我们得保护它。

过不两天,就下葡萄了。

一串一串剪下来,把病果、瘪果去掉,妥妥地放在果筐里。果筐满了,盖上盖,要一个棒小伙子跳上去蹦两下用麻筋缝的筐盖。——新下的果子,不怕压,它很结实,压不坏。倒怕是装不紧,咣里咣当的。那,来回一晃悠,全得烂!

葡萄装上车,走了。

去吧,葡萄,让人们吃去吧!

九月的果园像一个生过孩子的少妇,宁静、幸福、而慵懒。

我们还给葡萄喷一次波尔多液。哦,下了果子,就不管了?人,总不能这样无情无义吧。

十月,我们有别的农活。我们要去割稻子。葡萄,你愿意怎么长,就怎么长着吧。

十一月。葡萄下架。

把葡萄架拆下来。检查一下,还能再用的,搁在一边。糟朽了的,只好烧火。立柱、横梁、小棍,分别堆垛起来。

剪葡萄条。干脆得很,除了老条,一概剪光。葡萄又成了一个大秃子。

剪下的葡萄条,挑有三个芽眼的,剪成二尺多长的一截,捆起来,放在屋里,准备明春插条。

其余的,连枝带叶,都用竹笤帚扫成一堆,装走了。

葡萄园光秃秃。

十一月下旬,十二月上旬,葡萄入窖。

这是个重活。把老本放倒,挖土把它埋起来。要埋得很厚实。外面要用铁锹拍平。这个活不能马虎。都要经过验收,才给记工。

葡萄窖,一个一个长方形的土墩墩。一行一行,整整齐齐地排列着。风一吹,土色发了白。

　　这真是一年的冬景了。热热闹闹的果园,现在什么颜色都没有了。眼界空阔,一览无余,只剩下发白的黄土。

　　下雪了。我们踏着碎玻璃碴似的雪,检查葡萄窖,扛着铁锹。

　　一到冬天,要检查几次。不是怕别的,怕老鼠打了洞。葡萄窖里很暖和,老鼠爱往这里面钻。它倒是暖和了,咱们的葡萄可就受了冷啦!

泰 山 很 大

　　泰即太，太的本字是大。段玉裁以为太是后起的俗字，太字下面的一点是后人加上去的。金文、甲骨文的大字下面如果加上一点，也不成个样子，很容易让人误解，以为是表示人体上的某个器官。

　　因此描写泰山是很困难的。它太大了，写起来没有抓挠。三千年来，写泰山的诗里最好的，我以为是《诗经》的《鲁颂》："泰山岩岩，鲁邦所詹。""岩岩"究竟是一种什么感觉，很难捉摸，但是登上泰山，似乎可以体会到泰山是有那么一股劲儿。詹即瞻。说是在鲁国，不论在哪里，抬起头来就能看到泰山。这是写实，然而写出了一个大境界。汉武帝登泰山封禅，对泰山简直不知道怎么说才好，只好发出一连串的感叹："高矣！极矣！大矣！特矣！壮矣！赫矣！惑矣！"完全没说出个所以然。这倒也是一种办法。人到了超经验的景色之前，往往找不到合适的语言，就只好狗一样地乱叫。杜甫诗《望岳》，自是绝唱，"岱宗夫何如，齐鲁青未了"，一句话就把泰山概括了。杜甫真是一个深受儒家思想影响的伟大的现实主义者，这一句诗表现了他对祖国山河的无比的忠悃。相比之下，李白的"天门一长啸，万里清风来"，就有点洒狗血。李白写了很多好诗，很有气势，但有时底气不足，便只好洒狗血，装疯。

他写泰山的几首诗都让人有底气不足之感。杜甫的诗当然受了《鲁颂》的影响，"齐鲁青未了"，当自"鲁邦所詹"出。张岱说"泰山元气浑厚，绝不以玲珑小巧示人"，这话是说得对的。大概写泰山，只能从宏观处着笔。郦道元写三峡可以取法。柳宗元的《永州八记》刻琢精深，以其法写泰山那不大适用。

写风景，是和个人气质有关的。徐志摩写泰山日出，用了那么多华丽鲜明的颜色，真是"浓得化不开"。但我有点怀疑，这是写泰山日出，还是写徐志摩？我想周作人就不会这样写。周作人大概根本不会去写日出。

我是写不了泰山的，因为泰山太大，我对泰山不能认同。我对一切伟大的东西总有点格格不入。我十年间两登泰山，可谓了不相干。泰山既不能进入我的内部，我也不能外化为泰山。山自山，我自我，不能达到物我同一，山即是我，我即是山。泰山是强者之山——我自以为这个提法很合适，我不是强者，不论是登山还是处世。我是生长在水边的人，一个平常的，平和的人。我已经过了七十岁，对于高山，只好仰止。我是个安于竹篱茅舍、小桥流水的人。以惯写小桥流水之笔而写高大雄奇之山，殆矣。人贵有自知之明，不要"小鸡吃绿豆——强努"。

同样，我对一切伟大的人物也只能以常人视之。泰山的出名，一半由于封禅。封禅史上最突出的两个人物是秦皇汉武。唐玄宗作《纪泰山铭》，文词华缛而空洞无物。宋真宗更是个沐猴而冠的小丑。对于秦始皇，我对他统一中国的丰功，不大感兴趣。他是不是"千古一帝"，与我无关。我只从人的角度来看他，对他的"蜂目豺声"印象很深。我认为汉武帝是个极不正常的人，是个妄想型精神病患者，一个变态心理的难得的标本。这两位大人物的封禅，可以说是他们的人格的夸大。看起来这两位伟大人物的封禅实际上都不怎么样。秦始皇上山，上了一半，遇到暴风雨，吓得退下来了。按照秦始皇的性格,暴风雨算什么呢？他横下心来,是可以不顾一切地上到山顶的。然而他害怕了,退下来了。于此可以看出,伟大人物也有虚弱的一面。汉武帝要封禅,召集群臣讨论封禅的制度。因无旧典可循,大家七嘴八舌瞎说一气。汉武帝恼了,自己规定了照祭东皇太乙的仪式,上山了。却谁也不让同去,只带了霍去病的儿子一个人。霍去病的儿子不久即得暴病而死。他的死因很可疑。于是汉武帝究竟在山顶上鼓捣了什么名堂,谁也不知道。封禅是大典,为什么要这样保密？看来汉武帝心里也有鬼,很怕他的那一套名堂并不灵验,为人所讥。

但是,又一次登了泰山,看了秦刻石和无字碑(无字碑是一个了不起的杰作),在乱云密雾中坐下来,冷静地想想,我的心态比较透亮了。我承认泰山很雄伟,尽管我和它整个不能水乳交融,打成一片。承认伟大的人物确实是伟大的,尽管他们所做的许多事不近人情。他们是人里头的强者,这是毫无办法的事。在山上呆了七天,我对名山大川、伟大人物的偏激情绪有所平息。

同时我也更清楚地认识到我们微小,我们平常,更进一步安于微小,安于平常。

这是我在泰山受到的一次教育。

从某个意义上说,泰山是一面镜子,照出每个人的价值。

午门忆旧

北京解放前夕,一九四八年夏天到一九四九年春天,我曾在午门的历史博物馆工作过一段时间。

午门是紫禁城总体建筑的一个重要的组成部分。这是故宫的正门,是真正的"宫门"。进了天安门、端门,这只是宫廷的"前奏",进了午门,才算是进了宫。有午门,没有午门,是不大一样的,没有午门,进天安门、端门,直接看到三大殿,就太敞了,好像一件衣裳没有领子。有午门当中一隔,后面是什么,都瞧不见,这才显得宫里神秘庄严,深不可测。

午门的建筑是很特别的。下面是一个凹形的城台。城台上正面是一座九间重檐庑殿顶的城楼;左右有重檐的方亭四座。城楼和这四座正方的亭子之间,有廊庑相连属,稳重而不笨拙,玲珑而不纤巧,极有气派,俗称为"五凤楼"。在旧戏里,五凤楼成了皇宫的代称。《草桥关》里姚期唱:"到来朝陪王在那五凤楼",《珠帘寨》里程敬思唱道:"为千岁懒登五凤楼",指的就是这里。实际上姚期和程敬思都是不会登上五凤楼的。楼不但大臣上不去,就是皇帝也很少上去。

午门有什么用呢?旧戏和评书里常有一句话:"推出午门斩首!"哪能呢!这是编戏编书的人想象出来的。午门的用处大概有这么三项：一是逢什么大典时，皇上登上城楼接见外国使节。曾见过一幅紫铜的版刻，刻的就是这一盛典。外国使节、满汉官员，分班肃立，极为隆重。是哪一位皇上，庆的是何节日，已经记不清了。其次是献俘。打了胜仗（一般都是镇压了少数民族），要把俘虏（当然不是俘虏的全部，只是代表性的人物）押解到京城来。献俘本来应该在太庙。《清会典·礼部》："解送俘囚至京师，钦天监择日献俘于太庙社稷。"但据熟悉掌故的同志说，在午门。到时候皇上还要坐到城楼亲自过过目。究竟在哪里，余生也晚，未能亲历，只好存疑。第三，大概是午门最有历史意义，也最有戏剧性的故实，是在这里举行廷杖。廷杖，顾名思义，是在朝廷上受杖。不过把一位大臣按在太和殿上打屁股，也实在不大像样子，所以都在午门外举行。廷杖是对廷臣的酷刑。据朱国桢《涌幢小品》，廷杖始于唐玄宗时。但是盛行似在明代。原来不过是"意思意思"。《涌幢小品》说："成化以前，凡廷杖者不去衣，用厚棉底衣，毛毡迭帊，示辱而已。"穿了厚棉裤，又垫着几层毡子，打起来想必不会太疼。但就这样也够呛，挨打以后，要"卧床数日，而后得愈"。"正德初年，逆瑾（刘瑾）用事，恶廷臣，始去衣。"——那就说脱了裤子，露出屁股挨打了。"遂有杖死者。"掌刑的是"厂卫"。明朝宦官掌握的特务机关有东厂、西厂，后来又有中行厂。廷杖在午门外进行，抡杖的该是中行厂的锦衣卫。五凤楼下，血肉横飞，是何景象？

不知从什么时候起，五凤楼就很少有人上去。"马道"的门锁着。民国以后，在这里建立了历史博物馆。据历史博物馆的老工友说，建馆后，曾经修缮过一次，从城楼的天花板上扫出了一些烧鸡骨头、荔枝壳和桂圆壳。他们说，这是"飞贼"留下来的。北京的"飞贼"做了案，就到五凤楼天花板上藏着，谁也找不着——那倒是，谁能搜到这样的地方呢？老工友们说，"飞贼"用一根麻绳，一头系一个大铁钩，一甩麻绳，把铁钩搭在城垛子上，三把两把，就"就"上来了。这种情形，他们谁也不会见过，但是言之凿凿。这种燕子李三式的人物引起老工友们美丽的向往，因为他们都已经老了，而且有的已经半身不遂。

"历史博物馆"名目很大，但是没有多少藏品，东边的马道里有两尊"将军炮"，是很大的铜炮，炮管有两丈多长。一尊叫做"武威将军炮"，另一尊叫什么将军炮，忘了，据说张勋复辟时曾起用过两尊将军炮，有的老工友说他还听到过军令："传武威将军炮！""传××将军炮！"是谁传？张勋，还是张勋的对立面？说不清。马道拐角处有一架李大钊烈士就义的绞刑机。据说这架绞刑机是德国进口的，只用过一次。为什么要把这东西陈列在这里呢？我们在写说明卡片时，实在不知道如何下笔。

城楼（我们习惯叫做"正殿"）里保留了皇上的宝座。两边铁架子上挂着十多件袁世凯祭孔用的礼服，黑缎的面料，白领子，式样古怪，道袍不像道袍。这一套服装为什么陈列在这里，也莫名其妙。

四个方亭子陈列的都是没有多大价值，也不值什么钱的文物：不知道来历的墓志、烧瘫在"匣"里的钧窑瓷碗、清代的"黄册"（为征派赋役编造的户口册），殿试的卷子、大臣的奏折……西北角一间亭子里陈列的东西却有点特别，是多种刑具。有两把杀人用的鬼头刀，都只有一尺多长。我这才知道杀头不是用力把脑袋砍下来，而是用"巧劲"把脑袋"切"下来。最引人注意的是一套凌迟用的刀具，装在一个木匣里，有一二十把，大小不一。还有一把细长的锥子。据说受凌迟的人挨了很多刀，还不会死，最后要用这把锥子刺穿心脏，才会气绝。中国的剐刑搞得这样精细而科学，真是令人叹为观止。

整天和一些价值不大、不成系统的文物打交道，真正是"抱残守缺"。日子过得倒是蛮清闲的。白天检查检查仓库,更换更换说明卡片,翻翻资料,都是可做可不做的事情。下班后,到左掖门外筒子河边看看算卦的算卦,——河边有好几个卦摊;看人叉鱼,——叉鱼的沿河走,捏着鱼叉,欻地一叉下去,一条二尺来长的黑鱼就叉上来了。到了晚上,天安门、端门、左右掖门都关死了,我就到屋里看书。我住的宿舍在右掖门旁边,据说原是锦衣卫——就是执行廷杖的特务值宿的房子。四处无声,异常安静。我有时走出房门,站在午门前的石头坪场上,仰看满天星斗,觉得全世界都是凉的,就我这里一点是热的。

北平一解放,我就告别了午门,参加四野南下工作团南下了。从此就再也没有到午门去看过,不知道午门现在是什么样子。

有一件事可以记一记。解放前一天,我们正准备迎接解放。来了一个人,说:"你们赶紧收拾收拾,我们还要办事呢!"他是想在午门上登基。这人是个疯子。

1986 年 1 月 9 日

谈谈风俗画

　　有几位评论家都说我的小说里有风俗画。这一点是我原来没有意识到的。经他们一说,我想想倒是有的。有一位文学界的前辈曾对我说:"你那种写法是风俗画的写法。"并说这种写法很难。风俗画的写法是怎样一种写法? 这种写法难么? 我不知道。有人干脆说我是一个风俗画作家……

　　我是很爱看风俗画的。十七世纪荷兰学派的画,日本的浮世绘,我都爱看。中国的风俗画的传统很久远了。汉代的很多画像石刻、画像砖都画(刻)了迎宾、饮宴、耍杂技——倒立、弄丸、弄飞刀……有名的说书俑,滑稽中带点愚蠢,憨态可掬,看了使人不忘。晋唐的画以宗教画、宫廷画为大宗。但这当中也不是没有风俗画,敦煌壁画中的杰作《张义潮出巡图》就是。墓葬中的笔致粗率天真的壁画,也多涉及当时的风俗。宋代风俗画似乎特别的流行,《清明上河图》是一个突出的例子。我看这幅画,能够一看看半天。我很想在清明那天到汴河上去玩玩,那一定是非常好玩的。南宋的画家也多画风俗。我从马远的《踏歌图》知道"踏歌"是怎么回事,从而增加了对"桃花潭水深千尺,不及汪伦送我情"的理解。这种"踏歌"的遗风,似乎现在朝鲜还有。我也很爱李嵩、苏汉臣的《货郎图》,它让我知道南宋的货郎担上有那么多卖给小孩子们的玩意儿，真是琳琅满目，都蛮有意思。元明的风俗画我所知甚少。清朝罗两峰的《鬼趣图》可以算是风俗画。幸好这时兴起了年画。杨柳青、桃花坞的年画大部分都是风俗画，连不画人物只画动物的也都是，如《老鼠嫁女》。我很喜欢这张画，如鲁迅先生所说，所有俨然穿着人的衣冠的鼠类，都尖头尖脑的非常有趣。陈师曾等人都画过北京市井的生活。风俗画的雕塑大师是泥人张。他的《钟馗嫁妹》、《大出丧》，是近代风俗画的不朽的名作。

　　我也爱看讲风俗的书。从《荆楚岁时记》直到清朝人写的《一岁货声》之类的书都爱翻翻。还是上初中的时候，一年暑假，我在祖父的尘封的书架上发现了一套巾箱本木活字聚珍版的丛书，里面有一册《岭表录异》，我就很有兴趣地看起来。后来又看了《岭外代答》。从此就对讲地理的书、游记，产生了一种嗜好。不过我最有兴趣的是讲风俗民情的部分，其次是物产，尤其是吃食。对山川疆域，我看不进去，也记不住。宋元人笔记中有许多是记风俗的，《梦溪笔谈》、《容斋随笔》里有不少条记各地民俗，都写得很有趣。明末的张岱特长于记述风物节令，如记西湖七月半、泰山进香以及为祈雨而赛水浒人物，都极生动。虽然难免有鲁迅先生所说的夸张之处，但是绘形绘声，详细而不琐碎，实在很叫人向往。我也很爱读各地的竹枝词，尤其爱读作者自己在题目下面或句间所加的注解。这些注解常比本文更有情致。我放在手边经常看看的一本书是古典文学出版社出的《东京梦华录》（外四种——《都城纪胜》、《西湖老人繁胜录》、《梦粱录》、《武林旧事》）。这样把记两宋风俗的书汇为一册，于翻检上极便，是值得感谢的，只是断句断错的地方太多。这也难怪。有一位历史学家就说过《东京梦华录》是一本难读的书。因为对当时的情形和语言不明白，所以不好断句。

　　我对风俗有兴趣，是因为我觉得它很美。我曾经在一篇文章里说过："我以为风俗是一个民族集体创作的生活的抒情诗。"（《〈大淖记事〉是怎样写出来的》）这是一句随便说说的话，没有任何学术意义。但也不是一点道理没有。我以为，风俗，不论是自然形成的，还是包含一定的人为的成分（如自上而下的推行），都反映了一个民族对生活的挚爱，对"活着"所感到的欢悦。他们把生活中的诗情用一定的外部的形式固定下来，并且相互交流，融为一体。风俗中保留一个民族的常绿的童心，并对这种童心加以圣化。风俗使一个民族永不衰老。风俗是民族感情的重要的组成部分。斯大林把民族感情列为民族的要素之一。民族感情是抽象的，看不见摸不着，但它确实存在着。民族感情常常体现在风俗中。风俗，是具体的。一种风俗对维系民族感情的作用是不可估量的，如那达慕、叼羊、麦西来甫、三月街……

所谓风俗，主要指仪式和节日。仪式即"礼"。礼这个东西，未可厚非。据说辜鸿铭把中国的"礼"翻译成英语时，译为"生活的艺术"。这传闻不知是否可靠，但却很有意思。礼是具有艺术性的，很好玩的，假如我们抛开其中迷信和封建的内核，单看它的形式。礼，包括婚礼和丧礼。很多外国的和中国少数民族的民间舞蹈常常以"××人的婚礼"作题目，那是在真实的婚礼的基础上加工而成的。结婚，对一个少女来说，意味着迈进新的生活，同时也意味着向过去的一切告别了。因此，这一类的舞蹈大都既有喜悦，又有悲哀，混和着复杂的感情，其动人处，也在此。中国西南几个民族都有"哭嫁"的习俗。临嫁的姑娘要把要好的姊妹约来哭（唱）一夜甚至几夜。那歌词大都是充满了真情，很美的。我小时候最爱参加丧礼，不管是亲戚家还是自己家的。我喜欢那种平常没有的"当大事"的肃穆的气氛，所有的人好像一下子都变得雅起来，多情起来了，大家都像在演戏，扮演一种角色，很认真地扮演着。我喜欢"六七开吊"，那是戏的顶点。我们那里开吊都要"点主"。点主,就是在亡人的牌位上加点。白木的牌位上事先写好了某某人之"神王",要在王字上加一点,这才成了"神主",点主不是随随便便点的,很隆重。要请一位有功名的老辈人来点。点主的人就位后,礼生喝道:"凝神,——想象,请加墨主!"点主人用一枝新墨笔在"王"字上点一点;然后再:"凝神,——想象,请加朱主!"点主人再用朱笔点一点,把原来的墨点盖住。这样,那个人的魂灵就进了这块牌位了。"凝神——想象",这实在很有点抒情的意味,也很有戏剧性。我小时看点主,很受感动,至今印象很深。

至于节日,那更不用说了。试想一下,如果没有那样多的节,我们的童年将是多么贫乏,多么缺乏光彩呀。日本人对传统的节日非常重视。多么现代化的大企业,到了盂兰盆节这一天,也要停产放假,举行集体的娱乐活动。这对于培养和增强民族的自信,无疑是会有好处的。

风俗,仪式和节日,是历史的产物,它必然是要消亡的。谁也不会提出恢复所有的传统的风俗,但是把它们记录下来,给现在的和将来的人看看,是有着各方面的意义的。我很希望中国民俗学会能编出两本书,一本《中国婚丧礼俗》,一本《中国的节日》。现在着手,还来得及。否则,到了"礼失而求于野",要到穷乡僻壤去访问搜集,就费事了。

为什么要在小说里写进风俗画?前已说过,我这样做原是无意的。只是因为我的相当一部分小说是写我的家乡的,写小城的生活,平常的人事,每天都在发生,举目可见的小小悲欢,这样,写进一点风俗,便是很自然的事了。"人情"和"风土"原是紧密关联的。写一点风俗画,对增加作品的生活气息、乡土气息,是有帮助的。风俗画和乡土文学有着血缘关系,虽然二者不是一回事。很难设想一部富于民族色彩的作品而一点不涉及风俗。鲁迅的《故乡》、《社戏》,包括《祝福》,是风俗画的典范。《朝花夕拾》每篇都洋溢着罗汉豆的清香。沈从文的《边城》如果不是几次写到端午节赛龙船，便不会有那样浓郁的色彩。"风俗画小说"，在一般人的概念里，不是一个贬词。

风俗画小说的文体几乎都是朴素的。风俗本身是自自然然的。记述风俗的书原来不过是聊资谈助，大都是随笔记之，不事雕饰。幽兰居士孟元老《东京梦华录序》云："此录语言鄙俚，不以文饰者，盖欲上下通晓耳，观者幸详焉。"用华丽的文笔记风俗的人好像还很少。同样，风俗画小说所记述的生活也多是比较平实的，一般不太注重强烈的戏剧化的情节。写风俗而又富于浪漫主义的戏剧性的情节的，似乎只有梅里美一人。但他所写的往往是异乡的奇俗（如世代复仇），而且通常是不把梅里美列在风俗画家范围内的。风俗画小说，在本质上是现实主义的。

记风俗多少有点怀旧，但那是故国神游，带抒情性，并不流于伤感。风俗画给予人的是慰藉，不是悲苦。就我所见过的风俗画作品来看，调子一般不是低沉的。

小说里写风俗，目的还是写人，不是为写风俗而写风俗。那样就不是小说，而是风俗志了。风俗和人的关系，大体有这样三种：

一种是以风俗作为人的背景。

一种是把风俗和人结合在一起，风俗成为人的活动和心理的契机。比如：

　　去年元夜时，
　　花市灯如昼。
　　月上柳梢头，
　　人约黄昏后。

又如苏北民歌《探妹》：

　　正月里探妹正月正，

238

我带小妹子看花灯，

看灯是假的，

妹子呀，试试你的心。

《边城》几次写端午节赛龙船，和翠翠的情绪的发展和感情的变化是紧紧扣在一起的，并且是情节发展不可缺少的纽带。

也有时，看起来是写风俗，实际上是在写人。我的小说里写风俗占篇幅最长的大概是《岁寒三友》里描写放焰火的一段。因为这篇小说见到的人不是很多，我把这一段抄录在下面：

这天天气特别好。万里无云，一天皓月。阴城的正中，立起一个四丈多高的架子。有人早早吃了晚饭，就扛了板凳来等着了。各种卖小吃的都来了。卖牛肉高粱酒的，卖回卤豆腐干的，卖五香花生米的、芝麻灌香糖的，卖豆腐脑的，卖煮荸荠的，还有卖河鲜——卖紫皮鲜菱角和新剥鸡头米的……到处是"气死风"的四角玻璃灯，到处是白蒙蒙的热气、香喷喷的茴香八角气味。人们寻亲访友，说短道长，来来往往，亲亲热热。阴城的草都被踏倒了。人们的鞋底也叫秋草的浓汁磨得滑溜溜的。

忽然，上万双眼睛一齐朝着一个方向看。人们的眼睛一会儿睁大，一会儿眯细；人们的嘴一会儿张开，一会儿又合上；一阵阵叫喊，一阵阵欢笑，一阵阵掌声。——陶虎臣点着了焰火了。

中间还有一段具体描写几种焰火的，文长不录。

……火光炎炎，逐渐消隐，这时才听到人们呼唤：

"二丫头，回家咧！"

"四儿，你在哪儿哪？"

"奶奶，等等我，我鞋掉了！"

人们摸摸板凳,才知道:呀,露水下来了。

这里写的是风俗,没有一笔写人物。但是我自己知道笔笔都着意写人,写的是焰火的制造者陶虎臣。我是有意在表现人们看焰火时的欢乐热闹气氛中表现生活一度上升时期陶虎臣的愉快心情,表现用自己的劳作为人们提供欢乐,并于别人的欢乐中感到欣慰的一个善良人的品格的。这一点,在小说里明写出来,也是可以的,但是我故意不写,我把陶虎臣隐去了,让他消融在欢乐的人群之中。我想读者如果感觉到看焰火的热闹和欢乐,也就会感觉到陶虎臣这个人。人在其中,却无觅处。

写风俗,不能离开人,不能和人物脱节,不能和故事情节游离。写风俗不能留连忘返,收不到人物的身上。

风俗画小说是有局限性的。一是风俗画小说往往只就人事的外部加以描写,较少刻画人物的内心世界,不大作心理描写,因此人物的典型性较差。二是,风俗画一般是清新浅易的,不大能够概括十分深刻的社会生活内容,缺乏历史的厚度,也达不到史诗一样的恢宏的气魄。因此,风俗画小说常常不能代表一个时代的文学创作的主流。这一点,风俗画小说作者应该有自知之明,不要因为自己的作品没有受到重视而气愤。

因此,我希望自己,也希望别人,不要只是写风俗画。并且,在写风俗画小说时也要有所突破,向生活的深度和广度掘进和开拓。

知 识 链 接

【文学常识】

一、作家介绍

汪曾祺(1920—1997),江苏高邮人,当代小说家、散文家、戏剧家,京派作家的代表人物,被誉为"抒情的人道主义者""中国最后一个士大夫"。曾就读于西南联大中国文学系,师从沈从文、闻一多等名家。20世纪40年代开始写作。1949年以前当过中学教员、历史博物馆职员。后在北京做编辑工作。1957年被错划成"右派",下放到张家口沙岭子农业科学研究所参加劳动。1960年10月摘掉"右派"帽子。1962年1月,调北京京剧团任编剧,直至离休。曾奉命参加京剧《沙家浜》的改编工作,是执笔者之一。1980年发表小说《受戒》,轰动文坛。在短篇小说、散文及剧本创作上颇有成就。代表作有《异秉》《鸡鸭名家》《受戒》《大淖记事》《故乡的食物》《葡萄月令》《多年父子成兄弟》等,先后收入《邂逅集》《汪曾祺短篇小说选》《晚饭花集》《逝水》《晚翠文谈》等作品集,《汪曾祺全集》由人民文学出版社出版。

二、作家评价

汪曾祺先生是当代中国文学界的一位大师，他的文学成就一直受到文学界的高度肯定，他的作品深受广大读者喜爱。他的学养、人品和文品，更是我们学习的榜样。

——铁凝《人间送小温——怀念汪曾祺先生》

汪曾祺先生总让我想到"相信生活，相信爱"。

汪曾祺先生总让我想到"真性情"。这是一个饱含真性情的老人，一个对日常生活有着不倦兴趣的老人。他从不敷衍生活的"常态"，并从这常态里为我们发掘出悲悯人性、赞美生命的金子。他让我们知道，小说是可以这样写的……

他的人生也坎坷颇多，他却不容他的人生如"戏"；他当然写戏，却从未把个人生活戏剧化。

汪曾祺先生总让我想到母语无与伦比的优美和劲道。

在浩如烟海的短篇小说里，他那些初读似水、再读似酒的名篇，无可争辩地占据着独特隽永、光彩常在的位置。

——铁凝《相信生活，相信爱》

这个老头子蛮好的，他真是叫做亲切啊，他很有趣，和他在一起非常舒服，我和他接触是比较多的……他就说短篇最好，短篇就是把你必要说的话说出来，长篇是把你不必要说出的话说出来。他讲话很好玩的，这是一次教诲。

——王安忆《王安忆、张新颖谈话录》

汪曾祺老用最平凡的材料说一个不那么平凡甚至还相当要紧的故事，可谓大道不动干戈。真是大智若愚。

——王安忆《汪老讲故事》

人们说汪曾祺是个士大夫式的人物,我却在他那里感到了一丝孤独。他身上有着迷人的东西在流溢着,声音、神态都像林风眠的绘画一样透着东方的静谧;对时弊的不时讥讽,都自然无伪。

士大夫有各种各样的,有山林的,有台阁的,汪曾祺是属于山林的,他关注日常生活,喜欢民俗、杂家,有民间性。但他骨子里是新人,受革命思潮、西方文化影响,他带着现代人的眼光重新看京剧、昆曲和文学创作。

——孙郁《革命时代的士大夫:汪曾祺闲录》

汪曾祺的抒情的人道主义,首先体现在他对人性的无条件尊重。

凝聚在汪曾祺作品中的核心价值内容,是他的和谐的美学思想和美学精神,这样的思想精神让他的作品在处理与生活、与人物、与语言的关系上,体现出从容淡定、虚实映照的人道主义的境界和中国化的艺术品格。

——王干《论汪曾祺的和谐美学——纪念汪曾祺诞辰
九十周年》

汪曾祺一再谦虚地说,自己只是一个文体家。从中可以看出,他对文体独特的重视。

汪曾祺是一个早慧的作家。二十多岁就开始发表作品……因此被四十年代的评论界看好,与路翎一起,被誉为两个最有希望的小说家。他一抬脚就迈进了文学史。

他的人文思想的源头贯穿古今、融汇中外,具有思想史的重要意义。

他对日益消逝的传统文化近于沉醉的迷恋与哀伤的惆怅,具有文化史与心灵史的双重意义。

——季红真《在传统的创造性转化中实现艺术的自
我》

【学习思考】

一、通过阅读汪曾祺小说、散文,结合他的自述——《自报家门》,想象一下:"人道主义者"汪曾祺是怎样一个人?

二、以《异秉》和《鸡鸭名家》为例,体会批评家郜元宝对汪曾祺艺术特色的评点:"对普通人坚韧活泼的生命力和生活情味的敬意,对小人物无伤大雅的缺点的善意,洗尽新文艺腔,一丝不苟的白描,看似略不经意实则匠心独运的谋篇布局以及语言的精到、分寸、传神。"

三、谈谈汪曾祺作品中的"风俗画"。

（郭娟 编写）